蒙娜・鄧恩
Mona Dunn

威廉・歐爾朋 William Orpen
1915, 帆布油彩 Oil on canvas

THE FRAME-UP

瘋狂美術館

Wendy McLeod MacKnight
溫蒂·麥克勞·麥可奈——著　謝靜雯——譯

向貝瑞、悉妮和弗雷斯特獻上愛。
也獻給永遠在畫框後面的母親大人。

畫作永遠沒有畫完的時候——
只是在有趣的地方停下來。

——法國藝術家保羅・高更（Paul Gauguin）

歡迎來到比佛布魯克美術館！

比佛布魯克美術館的居民

《蒙娜・鄧恩》	《比佛布魯克勳爵》	《柯特若一家》	《安椎・瑞德莫》
《W・薩默塞特・毛姆》	《花園裡的茱麗葉特女士》	《愛德蒙・紐傑特中校》	《尋歡作樂》
《飲酒樂：湯姆斯・山維爾爵士和朋友們》	《馬克白夫人的夢遊》	《海倫娜・魯賓斯坦》	《三月十五日之夜恐怖號船員搶救船隻和補給品》(1837)

最讓人流連忘返的場景

《聖維吉利奧，加達湖》

比佛布魯克美術館的訪客

《蓓綺・萊德》

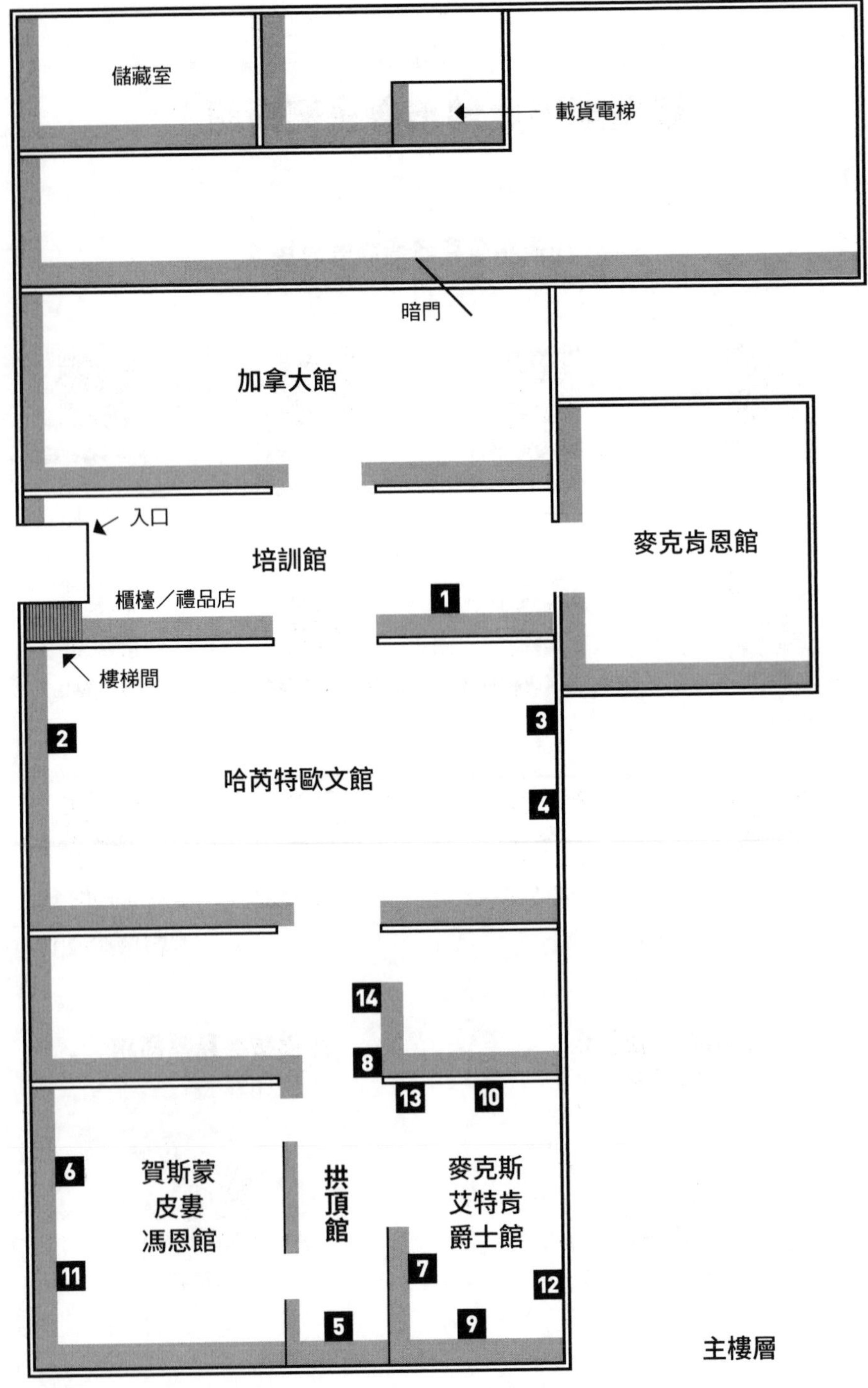
儲藏室
載貨電梯
暗門
加拿大館
入口
培訓館
麥克肯恩館
櫃檯／禮品店
樓梯間
1
2
3
4
哈芮特歐文館
14
8
13
10
6
賀斯蒙
皮婁
馮恩館
拱
頂
館
麥克斯
艾特肯
爵士館
7
11
12
5
9
主樓層

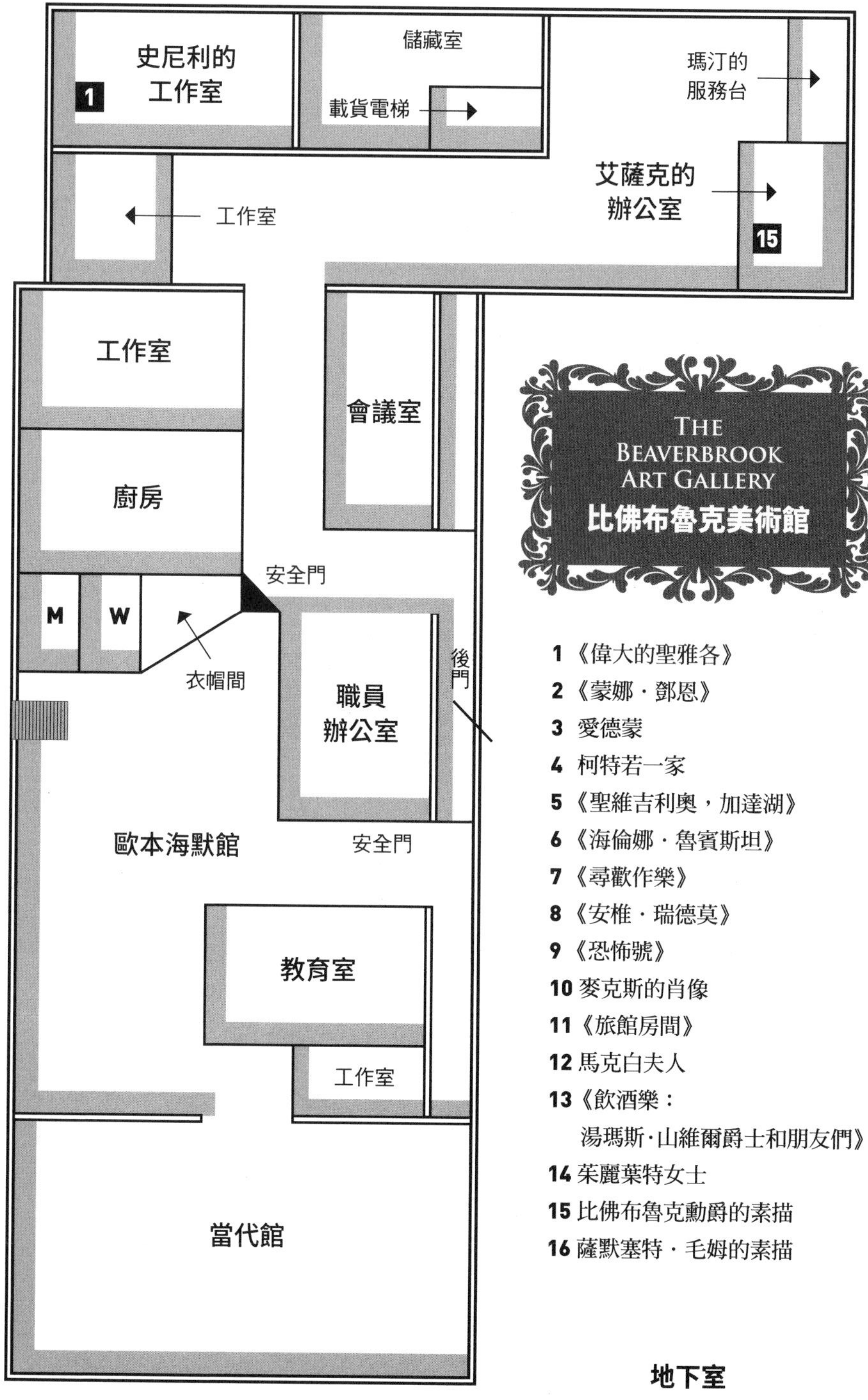
史尼利的
工作室
1
儲藏室
載貨電梯
瑪汀的
服務台
艾薩克的
辦公室
15
工作室
工作室
會議室
THE
BEAVERBROOK
ART GALLERY
比佛布魯克美術館
廚房
安全門
M
W
衣帽間
後門
職員
辦公室
歐本海默館
安全門
教育室
工作室
當代館
1《偉大的聖雅各》
2《蒙娜·鄧恩》
3 愛德蒙
4 柯特若一家
5《聖維吉利奧，加達湖》
6《海倫娜·魯賓斯坦》
7《尋歡作樂》
8《安椎·瑞德莫》
9《恐怖號》
10 麥克斯的肖像
11《旅館房間》
12 馬克白夫人
13《飲酒樂：
湯瑪斯·山維爾爵士和朋友們》
14 茱麗葉特女士
15 比佛布魯克勳爵的素描
16 薩默塞特·毛姆的素描
地下室

1

蒙娜・鄧恩遲到了。她從一幅畫跳到下一幅，潮濕的頭髮像腳踏車上的彩帶一樣飛揚，依然濕答答的貼身衣物讓洋裝的幾個地方顏色變深。她原本就知道時間不夠，即使沒發生那個災難——當初考慮不周，只穿貼身衣物就決定跳進水裡戲水，結果海灘上出現陌生人，使她困在水中無法離開。這個失誤讓她損失了二十分鐘。比佛布魯克勳爵的月會，她會是最晚抵達的一個，就像上個月，還有上上個月。比佛布魯克勳爵會不高興的。

她上氣不接下氣，抵達了會議地點，就在西班牙畫家薩爾瓦多・達利的《偉大的聖雅各》，是這家藝術美術館裡畫幅最大，也最戲劇性的畫作之一，畫面裡有巨大的馬匹和騎士一起朝著天際翱翔。這幅畫就放在培訓館，靠近入口的地方，是一件很受歡迎的作品。比佛布魯克勳爵已經在講話了，蒙娜穿過畫框溜進會議，躲在安椎・瑞德莫後面，希望他那件龐大的斗篷可以遮住她。

「我想提醒你們，這個夏天，比佛布魯克美術館會有不少重要的活動。」麥克斯・艾特肯——也就是比佛布魯克勳爵——讀著他的筆記。雖然他垂著腦袋，但是又補充了一句：「妳也來了，很好，鼠鼠。」「鼠鼠」是麥克斯替蒙娜取的綽號，因為照他的說法，她無所不在，來無影去無蹤，似乎永遠不會被逮到。

每個腦袋忽地朝她的方向轉去。她朋友茱麗葉特女士和愛德蒙，閃現一抹同情的笑容，克雷蒙特．柯特若[1]吐舌頭扮鬼臉，馬和騎士往下俯視，狠狠瞪著她。蒙娜行了個屈膝禮，然後把注意力放在麥克斯身上，假裝對大家的注目不為所動。

爹爹說這個表情很跋扈，而且常常能夠發揮效用。

「那我繼續說下去，」麥克斯說，彈掉西裝外套翻領上一點乾涸的顏料，「藝術修復師今天就會到。」

一陣喃喃聲像波浪一樣竄過人群。蒙娜看到茱麗葉特向愛德蒙投出一抹害怕的神情。沒人喜歡接受修復。這種事情很邋遢、很乏味，而且表示連續好幾天或好幾星期都會困在地下室的工作室。

「好了，好了，」麥克斯低吼，揮手制止悄悄話的嗡嗡聲，彷彿那些聲音是早餐桌上打攪他的蜜蜂，「你們都知道原本就會這樣。如果我們要維持頂尖的美術館地位，大家都得盡一份心力。」

「可是我才剛剛修復過！」柯特若夫人喊道，搖晃身體彷彿就要昏厥。她是十七世紀一位荷蘭藝術家畫成，因為跟著愛哭的寶寶法蘭西斯、三個好動難管束的孩子，還有老愛對無法離開加拿大紐布朗維克省比佛布魯克美術館牢騷不斷的丈夫，一起困在畫作

1. 其他居民暱稱他為「小克」。

裡將近四百年，性情纖細敏感。她丈夫的夢想是住在巴黎的羅浮宮。

比佛布魯克勳爵並未抬眼。「女士，您的畫作上一次修復是在一九七三年。」

「有那麼久了啊？」柯特若夫人自言自語。

「我說過，」麥克斯說下去，「我還沒有確切的時程，可是就我目前知道的，修復清單如下：《柯特若一家》、《花園裡的茱麗葉特女士》、《旅館房間》、《尋歡作樂》、《蒙娜．鄧恩》。」

在宣布《尋歡作樂》之後，響起一陣喧嘩，蒙娜差點錯過自己的名字。

「我們接受修復的時候，要到哪裡過夜？」一個皮膚黑黝的男人大喊，蒙娜不認識他。儘管在這家美術館裡生活了將近六十年，她依然會遇到鮮少離開自己畫作的居民，尤其像《尋歡作樂》這類的作品，畫面裡的白馬客棧的裡裡外外加起來有幾十個人。

麥克斯聳聳肩，可是就在大家的臉色開始發紫的時候，他補了一句：「鎮定點，湯瑪斯．山維爾爵士同意在《尋歡作樂》接受修復的時候，請大家到《飲酒樂》裡作客。滿意了嗎？」他等著牢騷聲漸漸平息。「準備好一接到通知就下樓去，將你們的畫作維持整齊。現在請你們讓我講下去，我還有別的消息。」

某人正要發話，可是麥克斯要他安靜。沒人真的想惹惱「老闆」，這是美術館居民給麥克斯的暱稱。

「美術館星期五晚上要舉辦一場募款派對。今年出席人數不多，捐款狀況也是。

你們都很清楚，經營這樣世界級的組織需要很多經費，我希望你們可以在派對期間端出幹練的樣子。不管客人說了什麼荒唐的話，都別露出難受的表情，拜託了，謝謝。」

幾聲竊笑迴盪在集會的人群之間。每個人手頭都有好幾個美術館訪客的恐怖故事。

麥克斯閃過一抹笑容，回應那陣笑聲。「還有，美術館會舉行幾個為期一週的夏令營，不過加了點變化：每週的最後一晚包含夜宿派對——」

「什麼是夜宿派對？」安椎．瑞德莫問。他的畫作將近六百年歷史，上一次舉行夜宿派對是一九九八年，當時他借調到別的美術館。

「參加藝術營的孩子一週末尾，可以在館內過夜。」蒙娜低語，不過老實說，她有點怕這個一臉嚴峻、魁梧如熊的男人，他老是披著毛皮鑲邊的絲絨綠斗篷走來走去。

「他們為什麼要這麼做？」他質問，「聽起來有點麻煩，是吧？」

蒙娜戀戀想起上回的夜宿派對，查爾斯爵士的看法則大不相同，他強烈反對讓「吵吵鬧鬧的臭小鬼」在館內過夜。

麥克斯渾厚的嗓音平息了反對的聲浪。「夠了！辛格館長認為，這樣的活動可以鼓勵家庭參與藝術，而家庭參與代表更多收入。為了美術館的好處著想，我們當然可以把個人的感受擺在一邊。」

「他的意思是為了比佛布魯克勳爵的好處著想吧。」有人嘀咕。

蒙娜連忙轉身，講話的是英國作家W．薩默塞特．毛姆，他由一個蒙娜不認得的男人捧在臂彎裡。毛姆對蒙娜眨眨眼，她報以笑容。她喜歡毛姆。可惜他運氣不佳，只是一張頭部的素描。蒙娜的畫作只呈現了她的上半身，但是藝術家當初創作的時候，考量到她的整體，那就表示，她離開自己的肖像時，是完整的一個人。畫毛姆的藝術家只把焦點放在腦袋上，有人記得到地下室的工作室裡帶他，他才能離開自己的畫。至少他可以說話，沒人喜歡那些沒有身體的手部素描；那些手往往會在最不合宜跟嚇人的時刻悄悄湊過來。

麥克斯拉出懷錶。「將近清晨六點半了，」他說，「不久保全就要換班了，我提議大家都回到各自的畫作裡，祝你們都有美好的一天。」靠近前方的幾個人鼓了鼓掌，巴望麥克斯會注意到，在未來多多眷顧他們。接著，就像看完劇場表演的觀眾，大家都拖著腳步走向畫框，他們在那裡列隊，說說笑笑，一面等待輪到自己踏進牆壁後方的狹窄通道，那裡可以神奇地通往美術館的各個展間以及各自的畫作。

比佛布魯克勳爵離開以前，有個男人從他背後的暗影裡走出來，對他耳語一番。達斯克先生是比佛布魯克的左右手，住在《旅館房間》，這幅畫展示在賀斯蒙皮婁馮恩館。他的藝術家盧西安．弗洛伊德世界知名，這幅畫吸引了無數的訪客前來美術館。可是弗洛伊德把他畫成灰濛濛、幽影般的人物，而且因為這樣，美術館的大多居民都躲得他遠遠的。達斯克說話的時候，麥克斯點著腦袋，然後舉起一隻手。

「等等！」他呼喚，「這邊的達斯克先生提醒我，我忘了某件事。」已經離開畫作的居民們又把腦袋探回來，其他人則把注意力轉回老闆身上。

「美術館館長的兒子今天會到。」麥克斯面帶笑容說。

「我不知道他有兒子。」某人說。蒙娜點點頭，她也不曉得。

「他有個兒子沒錯，」麥克斯說，「是個叫薩俊的十二歲小伙子。看起來，顯然滿有藝術天分的。我想他會參加夏令營。辛格館長非常興奮。就這樣。你們走吧！」

蒙娜被大家往畫框推推搡搡，差點就能成功溜走，這時麥克斯以洪亮的聲音追了上來。「我要跟妳談談，蒙娜・鄧恩！」

蒙娜嘆口氣。她之前想得沒錯：她這一次逃不過懲罰了。

2

薩俊．辛格的繼父比爾哼著歌，把賓士車開進拉瓜迪亞機場B航廈的接送區。

今天是六月最後一天的早上六點半，薩俊累壞了，不是因為一早起來，而是因為他根本沒睡。

「你要搭加拿大航空，確定這個航廈對嗎？」他媽媽問，指關節因為緊抓薩俊的機票和登機證而發白。

「沒錯，莎拉。」比爾說。他往前傾身，按下後車廂的按鈕，然後爬出車外。

薩俊扭著身子越過後座，到最靠近路邊的車門，這時媽媽將手搭在他的胳膊上。他凝住不動，等著媽媽給更多忠告。過去一個星期，她已經找他懇談過三次。顯然還不足以說服她，他不會有事的；她也塞了六張紙進他背包前袋，上面滿是緊急聯絡電話、電郵、詳細的行程表、飛機緊急逃生出口圖、夏季閱讀書單。去年夏天他到法國索邦大學讀書，她也沒這麼擔心。

可是這趟旅程不一樣。他要去拜訪爸爸，只要跟艾薩克．辛格扯上關係，都會讓他媽媽心情大亂。

薩俊把她的手搖開。「媽，我要走了啦。」

他掙脫她的抓握，可是躲不開她熱切的藍眸。「我知道，欸……要是事情不順利——」

「媽，我不會有事的。」沒錯，這些年來，他沒跟爸爸相處過多少時間，可是那個傢伙現在經營一家藝術美術館，而且薩俊有繪畫天分。父子兩人至少有這個共通點，不是嗎？

「我知道，可是如果他開始有奇怪的舉動……」

薩俊無法判斷，反胃的感覺有哪部分源自媽媽的擔憂，或是自己的擔憂。「媽，停。是他主動找我去過暑假的。」

他媽媽悶哼一聲。「一起過暑假跟一起過週末，可是很不一樣的。」

說得好像他不知道似的。他才不想跟媽媽重彈他跟艾薩克之間的老調。地方不對，時間也不對。一談，他就沒勇氣上飛機了。「比爾在等了，我要走了。」他看著她轉身，搖下車窗，向丈夫舉起一根手指。

「再一分鐘就好，親愛的！」

比爾輕敲手錶。「讓他去吧，莎拉。安檢要花好些時間。總不希望他錯過班機吧。」

薩俊擔心，故意讓他錯過班機，正是他媽媽的打算，他連忙下車，跟比爾會合，比爾將他拉進溫暖的懷抱。

「祝你有個很棒的暑假，小老弟。」比爾說，猛拍薩俊的背，「別擔心你媽。等我們回到市區，她就會忘記自己有個兒子。」

比爾只是想開個玩笑，可是聽起來有點刺耳。薩俊是他媽媽第一段婚姻的孩子，

在她再婚以前，以獨子的身分過了將近七年時間。後來他媽媽又生了兩個孩子——雙胞胎安思麗和艾胥麗——薩俊不得不跟別人分享媽媽——除了比爾之外，還有兩個真人版的迪士尼公主。

薩俊很樂意帶著顏料或一本好書，窩在自己的臥房裡，不過雙胞胎就跟他媽媽還有比爾一樣——話講個沒完，又喜歡成為注意力的焦點。彷彿他們四個組成了一個完美的家庭，加上一個彆扭的他。薩俊會想念他們，不過可以享有一點平靜和安寧，沒人吵著要他幫忙塗指甲油，或是玩睡美人的遊戲，還滿令人憧憬的。

「我聽到了！」他媽媽到人行道上跟他們會合，儘管不掩心慌，但外表依然無懈可擊，薩俊確定她下車以前補過口紅。「別理比爾，薩俊，他只是在搞笑。現在聽好了，你過了安檢，上了飛機，在多倫多和弗雷德里克頓降落的時候，都要發簡訊給我。可以吧？」

薩俊點點頭，知道沿途每個停靠點都會有簡訊等著他。如果他沒回覆，她可能會聯絡聯邦調查局或什麼的。

「莎拉，給他一個擁抱，我們不能在這邊多停留。」比爾猛搥薩俊的背，然後繞過車子，爬進駕駛座。

「也許我應該陪你進航廈……」

「媽……別這樣啦。我不需要妳陪我進去。加拿大航空的小姐在報到櫃檯等我。如果妳進來，反而會拖到時間。拜託。」

薩俊媽媽的眼睛閃著淚光，像鉗子似地牢牢摟住他，這麼嬌小的人怎麼可能有這麼大的力氣。「好吧。我愛你，甜心。要乖乖的喔。希望你跟你爸的一切都順利。記得，打電話隨時都能找到我。」

薩俊喉嚨感覺堵堵的。他想跟爸爸共度夏天，更認識爸爸，可是心中有一部分其實也想待在家裡。家裡熟悉又安全。他擔心自己可能會哭，或者更糟的是，怯場不去，於是點點頭，一溜煙鑽過旋轉門，進入了機場。

3

在比佛布魯克美術館當個孩子並不容易。日復一日困在一幅畫裡，讓陌生人傻傻盯著你看，跟一年到頭講同樣故事的同一批人住在一起，和借展過來的畫作交交朋友，但是這些畫作最後還是會離開。可是對蒙娜．鄧恩來說，最艱難的部分是，大家都期待她可以表現得比十三歲老成，因為她是一幅百年老畫了。真不公平。

蒙娜要去找麥克斯的路上，克雷蒙特．柯特若攔住她。「今天晚上來找我，除非妳被禁足了，」他俏皮地追加一句，「我想跟妳分享我目前在弄的很酷的音樂。」

「小克……」

「別這樣──我一定要追上潮流才行！妳還過著一九一五年的那種生活就覺得滿足，可是現在都二十一世紀了，蒙娜。我看到那些帶著音樂進來的傢伙，聽到他們放的音樂，我現在對那些音樂很熟了。」

蒙娜翻翻白眼。小克有著十七世紀的外表──蓬鬆的絲質襯衫、黃褐色的長版外套、短褲、過肩的波浪長髮──跟他二十一世紀的文青內在，實在很不搭軋。過去四百年來，九歲的小克體驗過童年史上每個階段。實在很難跟得上他的腳步。

小克是蒙娜的好搭檔，可是因為年齡上的差距，他比較像是愛惹事的弟弟，而不算真正的閨密。他戳戳她的肋骨，然後大搖大擺走向他家人站著等候的通道。他母親為

了身邊的寶寶和即將到來的修復計畫高聲忙亂著。

蒙娜準備挨罵而現身的時候，茱麗葉特女士和未婚夫愛德蒙・紐傑特中校正在跟麥克斯講話。

「你確定不會影響到我們的結婚計畫嗎？」愛德蒙問麥克斯。

「我看不出會有什麼影響，」麥克斯轉向潛伏在右側的幽影男人，「記一下，達斯克，茱麗葉特女士的作品要在七月三十一號以前完成，絕對要照這個時間走。」

達斯克在永遠隨身攜帶的小記事本裡快筆註記。

茱麗葉特夫人對這兩個男人投以寬心的笑容。「謝謝。是這樣的，八月五日是我們偏好的日子。」

達斯克先生咧嘴一笑，白牙從灰影中閃現。「我們一定盡量，茱麗葉特。」

愛德蒙一臉怒容。身為十八世紀的人，愛德蒙不喜歡這樣的親暱作風，正派紳士不會直呼女士名字。

在那間美術館，八月五日是那年夏天的重要日子。整棟建築會關閉二十四小時，在屋頂上架設新的藝術裝置。選在這個時間舉行婚禮相當理想。婚禮地點設在《偉大的聖雅各》，就是他們目前佇立的這幅畫。

蒙娜的目光從茱麗葉特移向愛德蒙，然後嘆口氣。這場婚禮會很盛大。愛德蒙穿著紅色長版軍服，金色滾邊加上銅釦，散發十八世紀的騎士風度，手持優雅的櫟木手杖，他正是帥氣的化身。茱麗葉特女士以印象派的風格畫成，同樣文雅，穿著淡奶油色的絲裙，如花的甜美，用活潑的角度拿著褶邊裝飾的白陽傘，紅玫瑰紮成的小花束永遠不離手。他們的婚禮會非常浪漫。

最棒的是，蒙娜也會以茱麗葉特夫人的伴娘身分參加。這是比佛布魯克的第一場婚禮，所有的畫作都在談這件事。唯一讓蒙娜失望的，是自己的裝扮。威廉・歐爾朋畫下她當時最愛的洋裝，太妃糖色的樸素褶裙，前側有一排雪白鈕釦。如果她當初選了白色絲質雪紡裝就好了，**那件**做為伴娘洋裝才恰當。說句公道話，當時她也不曉得自己在畫框背後會有另一段人生；在這段人生裡她只能穿當初入畫的衣服。

婚禮的話題讓她一時忘記自己過來，是為了接受比佛布魯克勳爵的責問，可是他清清喉嚨，提醒他們大家。

「也許我們應該留下來。」茱麗葉特女士向愛德蒙低聲說。蒙娜給他們一抹感激的笑容，可是麥克斯不肯接受。

「先說到這邊。」

蒙娜看著朋友離開。「也不用這麼唐突吧，先生。」她說。

麥克斯嘲笑。「我還覺得自己很和善呢，鼠鼠。」

「十五分鐘，比佛布魯克勳爵。」達斯克說。

「好啦，好啦。去吧，達斯克。我跟鄧恩小姐談一下就好。」

達斯克動也不動。他不想錯過老闆訓斥別人的場面。

「我想我已經要你下去了。」麥克斯說，遷怒達斯克。達斯克鞠了躬，匆匆離去，蒙娜壓下笑容。

麥克斯將注意力轉到蒙娜身上。「我們認識多久了，鼠鼠？」他說，把手伸進口袋，抽出一根粗雪茄。

「我的一輩子。」蒙娜說。這是真的。就像麥克斯，蒙娜的父親詹姆斯．鄧恩也在紐布朗維克土生土長。這兩個男人一直是好友。

「我想我第一次在妳父母的莊園見到妳，妳已經是個小姑娘了。」麥克斯思索著，吸了口雪茄。

「你那時候還不是勳爵。」她可以背出比佛布魯克的人生故事，他已經對她說過幾十遍。

「沒錯，我一直到一九一七年才成為比佛布魯克勳爵。」

「我那時候一定給你看過我的小馬。」鄧恩家的莊園在鄉間，蒙娜常常會去騎自己心愛的馬匹。

麥克斯搖搖頭。「即使有，我也不記得了。說夠回憶了——妳是在佔我便宜，姑娘。」

「我，佔你便宜？哪有可能！」她露出狡猾的笑容。

「妳明明知道有。我們是世交了，鼠鼠，妳父親的肖像今年夏天外借，我把自己當成妳的監護人。妳隨便亂晃，過了時間才進來，好像整個地方是妳的——並不是——這樣可不行，別把我當傻子耍。」

蒙娜沒考慮過自己遲到的事，看在別人眼裡是什麼樣子。「對不起，麥克斯。你也知道我的狀況。我去散步，陷在自己的幻想裡，然後突然意識到時間，拔腿衝刺，可是還是遲到了！我以後會更努力，我保證。」

「今天又有什麼藉口了？」

「過來這邊的路上，我決定快快游個泳。我很確定那幅畫沒人，可是突然有人出現在海灘上。因為只穿內衣褲，我沒辦法離開水裡！等他離開的時候，我冷到牙齒打顫，腳趾都發青了！」

蒙娜編織著她的悲慘故事時，麥克斯的臉龐抽搐扭曲。他終於忍俊不住，哼哧出聲，接著蒙娜也笑了。他們花了幾分鐘才平靜下來，這時麥克斯站起身。

「妳是個呆瓜，這點不容否認。別再遲到了，鼠鼠。也別再到處探險。我希望今年有個平靜無波的夏天，我唯一想要的刺激，就是有人捐一份豐厚的支票給辛格館長？懂了沒？」

「懂了。」她說，行了個完美的屈膝禮。

麥克斯指向畫框，蒙娜快步走開，離開前停下來對著那匹馬跟騎士擺鬥雞眼，後者以牙還牙。今天一定會很棒，她就是知道。她撐過麥克斯的訓斥，洋裝乾了，夏日陽光從大美術館門和禮品店窗戶灑進來，在蠟亮的楓木地板上灑下小鑽石般的彩光。

她踏進自己的肖像時，朝愛德蒙揮揮手。他的肖像以及柯特若的全家福，就在她的正對面。愛德蒙已經就定位，倚在手杖上，他也揮手致意，用嘴型無聲說著：「一切都好嗎？」她點點頭，他漾起笑容。她在自己的椅凳上安頓下來，等待頭一批美術館訪客到來。

4

三個小時後，薩俊抵達多倫多。他通過海關，跋涉到航廈遠端，才到達飛往弗雷德里克頓的登機門。現在他弓著身子低低坐在位子上，長腿佔住了走道的四分之三空間。他還不習慣耶誕節以來多出來的十二公分身高，他已經差點害三個人絆倒。他沒挺身坐好，這種事可會讓他媽媽大驚失色，可是他累到無法在乎。

「這班飛機準時嗎？」

這個聲音渾厚鮮明——彷彿某人給了一頭河馬英國口音——薩俊不由自主轉身去看說話的人是誰。關於河馬的那部分，他弄錯了，那個聲音屬於修長的黃鼠狼，一個四肢纖瘦、下巴尖削的男人，額頭寬闊，加上一雙烏黑的小眼睛。他寬鬆的棉恤和長褲上沾了油膩的污漬和顏料。薩俊的行李箱裡也有類似的服裝，不管這傢伙是誰，都是個用油彩和壓克力顏料作畫的人。

坐在報到櫃檯後面的金髮女人頭也不抬。「很快就要登機了。」

「我的登機證寫著，我們會在十點五分登機。」黃鼠狼男說。他環顧四周，想找其他不滿的旅客。他的視線落在薩俊身上，薩俊把臉別開，擔心男人會找他說話。

黃鼠狼男現在勾起了金髮女人的注意力。「抱歉，先生，班機延遲。不過飛機還是會準時抵達。坐一下。我們很快就會登機。」對方以惱火的哼聲回應她。

薩俊搖搖頭，希望自己在飛機上坐得離那個傢伙遠遠的。

十五分鐘過後，薩俊在擁擠的飛機上，掙扎著穿過狹窄的走道，垂下腦袋免得撞上開啟的頭頂置物箱。他往右一瞥，便知道自己走到了十二排。他的座位是十六排B，他往前數，瞥見那條後退中的髮線時，鬼叫一聲。

「你可以移到走道對面的空位。」薩俊把背包塞在前方的座位底下，開始扣上安全帶時，黃鼠狼男說。

「什麼？」

黃鼠狼男把腦袋朝走道對面的空位一歪。「我說啊，你為什麼不移到那邊去？」

薩俊茫然看著他。「可以嗎？」

「當然，我向來都這樣，這樣我們兩個都會有多點空間。」

薩俊立即行動，彷彿救生船上分了個位置供他逃離鐵達尼號。他解開安全帶，伸手拿背包，正要站起來的時候，穿著海軍藍西裝的男人沿著走道朝他們衝來。薩俊知道男人要往哪裡去，於是用力坐回位子，不理會黃鼠狼男的咒罵。他把背包塞好，又扣上安全帶之後，閉上眼睛等待起飛。

「搭飛機就該準時，」黃鼠狼男說，「你是弗雷德里克頓來的嗎？」

薩俊睜開眼睛搖搖頭。「紐約市。」

「當然了，你一身黑。在紐約市，每個人都穿黑的。」

薩俊瞥了瞥自己的兜帽衫、牛仔褲和Vans牌運動鞋：全是黑的。黑色很簡單，而且比他在私立學校被迫穿的制服酷多了。

「我從施洛普郡來的，不過你從我的口音幾乎聽不出來。我現在住日內瓦。」

「瑞士？」

男人點點頭。「你一定要去看看，那個城市棒極了。」

「酷。」薩俊往後靠，飛機沿著跑道奔馳，轟隆隆地飛騰入空。既然都升空了，也許黃鼠狼男會安靜下來。

運氣不佳。「紐約市的小伙子幹嘛去弗雷德里克頓啊？」

「我爸住那邊。」

「有意思，他是做什麼的？」

「他是比佛布魯克美術館的館長。」通常只要一提到美術館，對話就會結束。接著薩俊想起那些顏料彩漬，然後屏住氣息。

黃鼠狼男閃現一抹真誠的笑容。「這也太巧了，我這個夏天就是要到弗雷德里克頓的比佛布魯克美術館工作。」

當然是了。「噢，是嗎？」

黃鼠狼男伸出手。「艾奇柏德・史尼利。」薩俊握住對方汗濕的手，兩人無力地握了握手。

「薩俊・辛格。」

「你叫薩俊．辛格？」

「嗯。」薩俊等著對方說出必然的結論。

「你爸媽照藝術家約翰．辛格．薩俊，把你取名為薩俊．辛格嗎？」

「嗯。」成人，尤其是在藝術界的那些，總是對他的名字大驚小怪。真討厭。幸好跟他同齡的孩子通常不知道約翰．辛格．薩俊是誰。他看著史尼利的臉，等待這種新奇感過去。為了轉換話題，他決定提出自己的問題。「所以，你去比佛布魯克做什麼？」

「我是藝術修復師，你父親要我去一陣子，可是我都在兩三年前接受預約。這次終於輪到他。我要修復館內的五件傑作。」

「酷。」

「我就跟小說《科學怪人》裡的法蘭克斯坦博士一樣——我讓畫作死而復活！」史尼利大笑，猛拍骨瘦的膝蓋。

薩俊發誓他可以聽到背景響起陰森的管風琴樂。「我畫畫，去年夏天到巴黎索邦大學念書。」

「不賴喔，辛格先生。你幾歲了？」

「十一月就十三歲了。」

「如果你十一歲就到索邦去，那一定很有天分。你應該過來觀察我工作。也許我可以說服你放棄畫畫，來做藝術修復。」

薩俊點點頭，合上雙眼，受到飛機白噪音的催眠。不久，飛機輪胎撞上跑道時的震動，讓他驚醒。史尼利望出窗外，看著淺橙棕色的磚造建築。

機長的聲音透過對講機嘎啦響了起來。「歡迎來到弗雷德里克頓！」

現在已經不能回頭了。其他乘客收拾自己的行李，親切地跟彼此閒聊時，薩俊嚼起了指甲的粗糙角皮。艾薩克一定在門口等他了。他已經有六個月沒見到艾薩克了——除了視訊之外。他來這裡是不是錯了？

5

艾薩克剛搬到弗雷德里克頓的時候，薩俊還得用Google Earth查詢，因為誰聽過加拿大紐布朗維克省啊？除了被迫陪艾薩克到新墨西哥州阿布奎基市去探望病危的祖母那次，他們向來都在紐約市碰頭。艾薩克會飛過來待一兩天，不自在地試著聯絡感情，然後離開。所以當艾薩克去年耶誕節來訪，堅持要薩俊來跟他一起過暑假的時候，薩俊還滿詫異的。

「他都十二歲了，莎拉！」薩俊無意間聽到艾薩克告訴他媽媽，他們當時站在裝飾精緻的玄關等薩俊，薩俊正要跟艾薩克去看曲棍球賽。「我盡了責任。薩俊正在成長。他需要父親。我已經向妳證明了自己的能力，不是嗎？真是夠了。如果有必要，我們就上法庭解決。」

薩俊屏氣凝神，躲在客廳的陰影裡。就像他八歲時偷聽到的那場恐怖對話。艾薩克盡過了什麼責任？他等著媽媽辯駁。媽媽沒開口駁斥，而是喚他過去，他拖著腳步往前走。只有兩公尺多的昂貴東方地毯隔開了他爸媽，可是對薩俊來說卻像一片汪洋，而薩俊正在海中一座全然陌生的島嶼上。

「夏天他就交給你了。」她低聲說完，一溜煙走開，留下薩俊跟著喜孜孜的艾薩克出門去。

現在他人在這裡，納悶自己有沒有辦法跟一個他幾乎不認識的男人，在鳥不生蛋的地方撐過八個星期。

「你爸爸會來接你嗎？」史尼利問，將薩俊拉回當下。

「應該會吧。」

「太好了，他也可以順便載我進市區，替美術館省下計程車的費用。」

這也太好了，還得跟史尼利相處更久。薩俊跟隨人群走進航廈，瞥見了艾薩克，遲疑片刻，四周一片歡喜團圓的氣氛，他卻尷尬不安。艾薩克拉他入懷緊緊擁抱，為時有點太久。薩俊終於可以逃開的時候，卻意識到自己正直直盯著爸爸的眼睛。

「你長大了！」艾薩克歡喜地說。

薩俊不自在地臉紅起來，彷彿「成長」是他上回見過艾薩克之後精通的技巧。他完全忘了史尼利，直到附近有人清了清帶痰的喉嚨。

「艾薩克．辛格嗎？」史尼利說，把手伸進父子之間。

「是……」

「我是艾奇柏德．史尼利。」艾薩克一臉困惑，接著明白這個名字的意義，隨即握住史尼利的手。

「當然，當然了……沒錯。我知道你今天會到！」

「我不只到了，運氣還好到在飛機上坐你家公子隔壁，我得補一句，他很體貼，主動提議你幫我忙，載我上旅館去。」艾薩克還來不及回應，史尼利又說：「我的行李箱是經典款路易威登，抱歉我得去上一下洗手間，等會兒跟兩位在航廈外頭集合。」然後就離開了，丟下艾薩克和薩俊在行李轉盤旁邊大眼瞪小眼。

「怪咖一個，」艾薩克說，「雖然上一個羅馬尼亞來的修復師也很怪，你知道路易威登的行李箱長什麼樣子嗎？」

儘管史尼利堅持薩俊跟艾薩克一起坐前座，但由於史尼利鸛鳥般的修長四肢，擠不進雙門轎車的後座，所以薩俊也不可能去坐前頭。

「長得高的詛咒。」史尼利坐在艾薩克旁邊，掏出手機的時候說，「我會補償你的，小薩俊——我保證。」

艾薩克選了一條環繞聖約翰河的路線，那條河就像一道寬闊帶狀的蔚藍，兩側淨是樹海：毛茸茸的雲杉、尖刺刺的松樹，楓樹染上綠色與栗色之間的各種色調。還有一棵獨自矗立的榆樹，高高伸向天際，高聳的枝椏提醒薩俊，他在法國曾經走訪過的大教堂拱頂石柱。紐約的中央公園的樹木雖多，但對薩俊來說，紐布朗維克除了樹之外什麼都沒有。他想像把幾十種不同的綠色糅合在一起，忠實再現這番景致。

「美不勝收吧，嗯？」他爸轉頭詢問，「大家都叫弗雷德里克頓『偉榆之市』，整個城市裡有幾萬棵樹木。飛得還順利嗎？」

「我五點就必須起床。」薩俊暗暗咒罵自己講起話來小裡小氣。

「誰載你去機場的——是你媽還是比爾？」

「兩個都去了，比爾的媽媽過來探親，可以陪妹妹們。」

「那趟車程一定很有趣吧。」薩俊沒回答，一陣尷尬的停頓。「讀六年級還順利嗎？」

「七年級了。」

「對，對。哇，已經七年級了啊，時光飛逝。你妹妹們都好吧？」

「嗯。」因為薩俊和艾薩克很少見面，對話總是遵循相同的模式：學校、安思麗和艾胥麗、藝術。

「你還在跟你的藝術老師里昂先生上課嗎？」

「是里恩納德先生，一星期兩次。」

「太好了。」

艾薩克把話題都用完了，父子倆於是陷入不自在的靜默，薩俊希望史尼利別再傳簡訊，趕快開口講話。他雖然怪，但還滿有活力的。

「美術館快到了，」艾薩克終於說，「這裡是滑鐵盧道。我住的地方離這裡不遠，跟美術館只隔兩個街廓，是一棟老房子裡的單位。因為這條河和延伸好幾英里的公共綠地，這條街是市區裡最搶手的地段。」

他的評論促使史尼利抬起頭來。在他們左側，沿途幾條街道旁邊都是模樣氣派的房子，不過大家之所以會想住這邊，是因為右側的景觀。一片綠色地帶和河流平行，林木漸稀的地方，可以看見波光粼粼的河水，還有供行人悠遊的步道。不管往哪裡看，薩俊都看到有人在慢跑、散步和騎單車。

「滿漂亮的。」史尼利說。

車子潛進地下道，回到路面時，艾薩克指向右側。「就在那邊——比佛布魯克美術館！」他停進美術館前方的計費停車格，好讓他的乘客看個清楚。薩俊搖下車窗，探出腦袋。

比佛布魯克規模並不大——至少跟紐約市和巴黎的大美術館比較起來並不大——可是建築師將它高高設在河畔的堤岸上，迫使訪客走近的時候抬頭仰望，這點還滿令人折服的。建築本身看起來像是一系列相連的砂磚箱子，穿插著成排的高窗。兩組寬闊的水泥階梯通往內縮的入口，「比佛布魯克美術館1958」以鋼製文字拼寫出來。

艾薩克指著左側的建築。「那就是你的旅館，史尼利先生。」他跳出車外，繞過後車廂，去拿藝術修復師的行李。史尼利爬出車外，一把抓住行李箱。

「我會要我的秘書——她叫瑪汀，安排今天下午晚點開會，」艾薩克說，「除非你想先好好休息，等明天早上再說？」

史尼利一臉驚愕。「我早上沒辦法做事的。如果你不介意的話，我想現在就去逛逛。」

「現在嗎？」艾薩克問，「我原本計畫跟薩俊吃頓午飯。你要不要先到旅館報到，我一個小時內回來這裡跟你會合？」

看到史尼利拉長了臉，薩俊爬出車外。「沒關係，我自己也想快快逛一下。我們可以晚點再吃飯。」他希望艾薩克不會聽到他肚子餓得咕嚕叫。

艾薩克感激地對他點個頭，往口袋撈零錢，要投進停車計時器。然後艾薩克和薩俊跟上史尼利，史尼利拖著行李箱走上前門階梯。看看這家美術館的時候到了，薩俊希望這裡不會太遜。畢竟弗雷德里克頓是個小地方，他不該期待會有多了不起的東西。

6

蒙娜喜歡她在比佛布魯克館內住的地方。她掛在哈芮特歐文館裡，就是美術館入口的右邊展間。由於所在位置，她總是知道訪客何時抵達，可以聽到員工對話（以及精采的八卦），而且常常是訪客看到的頭一幅畫。唯一的缺點是人來人往，很少有機會放鬆肩膀，或是好好眨個眼睛。不過，她很感激自己就在最佳位置，聽到辛格館長介紹兒子和那位藝術修復師給他的助理館長潔妮詩・海思。終於有點新鮮事了！潔妮詩常常會緊張地發笑，從像肥皂泡泡一樣飄進蒙娜那館的輕笑聲來判斷，和薩俊與史尼利碰面幾乎超過她所能承受。

「美術館總共有兩層，」辛格館長正在說，「我們目前在主層，這裡有六個館。左手邊是加拿大館，往前走是培訓館和麥克肯恩館，右邊是哈芮特歐文館、麥克斯艾特肯爵士館、拱頂館，以及賀斯蒙皮婁馮恩館。我總是從哈芮特歐文館開始。」他邊說邊踏進蒙娜的那個館。

蒙娜以為辛格館長的兒子年紀更小，一看到尾隨父親繞過轉角的瘦長男孩時，猛吃一驚。他長得很像辛格館長，不過深色眼眸、過長的亂髮和黑色衣裝讓蒙娜覺得很神秘。

辛格館長照例先指向她的肖像。「蒙娜・鄧恩，我的寶貝女孩。她父親就是紐布朗維克這裡的人，你們知道嗎？」

史尼利搖搖頭，薩俊往前跨步，細讀她肖像旁邊牆上的小標示。「威廉·歐爾朋，英國人，一九七八—一九三二，《蒙娜·鄧恩》，一九一五，帆布油彩。」他往後退開。「看起來活生生的。」

「啊，是那幅歐爾朋啊，」史尼利轉向薩俊，「我要修復的畫作之一。」

蒙娜習慣別人用替她作畫的藝術家來定義她。威廉·歐爾朋以繪製富人和名人的肖像聞名，一九一五年為了這幅畫像當模特兒的時候，跟他過了幾個熱鬧有趣的日子。不過，在這幅畫裡完全看不出來。

歐爾朋當時堅持要她露出神秘難測的模樣，就像另一個蒙娜——蒙娜麗莎。「總有一天妳會一樣出名。」這幅肖像完成時，他揭開遮布時對她跟她父母說。不過那天還沒到來。

「你說她爸是紐布朗維克出生的？」薩俊問，依然盯著蒙娜不放。他的眼神如此熱切，讓蒙娜很難保持平靜。大部分的人會茫然地盯著她，然後走向下一幅畫。這個奇怪的男生怎麼回事？

艾薩克點點頭。「從這裡往北三個小時，就是詹姆斯·鄧恩爵士的出生地，在巴瑟斯特。他是個富有的企業家，也是比佛布魯克的朋友。」

史尼利環顧四周。「啊，對，詹姆斯·鄧恩。我知道這家美術館有幾幅他的肖像：兩幅是華特·席克特畫的，另外兩幅是達利畫的——厲害。」

艾薩克露出笑容。「是滿厲害的，不是嗎？我們很以這些作品為榮。可惜那些畫作今年不在。那幾幅，還有達利替鄧恩妻子畫的肖像，都外借了。」

史尼利嘖了一聲，朝蒙娜悄悄走去，尖下巴幾乎要碰到畫布。「鄧恩專挑頂尖的藝術家。歐爾朋替這小妞畫肖像的時候，正處於創作巔峰狀態。」

艾薩克對蒙娜燦爛一笑。「蒙娜．鄧恩是她父親的掌上明珠。畫這幅肖像的時候，她十三歲。聽說她有三十五匹馬。」

「哇，那她一定很有錢，」薩俊說，「我喜歡歐爾朋畫她的手法。」

「我也喜歡，」艾薩克說，「他用黑暗包圍著蒙娜，這樣我們就會受她的吸引。」

「真正的蒙娜怎麼樣了呢？」薩俊問。

一抹烏雲掠過艾薩克的臉龐。「她長大結婚，生了個孩子，是當時新英格蘭公認最美的姑娘。可是二十六歲就過世了，算是一樁悲劇。」

薩俊吸了口氣。「怎麼死的？」

「腹膜炎，就是細菌引發腹部發炎。這個在當時很常見，會導致內臟衰竭。」

薩俊臉一扭，這點讓蒙娜相當滿意。聽到原本那個蒙娜的故事時，她總是很亢奮，即使講到她死亡那部分。兼具浪漫與悲劇，可是最棒的是，僅是紙上談兵，因為美術館裡的蒙娜永遠停留在十三歲。如果照料妥當，畫作裡的蒙娜會無止盡地活下去。

史尼利往後一退。「她需要好好清理——看到這邊跟那邊的小小磨損了吧？如果你現在喜歡她，薩俊，等到我完成了你就知道，她會從好到極好。」

蒙娜對這男人的傲慢感到惱怒。她並不期待接受修復，即使能在辛格館長的按季現況報告裡，從好升級到極好是件不錯的事，替每幅畫做準備這份報告是館長主要職責之一。

美術館的工友巴尼．添普頓悄悄步入美術館。蒙娜喜歡巴尼——他個性害羞客氣。他快速越過整個展間時，艾薩克瞥見了他。

「巴尼，過來見見我兒子，還有今年夏天會在這裡工作的藝術修復師。」工友放下水桶，快步走過來的時候，在連身褲正面抹了抹雙手。

「哈囉。」他說著便輪流朝薩俊和史尼利伸手。

「史尼利先生是世界上最優秀的修復師之一。」艾薩克說。史尼利和巴尼互相點點頭。

巴尼對薩俊微笑。「我們聽說過很多你的事情，希望你在弗雷德里克頓過得愉快。」

史尼利眼神貪婪地朝著愛德蒙的肖像走去。「我寧可單獨探索這個美術館，」他回頭喊道，「我在檢視藝術作品的時候，想要入神而不是分神。」

蒙娜得強忍著，才不會對這男人的無禮皺鼻。薩俊瞪大雙眼，她知道薩俊也有同感。

「呣，當然了，」艾薩克說，「我們晚點再聊。」史尼利沒回答。

蒙娜看著辛格館長和兒子離開，壓下一聲嘆息。薩俊．辛格看起來滿有趣的，名字顯然取自約翰．辛格．薩俊，館內她最喜歡的作品《聖維吉利奧，加達湖》，就出自他的畫筆。她希望他很快就會回來。

在館內，下午的導覽最折磨人。到了三點，來參觀的訪客脾氣都大了，尤其在家人之間，經過長途車程或是去過購物中心和水上樂園而體力用盡。父母出於好意，強迫孩子接受文化的洗禮，督促孩子走過一個個展間，父母再三叮囑「不要摸！」的聲音在孩子的腦海裡迴盪。導覽員——或者更正式的叫法是「講解員」，雖然試著保持爽朗的態度，可是在三點這個時刻，實在難為。

薩俊午餐過後回到館內，決定參加導覽，一面等父親跟史尼利會議結束。雖然薩俊對導覽滿有興趣，可是才走到第一張畫《偉大的聖雅各》那裡，就後悔起自己的決定。

「騎馬的傢伙沒穿衣服耶，巴茲。」一個小男孩對哥哥尖聲說，薩俊猜他七歲左右。

「你看，伯納德——他的腳髒兮兮的，一定臭死了！」巴茲說，黏呼呼的手就要碰到畫布。

「別摸畫作，孩子們。」講解員艾咪的語氣像是要哭出來。

「聽小姐的話，小鬼們。」他們父親吼道，他是個年齡不明、髮絲漸疏的男人，臉上的皺紋跟印有歌手泰勒絲的棉衫形成強烈對比。「乖一點，不然別想看電影！」

伯納德不理會那個空洞的威脅。「那邊還有個傢伙在飛，就是周圍都是金色東西的那個，看起來好像穿著尿布！」

「他一定拉肚子了。」巴茲對伯納德的周詳分析，開心地補了一句。

「才不是尿布。」薩俊嘀咕。艾咪講起這幅畫的歷史和宗教意涵。他知道艾咪是

在浪費時間，他輕輕鬆鬆就能想像這兩個兄弟之後會癱在旅館床上打電動，一面抱怨除了「穿尿布的傢伙」那幅畫之外，那座美術館有多麼乏味。

艾咪領著這群人繞過轉角，走進哈芮特歐文館。薩俊又看到蒙娜的時候，漾起笑容。他在附近的板凳上坐下，細細端詳她。

「這個笨導覽還要多久？」巴茲顯然累壞了，而他們才走到第二幅畫。

「嗯，大概再三十分鐘。」艾咪說。

兄弟倆大步走到薩俊那裡，一屁股坐在他旁邊。

「你是誰？」伯納德質問。艾咪擺脫了那兩個小伙子，開始歡喜地帶著那位父親在展間裡走逛。

「薩俊（Sargent）。」他繼續盯著蒙娜，希望他們會意識到，他沒興趣跟他們聊天。

「像軍隊裡的上士（Sergeant）嗎？我在家裡有一整盒玩具兵。」

「嗯，我們會開槍射擊，殺掉所有的東西！」巴茲補充，拉出一把想像中的步槍，瞄準那些畫作，一個個解決。

「我的名字拼成S-A-R-G-E-N-T，不是S-E-R-G-E-A-N-T。」

「好蠢，」伯納德說，在棉衫上抹抹鼻子，「你媽是不會拼字嗎？」

薩俊嚥下將伯納德從板凳上推下去的衝動，「她當然會拼字。」

「我真希望我叫Sergeant，」伯納德說，「等我長大，要當兵殺人。」

「太好了。」

伯納德燦爛一笑，完全沒聽出薩俊語氣裡的諷刺。

「我要當卡車司機，」巴茲說，「下一次放假，爸要帶我們去看怪獸卡車比賽，會比這個蠢地方好多了。」

「對啊，」伯納德說，「這個地方好爛。」

巴茲指著蒙娜。「是很爛。看——連那張畫裡的笨女生都覺得很爛。嘿，小姐！」他對著艾咪嚷嚷，艾咪臉一歪。「妳應該放這個女生出去，她很討厭這邊！我們現在可以走了嗎？爸？」

幸運的是，那位父親點點頭。「謝謝妳，小姐。我想我們就提前結束吧，旅館的熱水浴缸正在呼喚我的名字。」

「別客氣。」艾咪說，試著別露出太興奮的樣子，「我陪他們走出去，馬上回來，」她對薩俊說，「可以吧？」

「掰嘍！」巴茲大喊，對蒙娜吐舌頭，然後追著伯納德跑出展間，一面嚷著說他也要爬外頭的那個美洲豹雕像，即使那樣違規。

薩俊如釋重負看著他們離開，很高興能夠單獨跟艾咪繼續逛。他左眼餘光感覺有東西在動。他一轉身，及時看到蒙娜對著伯納德和巴茲逐漸遠去的背影吐舌頭，便倒抽一口氣，蒙娜也是。一眨眼，她就恢復了原本的姿勢。薩俊抖著身子站起來，朝那幅肖像走去。一切看來都很正常。他心想這可能是某種惡作劇，於是側頭繞過畫框瞧瞧，想找隱藏的攝影機。並沒有。

他吹著哨子漫步走出展間，然後迅速探回身子，想要再次捕捉蒙娜移動的瞬間。她動也不動。他在她前方站定，做出一連串的鬼臉想看看能不能得到回應。沒有反應，最後他放棄，驚奇地盯著她。那是他自己想像出來的嗎？如果不是，那又代表什麼呢？

蒙娜．鄧恩活著嗎？

7

同一天晚上的九點。身材圓滾滾的美術館警衛法蘭克．史都華，在整排的安全監視螢幕前方安頓下來，聽著廣播上的棒球比賽。每到整點，法蘭克都會在美術館裡巡邏，而在整點跟整點之間，他會看著監視螢幕看看有沒有人入侵。他沒看的是那些畫作。在這個工作崗位上待了二十年之後，那些畫作對他來說已經是老掉牙的東西，雖說他們直勾勾的眼神還是會讓他心裡發毛。

老實說，法蘭克巡邏的時候從來不去看那些畫作，美術館的居民都知道。不過，他路過的時候，他們還是會注意別動，既然監視器不會記錄聲音，美術館居民可以自由說話，只要法蘭克在他的辦公室裡。不，法蘭克只對入侵者有興趣，所以他沒注意到柯特若一家，連同愛德蒙和茱麗葉特，都在蒙娜的肖像裡，團團擠在她身邊。

「妳要怎麼辦啊，蒙娜？」柯特若夫人絕望地問，輪流換邊抱著法蘭西斯。「妳被發現了！」

蒙娜垂著腦袋。過去多年來，她有好幾次都差點被逮到——大家不都是嗎？訪客轉過身的時候，畫作表現出自己的無聊或沮喪，還算是家常便飯吧。縱使危險，可是這種刺激讓可怕的午後三點導覽變得可堪忍受。可是這是頭一次有人看到她動了。簡直災難一場。

「館長的兒子肯定以為妳吐舌頭是他自己的想像。」小克說，試著要幫忙。

他母親搖了搖頭。「你沒看到他後來盯著她的樣子，還擠了一堆鬼臉，還想檢查她的畫作背後？他一定起疑了。」

茱麗葉特夫人摟住蒙娜下垂的肩膀。「我聽到他跟潔妮詩說他累壞了。好好睡一晚之後，他就會把自己看到的東西歸諸於太累的關係。」

愛德蒙點點頭。「沒錯！」

「也許他會以為美術館鬧鬼。」麗茲．柯特若說。

「或者以為自己發瘋了。」小查爾斯．柯特若補充。

「謝謝你們想辦法逗我開心，」蒙娜說，「可是我害大家陷入了危險。」

「沒這回事！」愛德蒙抗議，「這個情形雖然不幸，可是算不上大難臨頭。他年紀還小，如果他跟別人講了他看到的情形，他父親會以為他在杜撰故事。」

「搞不好他會嚇得不敢待在弗雷德里克頓。」小克說。他推開其他人，站在畫框邊緣，漫不經心地用手指拂過精心雕琢的鍍金表面。「嘿，我要去散個步，窩在一個地方實在很膩。」

「你要去哪幅畫？克雷蒙特？」他母親想知道。

「我想去看看魯賓斯坦女士。」他說。魯賓斯坦女士就是海倫娜．魯賓斯坦，一位因政治因素移居國外的波蘭人，因為創建了化妝品王國而聞名。她很愛孩子，肖像畫裡的桌子上總是放滿美味的甜點。

「你不會跟她講發生什麼事吧？」蒙娜說。

「當然不會——我又不是愛告密的人。妳要不要一起來？別再垂頭喪氣了。」

「也許吧。」蒙娜說。不過說真的她只想獨處。

「把弟弟妹妹一起帶去吧，克雷蒙特，」他母親說，「我得喘息一下。」她望向查爾斯爵士，他正盯著虛空，決意不理會蒙娜的煩憂，之所以在場，只是因為他妻子的嘮叨。「查爾斯爵士，我們去走走吧？」

他點點頭，顯然急著想逃離那幅窄仄的肖像畫。柯特若夫婦喊著「祝好運！」和「別擔心！」一面離去。

「振作起來，」愛德蒙說，輕拍蒙娜的腦袋，「我覺得他是個好相處的傢伙，即使他懷疑妳活著，我確定他也不會說出去。因為那樣就太沒紳士風度了！」最讓愛德蒙氣惱的，莫過於口風不緊的人。

「可是我違反了最重要的規定……」

「是不小心的。」茱麗葉特用最能安慰人的語氣說。

「無所謂，」蒙娜的聲音細若游絲，「你們沒看出來嗎？這些年來，我們就是靠著麥克斯訂立的規則，才保住了自身的安全，而我違反了最重要的一條。無論在什麼情況下，居民絕對不能跟人類互動，只要美術館裡有人類在，就不可以隨意走動。我因為那些男生的嘲笑而發脾氣。我讓自己的虛榮心妨礙了大家的安全，我必須馬上去向麥克斯懺悔。」

「萬萬不可！」愛德蒙憤慨地說，「柯特若一家不會告密的，我們也不會。這個風波最終會平息，不會有人注意到的。好了，」他下令，把蒙娜拉起身，「妳一定要好好做點運動，讓自己的心思擺脫今天的不幸事件。我和茱麗葉特打算去散個步，要不要一起來？」

蒙娜勉強擠出一抹笑容。「你人真好！可是我想去碼頭那裡坐坐——」

「在《聖維吉利奧，加達湖》，」茱麗葉特替她講完，「好主意，親愛的。心情不好的時候，沒有事情比到戶外走走更能安慰人了。」

蒙娜跟著朋友走出畫框。他們往左轉的時候，她則往右轉，匆匆趕往美術館裡那個總讓她心情一振的地方。

就蒙娜記憶所及，約翰．辛格．薩俊《聖維吉利奧，加達湖》裡的碼頭一直是她的特別去處。一九一一年，蒙娜的父親曾經帶她跟她弟弟菲利普到加達湖釣魚，那是她人生中最開心的幾週之一。她踏進那幅畫的時候，照舊停頓一下，品嘗湖面上閃閃發亮的藍、綠與金黃。她朝著遠處的兩位義大利女人揮揮手，她們成天忙著交換故事和食譜。

蘿西和碧昂奇小姐離開義大利生活已經超過一百年，可是她們還是只學到一丁點英文，而英語是比佛布魯克裡最多人使用的語言，儘管麥克斯要求所有的居民要學夠多的英語，好跟彼此溝通。蒙娜認為，她們堅持保有舊時的生活方式，這點也滿好的。打從抵達這個美術館的幾十年以來，蒙娜覺得自己有責任學習她們的語言，還有法文、西班牙文和一點葡萄牙文。蘿西和碧昂奇小姐很欣賞她的努力，總是送她義式脆餅和其他可口的點心。

蒙娜坐在石砌碼頭，雙腳懸在湖面上方，想決定該不該抓根釣魚竿來。她盯著湧動的水浪時，腦海冒出一個荒唐的念頭，薩俊・辛格喜歡釣魚嗎？想到這裡，蒙娜驚恐地閉上眼睛，可是他聚精會神盯著她的肖像，擠出好笑的鬼臉，把她當成活人似地瞅著她，都在她心裡留下難以抹滅的回憶。他把她當成真人那樣望著她，這點是最糟糕的。

足足有一百多年不曾有人類這麼看她，不知怎地，讓她胸口竄過一陣刺痛。她嘆口氣，伸展身子，躺下來望著雲朵飄過，海鷗在遠處呼喚，水浪嘩啦啦拍濺著岩石。這裡既平靜，也寂寞，她合上眼睛，進入夢鄉。

薩俊和艾薩克吃完飯離開餐廳時，已是黃昏時分。這頓飯還滿可口的，可是艾薩克嘗試聊天，反倒耗盡了薩俊的心神。薩俊已經數不清父子倆有多少次陷入尷尬的沉默，以及艾薩克有多少次問他喜不喜歡他點的那道雞肉。再加上，蒙娜・鄧恩事件也把他嚇得魂飛魄散。

「我想你一定在想，我工作的時候，你整天要做什麼，對吧？」艾薩克說。他們越過女王街，朝公共綠地走去，想在飯後沿河散個步。「我恐怕要到八月才能放長假。」

對於這件事，薩俊其實沒多想，所以什麼也沒說。他原本計畫賴賴床，上上網，看看電視，讀點怪書，畫一些畫。

眼見薩俊沒回答，艾薩克說了下去。「比佛布魯克每年七月都會舉辦四場長達一週的夏令營。」

薩俊慢下腳步，最後停在原地，謹慎地看著爸爸。他絕對不可能參加的。

艾薩克察覺他的猶豫。「欸，我知道你研讀藝術好幾年，也有不少天分，可是營隊能讓你有點事情忙——」

「跟那些對藝術沒興趣的孩子一起？」

艾薩克吸口氣，回應的時候聲音很緊繃。「其實，參加的孩子裡有不少都滿有才華的。而且弗雷德里克頓這邊有傑出的講師，包括我。」

薩俊畏縮一下。他可以看出自己冒犯了艾薩克，可是沒辦法說出不想參加的真正理由：夏令營最可怕了。感覺除了他以外，每個人都有朋友，都有伴一起坐著吃午餐。可是，獨自用餐雖然已經夠慘了，更糟的是，講師們老愛把焦點放在他身上：「我們來看看薩俊怎麼處理這項練習！」結果只是惹得其他孩子看他不順眼。除了去年夏天在巴黎，薩俊已經有好幾年都拒絕參加夏令營。可是他無法跟艾薩克實話實說，只能忍著點，即使那表示今年七月會是最慘的月份。

「抱歉，你說得對。」他低語。

兩人之間的沉重氣氛一掃而空。艾薩克笑得燦爛。「我向你保證，你一定會玩得很盡興。」

薩俊想像那些日子會像過也過不完似的，寂寞又無趣，然後勉強點了個頭。

「嘿——你知道還有什麼嗎？」

「什麼？」拜託不要是比夏令營更糟糕的東西，他暗想。

「每星期末尾，營隊隊員都會夜宿美術館。我們會看電影、玩遊戲。很酷吧——在美術館裡過夜耶！」

雖然要跟那些不喜歡他的孩子一起度過整晚，感覺是個夢魘，但是在美術館裡過夜倒是很吸引人。「酷。」他試著用熱情的語氣說。

他們繼續往前走，可是這一次兩人之間的沉默是自在的。不久他們就到了比佛布魯克。「你知道嗎？我真的很喜歡在這裡工作，」艾薩克說，「這樣規模的美術館有無限可能性，而且這些畫作是世界級的。」

「嗯，我真不敢相信館內有約翰．辛格．薩俊的畫作，還有達利那幅神奇的作品。」

「不賴吧，嗯？你介意我們進去一下嗎？我需要拿份文件。」

薩俊跟著爸爸走到後門，看著他在金屬盒上掃過保全感應卡。傳來電子儀器的嗶聲，他們走了進去。艾薩克右轉朝辦公室走去，薩俊指指樓梯。

「我可以逛一下嗎？」

艾薩克一臉不自在。

他以為我還是小孩，薩俊想。「我保證什麼都不會碰，媽就讓我自己逛紐約大都會博物館。」

聽到他提起莎拉，艾薩克扭了扭臉。「好吧，反正我很快就好。只不過得弄出一點聲音，通知鬼魂你要來了。」

薩俊的思緒閃回蒙娜吐舌頭的情景。「比佛布魯克這裡鬧鬼嗎？」

艾薩克臉上的表情難以解讀。「這家美術館剛開幕的時候，我的辦公室其實是比佛布魯克勳爵的臥房。有些人說他偶爾還是會在展間走動，監督館內的情形。誰也說不準……」

紅色警戒。

這件事像野火一樣在畫作間迅速傳播：大家快回自己的畫作去——馬上。幸運的是，薩俊用耳機聽著音樂。如果不是，他爬上樓梯到主層的時候，就會聽到居民急促的腳步聲。他知道為了保護藝術作品，美術館會在閉館之後關燈，不過閉館後只剩走道的昏暗照明，還是有點令人發毛。有一刻，他確定感應到有東西在動，可是當他轉身去看，畫作裡的男人——牆上的標示寫著《安椎．瑞德莫》——文風不動。

愛德蒙護送茱麗葉特回家，儘管她抗議說在這種情況下，表現騎士精神是沒必要的，可是當他瞥見薩俊沿著走道朝他走來時，卻暗暗咒罵自己的紳士作風。一身亮紅色制服，住在大型的畫框裡，實在太不方便了，要是缺席，一眼就會被看出來。他很氣麥克斯竟然沒警告他們，辛格館長和他兒子那天晚上可能會回來。

8

薩俊無法呼吸。蒙娜．鄧恩的肖像怎麼會是**空的**？

他繞著展間走，檢查其他人是否也失蹤了。柯特若一家那幅畫看起來怪怪的，柯特若夫人手裡一直拿著一枝玫瑰嗎？寶寶的臉應該向左還是向右？他的心思主要還是忙著替蒙娜的缺席找個合理的解釋，也許史尼利把那幅畫拿去修復，而美術館在原地掛上另一幅背景類似的畫。他如釋重負，大聲笑出來。你只是累了，對於來到弗雷德里克頓覺得彆扭而已，也該看看別的作品了。

《聖維吉利奧，加達湖》掛在拱頂館的盡頭，薩俊慢慢走了過去，很興奮自己終於可以親眼看到原作。從距離幾英尺的地方望去，畫作的碼頭上有個好笑的形狀攫住他的目光。他走了過去，傾身看看是什麼，然後驚得往後一跳。蒙娜．鄧恩蜷著身子躺在碼頭上熟睡。這不可能啊。他用力閉起眼睛再張開。她還在那裡。

他著迷地看著，她的小小胸脯起起伏伏，伴隨著輕微的鼾聲，讓他想起幼鳥發出來的聲音。在書裡，人們會掐掐自己，以便確認不是在做夢，所以他也試了一下。什麼都沒改變，讓他得到了一個不可思議的結論：蒙娜．鄧恩活著，而且可以離開自己的畫作。這怎麼可能呢，他實在想不通。他必須找到艾薩克，一定要讓什麼人知道這件事才行。

就在那時，蒙娜睜開眼睛，看到薩俊巨大（對她來說）的黑眼睛正盯著她，不禁叫出聲來。薩俊受到驚嚇，猛叫一聲、往後彈開。蒙娜急著在碼頭上往後爬，到了另一側的邊緣，就快掉進水裡。

「小心！妳會掉下去！」薩俊嚷嚷。

蒙娜及時打住動作，目光一直沒離開薩俊。

薩俊心怦怦狂跳，舉起一手。「抱歉讓妳害怕。」

蒙娜坐著往前一滑，開始套上鞋襪。「是把我嚇壞了。」她糾正。她鞋帶綁到一半，停下動作，抬頭看著薩俊。「拜託……答應我，千萬別跟任何人說你在這裡看到我。要不然我麻煩就大了！」

這個秘密可以不讓爸爸知道嗎？

蒙娜看得出他在猶豫。她站起來再接再厲。「沒人知道我們的事。」

我們暗示著除了蒙娜．鄧恩之外，有更多畫作都活著。沒人知道表示薩俊剛剛發現了世上最了不起的秘密之一。如果大家發現這些畫作活著，會怎麼想？爸爸會有多興奮？可是蒙娜眼神和語調裡的急迫不容忽視。

「我不會說出去的。」

蒙娜的肩膀一鬆，她對他投以真摯的笑容。

「謝謝你，我現在得走了。」

「等等——我會再見到妳嗎？」

「我不知道！」她回頭一喊，衝到畫框那裡消失不見。

薩俊驚愕地盯著《聖維吉利奧，加達湖》，前一刻她還在，下一刻就不見人影。她要怎麼回到自己的畫作？遠處傳來艾薩克呼喚他名字的聲音，他嚇得跳起來。他衝向樓梯井，猛地左轉，朝蒙娜的展間一瞥。她回到了自己的肖像裡，一副沒有生命的模樣。他奔向樓梯，沒注意到培訓館的那幅畫裡有個幽影正看著他。

「你來啦。」薩俊到樓梯底部會合的時候，艾薩克說。他的提包裡塞滿文件，看到薩俊盯著文件，便發起牢騷。「美術館這個週末要辦一場募款會，我必須擬完募款會的演講。得加點統計資料進去，讓大家瞭解這個美術館有多重要，還有他們的捐款會多有幫助。」

薩俊懷疑地挑起一眉。「你覺得統計資料會讓大家興奮？」

艾薩克笑了。「別用那種表情看我！我只是需要找個方式來增加美術館的營收，只是這樣。營運成本越來越高，我們需要更多資金來策劃活動和展覽。其實啊，美術館有嚴重的財務問題，現在董事會給我不少壓力，要我扭轉情勢。我希望這場募款會會有幫助。」

薩俊想像蒙娜．鄧恩在碼頭上睡覺的模樣。如果大家知道比佛布魯克美術館的畫作是活的，還得用棍子把蜂擁而來的參觀者趕走呢。那麼這個美術館就永遠不用再擔心錢的問題了。

9

紅色警戒結束了，可是大家都乖乖留在自己的畫作裡。蒙娜並不意外。到現在，美術館裡的每個人一定都已經知道，有人逮到她離開自己畫框的事情了。他們可能正屏氣凝神，等著看麥克斯會怎麼處理。一定有後果要承擔。達斯克過來的時候，她並不訝異。

「老闆想找妳。」達斯克閃現一抹討好的假笑，享受著傳信人的角色。

蒙娜嫌惡地瞅著他。這六十年來她總是跟達斯克保持距離。達斯克就像灰色的薄霧，隨時都會出現，毀掉美好的一天。他會融入畫框後方空間裡縱橫交錯的出入口以及兔子洞般的眾多通道。他憑空出現的次數，數也數不清。她不準備跟著他到任何地方去，尤其是今天晚上。

「跟他說，我很快就會去找他。」她說，試著無視於他的目光。

他深深一鞠躬。「要是我，就不會讓他等候，他今天心情不佳。」

蒙娜的父親早早教過她隱藏個人情緒的重要性。「妳一定不能露出軟弱的樣子。」一九一二年某個濕漉漉的下午，她被一匹性情火爆的馬兒拋下地時。他曾經對她說。「如果馬兒察覺到妳的恐懼，馬就知道情勢由牠掌控。人和馬只有一方可以負責指揮，蒙娜，一定要是妳才行。」她出聲抗議，爭辯那匹馬太大的時候，他舉起一手。「談論大小沒有意義。一顆勇敢堅決的心可以屠殺一百條惡龍。後來，她成功騎馬走完

一趟路程之後，他只稱讚了一句：「除掉一條惡龍了。」她永遠忘不了那個訓示。

「麥克斯只是另一條惡龍。」她現在告訴自己。她站起來，撫平洋裝，對愛德蒙和柯特若一家豎起拇指，他們一臉焦慮地望著她。

麥克斯的肖像恰如其分地掛在麥克斯．艾特肯爵士館裡，那裡跟拱頂館相連。當蒙娜抵達的時候，她聽到他正忙著跟達斯克談話，於是後退一步。有達斯克在場的話，她才不要跟麥克斯講話。不，她要到隔壁那幅畫裡等候，是畫幅不小的《飲酒樂：湯瑪斯．山維爾爵士和朋友們》，直到達斯克離開。這幅畫是十八世紀初期的傑作，等於是這座美術館的派對聖地，刺耳喧鬧的笑聲頻頻從那幅畫裡傳出來，讓她知道派對正如火如荼地展開。由於湯瑪斯爵士的忠僕西撒耳朵靈得很，那群參加派對、吵吵鬧鬧的人從沒被逮到過。蒙娜常常納悶，法蘭克在巡邏的時候，他們如何沉得住氣。

「嘿吼，是蒙娜小姐啊，」她踏進那幅畫的時候，湯瑪斯爵士呼喚，「今天晚上天氣真好，什麼風把妳吹來我家，我親愛的？約翰，叫人拿張椅子來！」

約翰就是約翰．弗洛伊德上尉，他曾經是第一騎兵衛隊的軍官，他遵旨大喊，「椅子！」蒙娜知道不會有椅子出現，從來沒有，因為那些男人從來就不記得要拿張椅子來。坐在桌邊的其他人──西撒、議員約翰．尼爾、兩個威廉（威廉．韋莫和威廉．皮爾斯），還有路易斯．德尚將軍（因為他吉他從不離身，所以其他人暱稱他為『吉他將軍』）──根本醉到連自己的椅子都找不到，更不要說替蒙娜張羅椅子。

蒙娜行了屈膝禮。「謝謝，湯瑪斯爵士，可是沒有必要。我在等比佛布魯克勳爵，他目前正在忙。我想跟你們在這邊等會比較愉快。」

湯瑪斯爵士站起來，撫平銀色絲絨馬褲和海軍藍長版外套，然後舉起酒杯。「先生們，讓我們熱烈歡迎鄧恩小姐！」

在寧靜的向晚光線下，大家像火炬一樣舉高酒杯。一夥人為了祝鄧恩小姐健康，敬了十幾次酒。盡到主人的職責之後，湯瑪斯爵士打了個嗝，重重坐進椅子裡。

「妳為什麼在等艾特肯先生？」德尚將軍問。

「我在等麥克斯，因為我闖禍了。」蒙娜回答。難道他們還沒聽到消息？

約翰上尉歪著嘴笑，瞅著酒杯裡的紅寶石色液體。「來接受判刑的，是吧？」

「請告訴我們妳做了什麼事，我們會以比較友善的態度作出評斷。」其中一個威廉說。說來難為情，都過五十年了，蒙娜還是不確定這位是威廉．韋莫，還是威廉．皮爾斯。說真的，她沒記住，實在失禮。

「噢，請告訴我們！」另一個威廉懇求，「我們絕對會公平評斷的！」

「我想我應該把這份工作留給比佛布魯克勳爵，」她說，「可是我確實有個問題想問你們。」她往前傾身，用密謀的語氣問，「過去三百年來，你們有沒有聽說過住在畫框後面的人，有誰能夠離開的？你知道的，也就是能夠跟不住在畫作裡的人碰面。」

德尚上尉的眼神飽含同情。「那只是個夢啊，我親愛的。只是個夢。」他把吉他擱在一邊，握住蒙娜的手。

「有些人希望能跟畫框外面的人互動，」西撒說，憂鬱地啜了口酒，「我們帶著原本的靈魂和記憶進入我們的畫作，可是有時候感覺就是不夠。有時我很想念真實的世界。唉，就是回不去了。」

「你們不覺得麥克斯就做得到嗎？」蒙娜問。她常常納悶，他怎麼會知道比佛布魯克這裡所發生的一切。

西撒搖搖頭。「麥克斯雖然不是普通人，但是他也無法超脫他的畫作。沒人可以脫離自己的畫作。」

魯賓斯坦的女僕艾格妮絲到來，打斷了他們。她帶了邀請函來，要請這群人到她女主人那裡同歡。

「好啊，好！」整桌的人吼道。這些作樂的人站起來，舉杯祝蒙娜身體健康，請她不要見外，盡情享用他們餐桌上的美酒佳餚，然後踉踉蹌蹌走了開來。

蒙娜無意偷聽，可是突然降臨的安靜，加上隔鄰拔高的嗓音，讓她避無可避。

「一定要把她送走！」達斯克正在說，「為了保護她跟保護我們自己！」

麥克斯的低吼讓蒙娜想起兒時養過的八哥犬。「我跟你想法不同。」

「哼！你的看法受到情感的左右。我們冒的風險太高了。如果你不理會我的建言，你會後悔的。」

「聽你的建議常常讓我後悔。」麥克斯反駁。

蒙娜湊得更近。他們在講她嗎？

「如果你不願意面對現實，隨便你，比佛布魯克勳爵，可是注意了，既然那個男孩知道蒙娜活著，未來就要發生很糟糕的事了。既然惹你不高興，我就先退下。」

蒙娜縮回暗影中，免得達斯克在路過的時候，在湯瑪斯爵士的畫作稍作停留。他並沒有。她先數到五十，然後穩住顫抖的膝蓋，踏進麥克斯的畫作裡。

10

在遇見蒙娜以前，薩俊唯一相信過的魔法，就是不管什麼主題，他都有能力畫得惟妙惟肖。可是現在一切都不同了，包括他自己。突然間，他得要守住世上最大的秘密。除非還有其他魔幻的秘密。這可難說了，搞不好耶誕老人和復活節兔子也是真的。他永遠無法再以原本的眼光看待世界。

疑問和理論像龍捲風一樣在他的心思飛旋，他一次次重溫他與蒙娜的邂逅，最後將每個時刻分割成細部。凌晨三點左右，他不再嘗試入睡，於是點亮了燈。他迫不及待想喚醒艾薩克，告訴他發生了什麼事，蒙娜的秘密如此巨大，讓他緊張不安。可是他許下了承諾。他伸手拿手機，媽媽傳來一封簡訊，提醒他回電，他打了好，按下傳送鍵。接著他搜尋鬧鬼畫作，也許有人也看過。

跳出了不少搜尋結果，可是大多是怪人寫的，其他則是電影情節或同人小說。畫作活了過來、折磨人，這個主題相當熱門。他不覺得蒙娜．鄧恩會是折磨人的那個類型。他滑動螢幕，最後有另一條連結攫住他的目光。

那是個宣揚詭秘事件的網站。他不確定詭秘的意思，於是查詢一下。這個詞的定義讓他起了雞皮疙瘩，因為網站描述詭秘是某種本質上神秘、詭異嚇人或是超自然的東西。蒙娜．鄧恩相當詭秘，非常詭秘。

他回到那個網站，找到一九五〇年代一篇雜誌文章的影像。應該是一位不具名的藝術美術館館長所寫的，他或她因為害怕丟掉飯碗，所以拒絕透露姓名或工作地點。薩俊將文章讀了兩次，心怦怦猛跳。不管作者是誰，他的經歷正是薩俊親身體驗到的事。文章的最後一部分就肯定了這一點。

起初只是竊竊私語。我聽到畫作傳出噪音，以為是冷氣的問題，或是自己過度的想像力。接著某天深夜，我出其不意回到館內。我聽到噪音，於是前去調查。我悄悄穿過走廊，繞過角落一窺究竟。全館畫作裡的人物有一半都站在最大幅的畫作之一裡，邊閒聊邊吃糕點。看來是某人的生日。大家興奮地高聲合唱《因為他是個好傢伙》，有幾個人發表演說，包括畢卡索畫筆下的一個小丑。我彷彿撞上了精靈聚會，我強忍衝動，免得往前跨步，宣布自己的到來並加入那場歡慶。反之，我惶惶不安地後退離去。

那晚我回到家，踱步了幾個小時。我不是個迷信的人，沒有奇思異想的傾向。儘管我喜歡富有創意的事物，但骨子裡是個講究科學精神的人。我看到的事情肯定有符合邏輯的解釋，除了這個顯而易見的推論——也就是，我逐漸喪失理智。接著我靈光一閃，想起高中物理以及熱動力學的第一守則：能量無法被創造或被摧毀；只能從一個形式轉為另一形式。

我逐漸相信，藝術家的能量，或被繪入畫作的人物或景致的能量，有一部份在創作當時被轉入那幅畫作，然後繼續活下去。沒有別的解釋，除了出自神的作為，可是如同

我說過的，我是個講究科學精神的人。所有的藝術原作是否都充滿了這種能量，我並不清楚。我不願意為了證明我的理論，而將自己的畫作拿來做實驗，只是。它們有權過自己的生活，就像我有權過我的生活。我很感激自己有機會一窺那個世界。

薩俊反覆讀了這篇文章兩次，才將手機關掉。他很肯定這個作者說得沒錯。他作畫時，有時候不是會有某種奇特的狂喜感受，尤其作品進行得很順利時？那樣的能量、那樣的專注——總得有個去處吧？

蒙娜．鄧恩說過，如果大家知道畫作活著的事情，她麻煩可大了。誰會找她麻煩——是人類還是其他畫作？還有艾薩克也說，美術館有鬼魂出沒。也許那些鬼故事的起頭，就是有人不小心聽到畫作說話或在畫作裡看到意料之外的東西，就像他那樣。也許所有的鬼故事都跟畫作活著有關。這個想法讓他腦子亂成一團。

如果有人發現存在於畫框後面的世界，會發生什麼事？他們會害怕？還是興奮？人們不見得能夠做出正確的事，人們有時會毀掉自己害怕的事物。他必須守住蒙娜的秘密，盡力保護她和其他畫作的安全，如果運氣好，也許可以多認識她一些。

11

蒙娜走進麥克斯的肖像時，麥克斯正忙著文書工作。比佛布魯克美術館真正的謎團之一，就是萬事通麥克斯如何打理公務。過了長長的幾秒鐘之後，他摘下老花眼鏡，把眼鏡和文件放在附近一張大理石面的桌子上。他一臉嚴肅，平日那種柴郡貓[2]似的大大笑靨不見蹤影。

「還讓我等，嗯？妳為什麼在隔壁停步？」

蒙娜聳聳肩，閃過一抹狡猾的笑容。「我想，就是為了盡量避開你，越久越好。」

麥克斯挑起濃密的一眉。

她判定最好一吐為快。「欸，麥克斯，實在很抱歉，我睡著了，結果被薩俊．辛格撞見。我……」

看到麥克斯臉上的怒意越燒越烈，她越說越小聲。她以前惹過麻煩，但從來不像現在覺得害怕。

「蒙娜．鄧恩，妳在玩一場危險的遊戲。」麥克斯的眼神冰冷，毫不退讓。

2.《愛麗絲夢遊仙境》裡的角色，即使身體消失，也能留下咧嘴的笑容。

蒙娜臉色一白。「我不懂你的意思。」

「我認為妳懂。」

「那是意外！」

「是嗎？妳是個不受管束的野姑娘，我跟妳父親給妳的自由，是跟妳同齡的大多姑娘永遠享受不到的。」

「什麼自由？我困在這間藝術美術館裡，根本離不開！」蒙娜一邊說，心中湧現苦澀的感受，幾千個一成不變的日子鬱積起來的不快。

麥克斯細看自己粗糙的雙手。他抬起頭的時候，臉色已經緩和下來。「我想，永遠停留在十三歲，跟同一批人永遠生活在一起，確實很難熬。妳偶爾會渴望有其他同伴跟別種體驗，也是說得通。」

蒙娜一語不發。

「這間美術館是我的夢想，蒙娜。」他的視線越過她，投向他肖像四周的那些畫作上，「我想對紐布朗維克省有所回饋，給這個地方某種比我壽命還長、特別又重要的東西。我花了好幾年挑選畫作，硬要朋友捐錢、捐藝術作品。你知道原本的那個麥克斯在這裡有間臥房吧？」

蒙娜好奇這番話會往哪裡發展。

麥克斯合上眼睛。「起初我不敢跟原本那位麥克斯說我活著，可是接著我意識到他可能會滿高興的。」

蒙娜瞇細眼睛，看著他的神情彷彿老鼠在看貓。「高興？」

「高興說他——我——在他的肉體耗盡之後許久，我還會活下去，高興說他不會被遺忘。而且我想得沒錯，他是很高興。可是我們都明白，如果要保住這些畫作的安全，就必須遵守規則，所以我向他顯露自己的當天晚上，我們就一同起草擬這些守則。直到今天，那些規則不曾被打破過。」

就算因為羞愧而想垂下腦袋，蒙娜還是強逼自己對上麥克斯的眼睛。「我跟你說過，那是意外。」她說。

「就我的經驗來說，青春的旺盛精力，對青春年少的人來說，不見得會有好的結局。」

「你在威脅我嗎？」

「把我的話當成警告吧，如果妳跟那個小伙子不守規矩，我會找人把妳送走。」

蒙娜知道他有能耐辦到這種事，雖然她不知道方法。熾熱的淚水蓄積在她的眼裡，她眨眼忍住。「你才不敢！爹爹會大發雷霆！」

「我不敢？把妳送到妳父親跟繼母那裡過個夏天，是易如反掌的事。」

「可是我要接受修復！還要當茱麗葉特的伴娘，我——」

「妳之所以能在這裡，都是我作的主，蒙娜・鄧恩，千萬別忘了！」

蒙娜之前看過麥克斯殘酷的作為，但是從未親身體驗過。其中一例就是可憐的W・薩默塞特・毛姆，十年前被驅逐到地下室的工作室，就因為冒犯了麥克斯，理由不明。

她父親不是說過，麥克斯在事業上的成功，往往是犧牲別人的結果？她驚愕地蹣跚走往出口。她停在畫框那裡，一回頭，迫切想讓他看看，她並未被擊潰。「只要我還活著，我永遠不會原諒你！比佛布魯克勳爵，我們不再是朋友。」

麥克斯沒有反應，只是拿起文件，再次閱讀起來。蒙娜氣呼呼地離開，發誓再也不理會比佛布魯克勳爵，不管代價如何。

比佛布魯克美術館居民守則

一九五九年八月十二日夜，由比佛布魯克勳爵麥克斯．艾特肯，以及《比佛布魯克勳爵的肖像》共同撰寫。

一、無論在什麼情況下，居民絕對不能跟人類互動，只要美術館裡有人類在，就不可以隨意走動。

二、不要在自己的畫作外面被逮到。

三、沒先經過同意，不能擅自進別人的畫作裡。

四、有什麼需要注意的問題，要直接傳達給《比佛布魯克勳爵的肖像》。

五、想在主要樓層和地下室之間遊走的畫作，一定要通過《偉大的聖雅各》。

六、違反這些規定的話，會招來懲罰，可能會遭到驅逐。

七、規定無須經過通知即可改動，就照比佛布魯克勳爵的意思。

12

薩俊睡晚了，睜開眼睛的時候已經將近中午，他花了幾秒鐘時間才搞清楚自己身在何方。對了……是艾薩克的客房。他迅速更衣，往外走到廚房，然後停下腳步。公寓牆壁上掛滿了藝術作品。他們會不會也活著？他抖著身子，鼓起勇氣開口。

他從一幅搖椅上的老人素描開始。「哈囉！今天天氣不錯，嗯？」沒有回應。

「嗨，嗨，我叫薩俊。我要在這邊待幾個星期。」他對一個正在插花的女人畫像說。還是毫無回應。

「汪！」他對拉布拉多獵犬的畫作吠了一聲。

他們是不是在怕他？他正準備試試坐在樹下的幼童那幅畫時，注意到廚房餐桌上的紙條：我去上班了，散步過來吃中飯吧。他欣然接受，打算晚點再來試試公寓裡的畫作。

艾薩克的公寓距離比佛布魯克才兩個街廓，這還滿好的。才過五分鐘，他就已經站在櫃檯那裡，跟潔妮詩閒聊。

「你爸說你報名了我們的夏令營。」潔妮詩說，聲音有點尖亢。

想到營隊，他就開始不安。「嗯，對。」

潔妮詩細看他的臉一下之後才回答。「我們會玩得很愉快的，我保證。我的意思

是，這裡雖然不是巴黎，可是我保證你會學到東西。」

薩俊滿臉燙熱。艾薩克為什麼要跟潔妮詩說他去年夏天去過巴黎？他難為情地環顧四周，視線落在禮品店架子上的達利馬克杯。

「很高興有機會多多認識你，薩俊。你爸很以你為榮。」

他轉回來面對潔妮詩時，注意到她脖子脹成粉紅，紅白夾雜。「他跟妳談過我？」

「老是掛在嘴邊呢。總之，我很高興你來了。」潔妮詩深吸一口氣。「你爸出門開會，不過應該很快就回來。你可以到他辦公室等。」她指著她辦公桌前方的樓梯井，遞給他一張保全磁卡。「美術館地下室樓層大多是職員空間。右邊有兩個館：歐本海默館，有點繞住夏令營上課用的教育室，還有當代館，我們會在那裡夜宿。要去職員區域或後門，必須刷磁卡才能穿過安全門。樓梯底部左邊有一組門，歐本海默館旁邊有另一組。如果你走的是最近的門，就沿著走廊直行，路過廚房跟幾個工作室，然後右轉。你會在走廊盡頭看到你爸的秘書瑪汀。如果她不在那裡，你就直接進去。你可以晚點再歸還保全磁卡。」

薩俊急著想見蒙娜，不過導覽團體發出的吵鬧笑聲，讓他打住腳步沒繞過去。他在樓下看到巴尼坐在職員廚房裡，捧著一杯咖啡。

他把腦袋探進門裡。「嗨，巴尼！」

「你好，小俊。聽著，如果你想真正逛逛美術館，儘管告訴我。」

薩俊好奇心一起，走進廚房。「你說『真正逛逛』，是什麼意思？」

「我的意思是，帶你逛美術館的時候，我會跟你講比佛布魯克美術館最深沉、黑暗的秘密。我在這裡工作了四分之一世紀，它殘暴血腥的過去，我一清二楚。」

「殘暴血腥的過去」暗示著謀殺、動亂和其他刺激的可能性。也許巴尼知道這些畫作活著。「酷喔，我晚點再想辦法找你。」

薩俊回到走廊上的時候，巴尼呼喚他。「路過工作間的時候，看一看吧。史尼利在裡面，吵吵鬧鬧的。」

要找到工作室滿容易的。薩俊只要循著吼聲就找到了。

「他們難道不知道，這不是我喜歡的品牌？」史尼利喊著，「而且這──這也太過分了。這是藝術修復，不是汽車修理！」

薩俊敲敲門，對方要他進來，轉眼就站在一個寬廣的工作室裡。沿牆排滿濺著油彩的架子，上頭放著一排排的清漆、顏料、各種大小的空白畫布、幾十種新舊筆刷。一幅畫作釘在角落上。他極目看出了是男人頭部的素描，臉龐旁邊用鉛筆寫著《WSM，費拉角，1953》的習作。

「指的是W．薩默塞特．毛姆。」在包裝箱裡撈找的史尼利說，忙中還能一邊回應，滿厲害的，「有名的英國小說家，我想你沒讀過《剃刀邊緣》吧？」

「沒有。」

史尼利站直身子。「你知道嗎？他們老是會漏掉某樣東西。」他用右手臂揮過空中。「我明明寄了詳細的清單，可是他們總是會漏掉某樣東西。」

「他們忘了什麼？」

史尼利沒回答，而是開始把修復工具一一放在桌面上，精準的程度有如開刀房裡的外科醫師。這些工具裡包括棉花棒；各種形狀和長度的筆刷；細瘦金屬工具，看起來像手術刀或口腔衛生師用來刮你牙齒的東西。有個模樣奇怪的裝置，半像顯微鏡、半像眼科醫師的機器，正接在桌子的邊緣。薩俊猜想，它的長臂一定可以因應史尼利的需要旋轉，好把手頭上的畫作看得更清楚。附近的畫架上放著《尋歡作樂》那幅畫。

「這幅畫修復起來很花工夫嗎？」薩俊問，端詳客棧前方那些迷你的人形。他尤其喜歡駕駛雪橇的那兩個男人；馬匹畫得相當完美。

「不用，所以我才會從這幅畫開始。我喜歡從輕鬆的那些開始，建立起工作的節奏。這幅畫需要清理，而且我也要補強畫布上磨薄的地方。我想不用超過三天，除非我碰到什麼意外。」

「什麼意思？」

「就我的經驗來說，畫作本身就會把我該做的事情秀給我看。」史尼利說，一面調整那個顯微鏡似的機器手臂，「好的藝術修復者會傾聽他的畫作。」

史尼利是認真的嗎？既然薩俊知道蒙娜活著，便忍不住納悶美術館裡是不是有其他人也曉得。「畫作會跟你講話？」他說，試著裝出隨意的語氣。

史尼利撈起幾把筆刷，哈哈大笑。「真會說笑。」

薩俊試著掩飾自己的尷尬，朝著桌子俯身。《尋歡作樂》這幅畫的精確透視線條圖就放在桌子中央。

「那是什麼？」

「我在修復畫作的時候，都會簡單畫個草圖。如果作品本身很複雜，我甚至會臨摹一整幅。《尋歡作樂》直截了當，所以沒必要畫完整幅。」

「真花工夫。」

「工作就是我的第二天性。你可以離開了。我已經教完你第一堂課，現在我要傾聽《尋歡作樂》了。」

薩俊沿著走廊離開時，可以聽到史尼利那種惹人厭的竊笑聲。

四下無人，所以薩俊直接走進艾薩克的辦公室。窗戶下方的那張長沙發很吸引人，可是他在辦公桌後面那張顯眼的皮椅裡坐下。書本堆成參差不齊、色彩繽紛的柱子，沿牆擺放，偶爾穿插著三、四幅疊在一起的畫作。牆壁上掛著更多畫作。艾薩克的電腦左側掛了兩張圖像，與視線齊平：薩俊三歲大，還有比佛布魯克動爵的頭部素描。薩俊打了個哆嗦。比佛布魯克看起來彷彿正盯著他看。

他把注意力轉到辦公桌上，桌面上四處是文件、報告、剪報、信件和艾薩克做事亂無章法的各種證據。艾薩克總是晚幾個星期寄生日賀卡給他，而且約好要視訊也都會遲到。反觀他媽媽的書桌總是一塵不染，難怪他們會離婚。

這團亂的頂端有張紙，信頭吸引了他的目光：阿布奎基博物館，當初他跟艾薩克就是去那裡探訪辛格奶奶。當他讀到主旨那行寫著「展示畫作的請求」，忍不住讀了整封信。

信的起頭寫著，親愛的辛格先生，薩俊注意到辛格先生被劃掉，有人用藍墨水改寫成「薩薩」。幾乎沒人叫他爸爸「薩薩」，不管這封信是誰寫的，一定跟他很熟。

我很榮幸邀請你提交兩件作品，加入我們明年春季即將登場的「新墨西哥州藝術家展」。你在我們這州土生土長，也是才華洋溢的藝術家，現在則是藝術美術館的館長和策展人，正是我們希望能夠呈現給贊助人和訪客的那種藝術家。

雖然我瞭解你近來並未推出任何個展，但是你畫作的品質值得受邀展出。我特別希望你可以展出我個人最愛的作品：《早晨的莎拉》和《讓我心歌唱的人》。能和來我們館內參觀的人分享這些畫作會是一樁樂事。期待你在方便時給予回覆。

祝好

館長阿森特．湯里森

薩俊讀了這封信兩次。艾薩克是藝術家？艾薩克怎麼沒說過自己也畫畫？他怎麼不知道有這些畫？他拉出手機，在谷歌搜尋裡打進艾薩克．辛格，藝術家的時候，感

覺怪怪的。頭幾則搜尋結果談的是艾薩克擔任館長的工作以及比佛布魯克美術館。可是第十一則就有點看頭了：艾薩克．辛格藝術展，蘇活美術館。蘇活是紐約市的一個鄰里。

他點開了一篇報紙文章。

艾薩克．辛格最新的展覽「改變的男人」在杜蒙美術館開幕，距離辛格上一場展覽事隔三年之久，他解釋，會有這番延遲是因為自己成為丈夫和父親。也許他應該早點成為有家室的男人，因為他現在儼然是個能夠十足掌握個人洞見的藝術家。這些畫作呈現家居生活的場景：他妻子莎拉、新生兒薩俊、他們的家貓「楚」、在紐約東村的小公寓。

可是這種家居裡隱含陰暗的質地。陰影以令人憂心的方式灑落；不同色調的灰與紅棕滲入了色彩當中；一抹滿足的笑容從另一個角度看，狀似蘊含怒氣。艾薩克．辛格對於居家的觀點讓觀者心生矛盾，可是他的作品讓我們湧現希望——不用再等三年就能迎來他的下一次展覽。每日在杜蒙美術館展至十一月三十日。

薩俊回頭去看搜尋頁面，點出那些圖像。螢幕滿是縮圖，至少有二十幾幅畫作，大多是他爸媽舊公寓的場景，他對那個地方沒有記憶，但是看過嬰兒時期的照片，所以認得出來。畫他媽媽的那幅最令人吃驚；她長長的髮辮和慵懶的笑容不是他現在所知道的媽媽。他繼續按著圖檔，最後找到《讓我心歌唱的人》。是畫他還是新生兒的模樣，

13

蒙娜還小的時候，她父母從長途旅程之後返家，帶了一箱裝滿來自南太平洋的紀念品和寶物。蒙娜最喜歡的是個銀中帶粉紅的海螺，大小跟她的腦袋差不多，內側有層閃閃發亮的珍珠虹彩。爹爹說，如果把耳朵貼在貝殼上，就可以聽見海洋。蒙娜會連續坐幾個鐘頭，傾聽溫柔的呼咻聲，想像滿是沙子的海灘和溫暖的微風。有時候，坐在自己的畫作裡，看著真實世界在畫框外面展開，她就有種忐忑的感受，彷彿回到了自己的臥房，傾聽著想像中的海洋。

可是派對就是另一回事了。即使她跟麥克斯鬧翻了，也不會影響她對募款會的熱度。她很喜歡美術館舉辦活動。一般的開館時間內，大多的訪客都會保持安靜，彷彿在殯儀館似的，但是派對熱鬧滾滾、活力四射。等職員完成布置，每個展間裡都會有張桌子，上頭擺了花飾、預告未來展覽的傳單，還有解釋如何成為美術館會員──以及捐款人──的資料袋。

蒙娜最愛的部分就是賓客。女士們一身酒會裝扮，像孔雀一樣花枝招展──長禮服、亮片裙、黑色小禮服。還有她們走路時高跟鞋踩出來的喀噠聲，相當神秘又很成人。多年以來，轉變不停的風格讓她興奮不已；一九六〇年代的直筒連身洋裝和逆梳蓬鬆的髮型；到了七〇年代讓位給緊身禮服和吹翹髮型；等到八〇年代，就換成墊肩和大

波浪捲。從那之後，風格變得越來越簡單，可是蒙娜很想念那種戲劇性。男人的燕尾服也改變了，可是男人本身不曾改變：他們永遠在調整自己的衣領，彷彿領結就是絞刑的繩索。

每場派對至少會有一兩個參加者自認為藝術專家，美術館居民稱他們為**萬事通**。看著他們擅自插入對話，急著分享自己的知識，實在滑稽。近晚時分，兩對光鮮亮麗的男女把焦點放在蒙娜身上，卻被一位叫漢姆沃斯先生的人無禮打斷，這個人推開了這群人，最後彷彿其他人欣賞的是他，而不是蒙娜。日漸稀疏的頭髮，鬆垂的頰肉講話時猛烈晃動，鈕釦繃在圓胸凸肚上，模樣就像鬥牛犬。

「你們知道這是誰吧？」今晚的萬事通詢問。

「蒙娜．鄧恩。」一個男人說，一面指著牆上的標示。

「不，不，我是說：你們真的知道她是哪號人物嗎？」漢姆沃斯誇張地頓住，那兩對男女困惑地面面相覷。蒙娜以前就見過這種情形，他們很快就會想辦法逃開。

艾薩克和潔妮詩漫步走進美術館，還有一臉侷促的薩俊，他正扯著繞著脖子的領結。這行人的抵達給了那兩對男女一條生路，他們快步走開。

「原來你在這裡，漢姆沃斯！」艾薩克往前跨步，展開手臂，「我正到處找你呢。」他腦袋朝薩俊一歪，「這是我兒子薩俊，他夏天來看我。這位是助理策展人潔妮詩．海思。」

漢姆沃斯深深一鞠躬，用濕答答的嘴唇，吻了吻潔妮詩的手背。「久仰，我親愛的。」

「噢，天啊。」潔妮詩說，往下瞅著自己的手。蒙娜想要乾嘔。

漢姆沃斯對薩俊冷淡地點點頭。薩俊敷衍地點頭回應，然後猛盯著蒙娜。

艾薩克朝薩俊投了一抹「搞什麼」的表情，然後轉回來面對漢姆沃斯。「我們現在去看達利的作品如何？」

「啊，達利，我對達利的認識還不少。他——」有一群人正要走向培訓館，他們的嗡嗡噪音壓過了漢姆沃斯的聲音。

想到漢姆沃斯會在《偉大的聖雅各》前面大放厥詞，差點讓蒙娜咯咯笑出來。這個美術館有個傳說：達利那匹飛天神駒有一次曾經叫一個惹人厭的訪客滾出去。也許今天晚上這種事情會再重演。

將近午夜，參加派對的人和職員大多都已經離開，可是蒙娜還是可以聽到薩俊和他父親正在跟漢姆沃斯、潔妮詩閒聊。接著他們的聲音漸漸遠去，她聽到樓梯傳來腳步聲。她再次安坐在自己的畫作裡，兩分鐘過後，詫異地發現薩俊晃進了這個館。蒙娜看到他在愛德蒙的肖像前面停步。儘管麥克斯警告過，她依然希望他也能來探訪她。

法蘭克把頭探進這個館。「你爸呢，薩俊？」

「爸跟潔妮詩帶漢姆沃斯先生到他的辦公室去了。」

「謝了，我只是需要趕在他離開以前，問他一件事。」

薩俊繞著這個展間走了兩次。他走到蒙娜的肖像時，掏出手機、開始打字，頭也沒抬。

「我不想害妳惹上麻煩，」他咬著牙低聲說，「我只是想聊聊，地下室的衣帽間有張空白的畫布。我爸至少還要二十分鐘，因為漢姆沃斯話講個沒完。如果妳可以到那張畫布去，跟我在那裡會合。」他頭也沒抬就離開了。蒙娜數到一百，然後溜出自己的畫作。

對美術館居民來說，最大的挑戰之一就是，從主樓層到地下室的時候，必須在麥克斯的守門人《偉大的聖雅各》前面停步，那幅畫裡的馬和騎士會要求你解開一道謎題，做為某種過路費。蒙娜破解謎題的能力極佳，可是要跟薩俊碰面的興奮感，讓她的腦袋變鈍了。

「拜託，能不能再把謎題說一遍？」她問，右腳在畫框邊緣打拍子。如果她不趕快，薩俊可能在她抵達以前就必須離開。

馬兒往下瞅著她。「好吧，」馬說，「我要去聖艾芙市的路上，遇到了一個有七個老婆的男人。那七個老婆有七個布袋。那七個布袋裡裝了七隻大貓。那七隻大貓有七隻小貓。小貓、大貓、布袋和老婆——要去聖艾芙市的有多少個？」

她腦袋顯然打了個結——怎麼就是解不開。馬兒顯然對她的急切幸災樂禍，如果可以把那抹滿嘴牙的咧嘴表情解讀為情緒。就蒙娜所知，這間美術館裡唯一會說話的動物只有這匹馬，不過謠傳說在另一幅畫作裡，有一群乳牛每個月會唱一次歌劇。她開始踱步。拔腿就逃是不可能的事，肯定會被麥克斯逮到。而且這匹馬是不接受討價還價的，因為牠不為任何人破例。除非解開謎題，否則誰也別想下樓去，蒙娜似乎怎麼也想不出解答。

「快想，蒙娜，快想啊！」她嘀咕，「七個老婆、七個布袋、七隻大貓、七隻小貓……噢，還有個男人，對不對？」

「要放棄了嗎？」

蒙娜拉長了臉，正準備說，一匹馬竟然跟貓一樣狡猾，這也太諷刺了，這時一顆熟悉的金髮腦袋探進這幅畫來。

「如果妳晚點想去游泳，要找我喔，」小克說，然後補了句，「答案是一個人。掰嘍！」

當然了！那個人在途中遇到這匹馬跟騎士，那就表示那夥人朝著遠離聖艾芙市的方向走！「要去聖艾芙市的是一個人！」她得意洋洋地喊道。

「不公平，有人幫她。」馬不悅地跟牠的騎士說。

蒙娜舉起一手。「我回答了你們的謎題。按照規定，我們一定要解開謎題才能穿過你們的畫作，可是規定沒說不能找人幫忙。」

馬和騎士交換眼神，但還是准她過關。蒙娜離開的時候，可以聽到他們正在討論怎麼防堵這個漏洞，可是她才不在乎呢。她就要跟薩俊見面了！

14

薩俊坐在衣帽間的角落裡，這時，傳來輕柔的呼咻聲，蒙娜進入靠在他旁邊牆面上的畫布裡。

「哇——妳怎麼辦到的？」

蒙娜聳聳肩。她不曉得原理，可是還滿高興這個舉動令他佩服。「哈囉。」

「我還以為妳不會來。」薩俊微笑。

蒙娜盤起腿，坐在那面白畫布上，拉拉洋裝裙襬，好蓋住膝蓋。「我也以為你不會過來。我上次被逮到離開自己的畫，惹了一身麻煩。比佛布魯克勳爵氣壞了，他威脅說，如果這種事再發生一次，就要把我送走。」

「比佛布魯克勳爵？可是他死了啊！」

蒙娜挑起一眉。

「噢，對喔，他也是一幅畫，」薩俊說，臉頰火燙，「那妳為什麼過來？」

「因為我已經有一百年沒跟畫框以外的人講過話。」

「哇。」薩俊頂多只能這樣回應。

蒙娜心中湧上某種感覺，是她無法形容的什麼，可是讓她想起幼時期盼耶誕老人到來的感受。這幾十年來頭一次，她不曉得接下來會發生什麼事，而她細細品嘗著這種感覺。

打從五天前見到蒙娜以來，薩俊的好奇心就揮之不去。「所以，所有的畫作都是活的嗎？」薩俊問。

「在比佛布魯克，畫作都是活的，來這裡作特展的畫作也是，所以我想答案是『對』。」

「那個，你們怎麼存在的？是魔法嗎？」

「我不知道，也許吧，這裡有很多畫作相信這是創作的魔法。你知道的——藝術家創作的時候，試著捕捉他們所畫的人物或事物的靈魂。可是他們也把自己的一部分放進畫作裡。我想那些能量匯聚之後，我們就活起來了。」

薩俊使勁點頭回應。「我懂。有時我在畫畫的時候，覺得好像有種電流竄過，尤其進行得很順利的時候。」他頓了頓。「哇——那就表示我畫的東西也活著。真是令人心裡發毛。就像網路上那個傢伙說的。」

「網路上的什麼傢伙？」

薩俊的下巴一掉。「妳知道網路？」

蒙娜得意地笑了。「每個人都知道網路啊，薩俊。我每天都在大家的智慧型手機上看到。況且，在麥克斯幾年前的一場會議裡，我認識了一幅借展畫作裡的傢伙，他把網路的事情都告訴我了，聽起來很神奇。」

「我想妳都活一百年了，總會知道一些事情，」薩俊沉吟，「我發現一篇文章，寫的人發現自己博物館裡的畫作是活的。他的理論就跟妳剛剛說的很類似。妳剛說有會議？」

蒙娜翻翻白眼。「麥克斯——比佛布魯克勳爵——每個月都會舉行居民會議。他用那種方式來管理我們。那些會議無聊透頂。」

「我覺得滿酷的。我不懂的是，這件事怎麼還會是個秘密。我是說，不只我，一定還有更多人知道畫作活著。而且為什麼我自己的畫作就不是？」

蒙娜打了哆嗦。「我希望不會有其他人知道。麥克斯費了那麼大心力保護我們，所以他才那麼生氣。畫框外面如果有人知道我們的事，就會害我們陷入險境。也許你的畫作還沒醒過來。有時候要好一段時間畫作才會活起來。或者也許他們不想讓你知道他們活著。也許他們在害怕。」

「可是我永遠不會讓妳或其他畫作陷入危險的。」

蒙娜往外伸手，彷彿把手貼在一面玻璃上。「我知道。」

薩俊露出放寬心的表情，說了下去。「妳會長大變老嗎？」

「我永遠都會是十三歲，永遠都會穿著這件洋裝，永遠都會在畫框後面。」她哽咽片刻。

「妳平常會睡覺嗎？會吃飯嗎？」

「有時候。我們不需要吃跟睡，可是閉上眼睛做點夢，這樣也不錯。有不少畫作裡都有吃的，所以居民還是會吃，可是主要是因為這樣會讓他們更有活著的感覺。」蒙娜咬唇。

薩俊想到館內的藝術作品。「可以進入所有的畫作裡，一定很酷。我很想實際感受一下。」

蒙娜的臉掠過一抹悲傷。「大多時候很好，可是有時候感覺就像反覆做同一套事情。我們晚上會互相拜訪，聊聊自己當天過得怎樣——」

「當天？」

「你知道的，就是訪客說了什麼愚蠢或無禮的話，或是打了嗝，搔了不該當眾搔的地方。我朋友小克會記下大家說些什麼。他很好笑。我真希望你可以見見他……」她越說越小聲。可惜薩俊永遠沒機會認識小克。

「你們是怎麼到處活動的？」

「畫作之間有通道，有時候我們可以從一幅畫跳到另一幅畫，除非我們完全被包起來。這件事對我們來說也是個謎團。」

「可是，你們不能走出畫框？」

蒙娜咬緊牙關。「不行。」該換個話題了。「輪我問問題了。你來訪到目前還愉快嗎？當初聽說你要過來，我好驚訝。我原本不曉得辛格館長有個兒子。」

薩俊臉一扭。「我不意外。」他的視線定在釘在牆上的一張海報上。胸口竟有揪緊的感受，這種反應真蠢，全都因為蒙娜不曉得艾薩克有個兒子。

蒙娜看得出自己戳到痛處。「你父母離婚了？」

「嗯，妳爸媽呢？」

蒙娜搖搖頭。「他們離婚是我肖像畫完之後的事。」

「能夠跟妳爸媽一起生活，一定滿好的吧，」薩俊想起艾薩克畫作裡，媽媽臉上的快樂表情。他以往只見過她用不信任和近乎難掩的怒意看著艾薩克。

「大概吧，可是我父母會一口氣出門好幾個星期，把我丟給家庭教師看顧，」蒙娜說，「實在很寂寞，即使我兄弟姊妹陪著。我們從來沒跟他們吃過晚餐，只是被帶進去道晚安，頂多有時候跟他們喝喝茶。」

「我根本不記得跟艾薩克一起住過，一直要到我六、七歲，他才過來看我。我更小的時候，都跟別人說他死了。很蠢吧，嗯？可是這樣講比回答他們的問題還輕鬆。」他勉強自己望向蒙娜，看到她同情地點點頭，便鬆了口氣。

「爹爹很少在家，可是他對我的騎術很有興趣。奇怪的是，自從我們來到比佛布魯克美術館以後，我跟父親親近多了，可能因為這裡有他的四張肖像，有其中一幅總是會過來探望我，或是給我建議。」

薩俊瞪大眼睛。「真的假的？這裡有妳爸爸的四個版本？要是我，一定煩透了！今年夏天是我頭一次跟我爸相處超過一個週末。要過來的事，讓我有點緊張，可是我想多認識他。不過，我很高興這裡只有『一個』他。」

蒙娜輕笑。「我已經很習慣在這裡有四個父親，都忘了這件事有多怪了！你有兄弟姊妹嗎？」

「兩個五歲的繼妹妹，她們老是逼我一起玩洋娃娃、扮家家酒。」

「其他畫作裡有幾個小女生，我有時候會幫忙照顧。她們讓我神經緊繃。你聽起

來像是個好哥哥。」

大多時候，薩俊都覺得自己是個差勁的哥哥，可是他不想跟蒙娜提起這點。「大概吧，滿難的，因為她們有個很好的爸爸，有時候我還滿嫉妒的。」

他等著蒙娜回應，當她斜著嘴對他一笑，他就放心了。她向前傾身，密謀似地低聲說：「我父親的第三個妻子，鄧恩夫人，有一幅肖像在這個展間裡。我一點都不喜歡她。你很幸運，她今年夏天出門去了，你不用看她傲慢的嘴臉。」她一臉心虛，薩俊笑了出來。

「她對妳不好嗎？」

蒙娜聳聳肩。「她對什麼人都差不多。想聽個好笑的事嗎？」

「什麼？」

「我父親過世之後，鄧恩夫人改嫁給麥克斯。在現實生活裡。你相信嗎？現在他們都住在美術館裡，滿沒面子的。他們不去談這件事，可是其他人都在談。」

薩俊哼了哼。「這樣比起來，我家看起來簡直很正常。妳平常有什麼娛樂？」

蒙娜的睫毛往下垂至臉頰。「沒什麼。這裡的孩子大多都從老畫作來的，都不怎麼有趣。」

「那以前呢？就是妳還活著的時候？」

「我那時候朋友也不多，」蒙娜說，語氣突然惆悵起來，「我跟兄弟姊妹在家裡受教育。」

「我想我們有個共同點，因為我只有一個好朋友科瑞。他跟我住同一棟公寓。我們會一起打發時間，看看電影或打打電動。我認識很多小鬼，可是要跟人聊天很吃力。我從來就想不出該說什麼。」

「你就在跟我說話啊。」蒙娜提醒他，斜著嘴的笑容又回來了。

薩俊回以笑容。「大概是吧。也許我們可以當朋友。」他停下來，對於自己竟敢大聲說出兩人初次見面時，他就一直想說的話，而覺得驚奇跟尷尬。

蒙娜吃了一驚，幾乎說不出話。「這樣就太棒了！」

艾薩克的聲音沿著走廊迴盪。「薩俊！」

「我得走了。」薩俊低聲說，解開盤起的腿，站起身來。「之後再見。」

蒙娜看著他離開，一顆心上上下下。

她總是認為自己的人生分成兩部分：被畫成肖像以前和被畫成肖像後。現在則有第三部分：她交了個叫薩俊．辛格的朋友。

15

因為跟蒙娜聊過天，即使午夜過了許久，薩俊依然活力充沛。跟艾薩克散步回家的路上，薩俊很勉強才壓下攀著樹枝懸盪，或是對著星辰吶喊的衝動。這個世界充滿了魔法！他跟蒙娜．鄧恩竟然成了朋友！

艾薩克忙著分析募款會，沒注意到薩俊的心情。「我還是不敢相信，漢姆沃斯竟然會來參加派對，」艾薩克重複了第十五次，「我怎麼也想不到他會出席。」

薩俊無法想像有人會對漢姆沃斯這麼激賞。「他到底是什麼人？」

「約翰．雅各．漢姆沃斯。他是蒙特婁來的，他父親原本是紐布朗維克人，這個家族有個避暑的地方，距離這邊大約一個小時的車程。在聖安德魯斯。往年他們都會捐不少錢給美術館，可是最近停了。」

「他是做什麼的？」

「據說他負責管理家族資產。他父親是個輪胎大亨——賣輪胎賺了幾百萬美金，然後把公司賣給一個美國的大集團，賺進更多錢。據說漢姆沃斯擁有加拿大最棒的藝術收藏之一。」

薩俊不知道什麼是集團，也不是很在乎。「你為什麼在派對過後帶他去樓下？」

「我告訴他，我的辦公室原本是比佛布魯克勳爵的臥房，他就急著想瞧一瞧。然

後他還想到後台逛逛。說他一直夢想建造一座漢姆沃斯美術館，可是進行起來太複雜。我提議他考慮在比佛布魯克這邊建造一個漢姆沃斯館區。我們下星期會再詳談。」

「我喜歡你的演說。」拋開統計數字不管，針對藝術在社會扮演的重要角色，以及比佛布魯克讓紐布朗維克成為世界級的地方——因為這裡滿是世界級的藝術，啟發與娛樂了當地居民以及訪客——艾薩克進行了一番真心誠意的演說。參加派對的人聽了同聲歡呼，然後伸手去拿捐款信封。

「我那時候好緊張。這場派對很重要。如果我想保住飯碗，就必須扭轉情勢。那些捐款和漢姆沃斯可以解決一切問題。你覺得潔妮詩這個人如何？」

「感覺還不錯。」

艾薩克停下腳步，轉身面對薩俊，開始急促地說話。「我必須跟你說件事。潔妮詩是我的女朋友，我們已經約會半年了。跟同事約會是滿奇怪的，可是我真的喜歡她，我可能會鼓起勇氣向她求婚。」

夜色漆黑，艾薩克的臉龐籠罩在暗影中，可是薩俊知道他在等回應。

「喲，那很棒啊。」他說。

可是才不棒。薩俊的肚子裡彷彿有什麼硬邦邦的東西打了個結。艾薩克這半年來跟某個人約會，甚至考慮向她求婚，可是一直到現在，才想到要跟薩俊說一聲？他媽媽跟比爾結婚以前，可是花了好幾個月的時間確定薩俊跟比爾互有好感。艾薩克跟他講起這個天大的消息時，卻好像是小事一樁。先是艾薩克身為畫家的秘密人生，現在又是這個。艾薩克為什麼就是不想把事情告訴他？

「謝了，小俊。我不知道你怎樣，可是我累壞了。我們回家吧。」

薩俊頓時覺得力氣被榨乾似的，尾隨艾薩克回到了公寓。

蒙娜同意在派對過後，跟愛德蒙、茱麗葉特一起去散個步，主要因為她需要知道自己到衣帽間跟薩俊會面的事，是不是沒人曉得。似乎是，因為只有愛德蒙提起薩俊的名字。

「那個小伙子今晚稍早有沒有試圖跟妳講話？」他問，他們正在《聖維吉利奧，加達湖》的碼頭上漫步。

蒙娜不擅長說謊，可是很有創意。「他在手機上打字。」

「怪了。」愛德蒙若有所思地說，朝茱麗葉特斜瞥一眼。

「一點都不怪，他——」蒙娜起了個頭，然後打住，「怪了。」

「哪裡怪了？親愛的？」茱麗葉特問。

「那邊，那棵絲柏樹後面。是達斯克。」

茱麗葉特和愛德蒙順著蒙娜指出來的方向，望向階地山坡一半的地方望去，那裡有棵獨自矗立的絲柏樹，細瘦的樹幹無法完全遮住藏身的達斯克。

「他在那上頭做什麼？」愛德蒙舉起一手，「哈囉，達斯克！」

達斯克嚇了一跳，旋即轉身準備爬上山坡。到了丘頂，他回頭一看。太陽在他後方，讓他投下一道長長的影子。他越過山丘之後消失了蹤影。

「奇怪了，」茱麗葉特說，「我想他在監視我們。」

「一定是，」愛德蒙說，「要我去追他嗎？」

蒙娜盯著現在空無一人的丘頂。「這樣是浪費時間，愛德蒙，他老早走了。我想麥克斯派他來監視我，確保我不會再犯規。」

「麥克斯只是想保護妳。」茱麗葉特說。一看到蒙娜拉長了臉，她笑了出來。「好了，我們忘了達斯克先生吧。也許義式冰淇淋可以讓妳把麥克斯拋到腦後。」

「這就對了，」愛德蒙說，「我自己也想來份義式冰淇淋。」

沿岸其中一戶灰泥外牆的別墅裡有家咖啡館，以美味的義式點心聞名。美術館居民很喜歡洛西之家，不只因為它的餐點，也因為店裡的氛圍。咖啡館坐落在山丘與湖泊之間。窗戶上有面飽受風霜的木頭告示寫著本日特製：巧克力冰淇淋，可是其實店主人洛西先生在約翰・辛格・薩俊完成這幅畫的當天下午賣光了巧克力冰淇淋，從那之後就沒辦法再進貨。在畫作進行當時所存在的食物和酒永遠都會神奇地自動補足，可是原本不存在的東西就無法得到，這就是為什麼小克經常求麥克斯找個方法，讓館方找一幅有披薩店的畫作來。

他們走進店裡時，八張桌子只有一張有人坐。洛西先生站在櫃檯後面擦一只玻璃杯。他曬成褐色的臉龐上有無數豔陽天所留下的紋路，一看到他最愛的顧客蒙娜，就燦爛一笑。他把條紋圖樣的布巾拋在櫃檯上，快步走來迎接他們。

「你們好！」

「你好，洛西先生。」蒙娜說，回以燦爛笑容。

他轉向茱麗葉特。「美人兒！」他吻了她的兩側臉頰，然後也這樣對蒙娜，又在她腦袋上輕拍一下，像是驚嘆號似的。愛德蒙身子一僵──他很討厭被親──先發制人地鞠了個躬，希望能夠讓洛西打消念頭。可是不管用。一等愛德蒙打直身子，洛西先生便用雙手攫住他的臉，朝兩邊臉頰各送上一枚熱吻。他領著他們到俯瞰湖景的一張桌子。「要來點什麼？」

「我想來杯檸檬汁。」茱麗葉特說。

「我想我也來一份檸檬冰淇淋，」愛德蒙說，「蒙娜呢？」

洛西嘆口氣。「蒙娜想吃巧克力口味的。她總是想要自己得不到的。」

蒙娜回以誇張的嘆息。「我想檸檬口味我也可以接受。」

洛西先生往她額頭送上一吻，然後哼著歌快步走開。

附近有張桌子坐著一對中年男女，身穿儉樸的服飾，蒙娜猜測是十九世紀的風格。男人穿著毛料馬褲、條紋襯衫、皮製吊帶，踩著一雙磨舊的皮靴。他滿面熟的。那個女人（愛德蒙客氣地形容為「壯實」）穿著用粗羊毛製成的灰色長裙，搭上鈕釦一路扣到下巴的白色棉襯衫。她友善的笑容露出一口爛牙。

「午安。」那位女士說。她的聲音讓蒙娜想起濃濃的蜜。

愛德蒙站起身來，深深一鞠躬。「愛德蒙．紐傑特中校，樂意為您效勞。我的同

伴是我的未婚妻茱麗葉特女士，還有女繼承人蒙娜・鄧恩小姐。你們以哪幅畫為家？」

男人站起來，彆扭地鞠了躬。「在下是艾蓋爾・史密斯，閣下。我老婆叫柏莎。我們住在《尋歡作樂》。」

「啊，要接受修復，你們一定覺得很混亂吧。」

「我個人還滿歡迎這種改變的。」柏莎說。她從餐盤上舀起最後一匙，唏哩呼嚕喝下，接著把湯匙探進丈夫半滿的餐盤裡。「我替白馬客棧整理房間，艾蓋爾專門設陷阱捕獵動物。有了修復工程，客棧裡平時不會被美術館訪客看到的人，都可以離開。只要修復師在，其他的可憐傢伙就只能窩在那個不通風的工作室裡。說真的，修復工程對我和艾蓋爾來說都是好事。我們在修復師動手的前一晚上就離開了，從那之後就四處旅行，拜訪其他畫作，見見新面孔，就像一般的遊客。」

「對你們來說還真不錯。」茱麗葉特說。

柏莎還沒回答，洛西就帶著他們點的東西回來。他等著蒙娜吃第一匙，這樣就可以一如既往，得到蒙娜帶有檸檬味、黏呼呼的答謝吻。蒙娜和愛德蒙埋頭享用時，這場對話一時停下，可是很難不聽到史密斯夫婦的閒談。

「我就是覺得怪，柏莎。」

「再跟我解釋一次，好讓我搞清楚狀況。你說那個藝術修復師會對著一幅畫講話？」

蒙娜放下湯匙，不理會茱麗葉特警告的眼神。愛德蒙也停下不吃了。

「他一直尖著嗓子說『別再竊竊私語了！』我有個站在客棧外頭的好兄弟，說他一直扯自己的頭髮。想到這個，我就頭皮發麻。」

「他是個怪咖。他會不會是在跟毛姆先生聊天？」

「如果是，我也沒聽過毛姆先生回話。」

「你耳朵都是屎，又滿腦子迷信，哪聽得見啊。」

艾蓋爾不理會那番諷刺。「他臨摹了我們那幅畫，妳知道吧。畫得不好，不過客棧還畫得滿像的。我們離開的時候，妳沒注意嗎？我想他複製了要拿去賣。」

「你指控他是偽畫師嗎？這種話說得也太重了，艾蓋爾。」

「我沒指控他任何事情。可是我對他滿好奇的就是了。等《尋歡作樂》回到樓上原本的位置，我會很高興的。好了——咱們走吧。」

柏莎和艾蓋爾站起來，椅子尖聲刮過木頭地面。他們對洛西先生點了個頭之後，往店門口走去，一面朝著蒙娜的那桌點點頭。

「天啊！」茱麗葉特說，「我現在不想接受修復了！我們一定要跟麥克斯談談！」

愛德蒙舉高湯匙。「穩住。那些沒受教育的人製造恐慌，我們可不能跟著起舞。不過，為了讓妳安心，我會打聽一下，看看我們無意中聽到的說法是否屬實。記住，他們住在白馬客棧。而且艾蓋爾可能酒醉了。」

茱麗葉特點點頭，但把她那杯檸檬汁放在一旁。「我現在想回家了。」

蒙娜揮手向洛西先生道別，跟著朋友們走出店門。他們快步走向畫框時，她在腦海裡重播一次艾蓋爾和柏莎的對話。就像茱麗葉特，她只要可以不接受修復，要她做什麼她都願意。除了跟麥克斯懇談之外。她永遠不要再跟麥克斯講話了。

16

星期一早晨，最早抵達美術館的不是薩俊和艾薩克。拔高的嗓音從主要樓層傳來。他們衝上樓去察看，意外地發現約翰．漢姆沃斯和巴尼．添普頓正靜靜站在《偉大的聖雅各》前方。

「真意外，」艾薩克說，「我以為你今天晚點才會來，約翰。」

「是我不好，」漢姆沃斯說，跟艾薩克幹勁十足地握個手，「我今天早上醒來時，陽光普照，我急著想再看看你們的畫作。我在前門階梯那裡等著，看到巴尼路過，就求他放我進來。」

巴尼左右挪著腳步。「抱歉，辛格先生，我不應該這麼做的。」

「無傷大雅吧，嗯，艾薩克？」漢姆沃斯拍拍自己的大肚腩。薩俊注意到漢姆沃斯的襯衫袖口脫了線，鞋子也刮痕累累磨薄了。從他的打扮看不出他的富人身分。

「我要去吃早餐，辛格，想一起來嗎？」漢姆沃斯問。

「真希望可以，」艾薩克說，「可是我們的夏令營今天開始，我說過會幫忙布置。」

「嗯，你是說過。」薩俊說。他才不要自己去教育室。

「薩俊可以幫我。」巴尼主動提議。

艾薩克把公事包遞給薩俊。「你介意嗎？」

薩俊非常介意，可是他又能說什麼？他發現自己被拋下而覺得心煩，眼巴巴看著艾薩克和漢姆沃斯走到主要出入口，然後才尾隨巴尼下樓。

到了樓梯底部，巴尼往左一指。「椅子在廚房旁邊的房間裡。你有保全磁卡嗎？」

薩俊揮了揮他還沒歸還的那張。

「太好了，」巴尼說，「我們需要九張椅子，把椅子拿到教育室去吧。」

由於時間還早，走廊一片朦朧。看到燈光從史尼利工作室門口底下流洩出來，薩俊相當詫異。他想也沒想就敲了敲門。

「又是你嗎？巴尼？」史尼利喚道，聲音聽起來像感冒了。

「是我，薩俊，史尼利先生。」

一陣停頓。「走開，我在忙。」

薩俊還來不及回應，就聽到巴尼喊他的名字，於是趕緊去搬椅子。

巴尼和薩俊終於布置好房間的時候，一屁股往相鄰的椅子坐下。

「多謝幫忙，」巴尼說，「你一定很期待今天吧。」

「大概吧，」薩俊盡量用熱忱的語氣，「史尼利那個傢伙是怎麼回事？」

巴尼搖搖頭。「如果我是你，我就會閃他閃得遠遠的，我知道我就會。」

薩俊很困惑。「可是——」

巴尼的手機響起，他往外踏上走廊。他回來的時候一臉困擾。「我要走了。跟潔妮詩說，如果需要什麼再叫我。玩得愉快！」

薩俊在椅子上坐定等候。今天什麼都有可能，就是不可能愉快。

到了十點鐘，潔妮詩迎進另外七個營隊隊員。薩俊忐忑難安，意識到那七個新來者其實都是老經驗，過去幾年一起上過無數課程時，不安的感受更為強烈。他們找位子坐的時候，一面竊笑一面低語，這時全都轉頭盯著他看。

潔妮詩環顧房間，臉上貼了一抹傻笑。她穿著畫家的罩衫搭牛仔褲，幾乎興奮地飄飄然，一直對薩俊微笑。他往後一靠，讓髮絲蓋過眼睛，巴望自己身在他方。

「嘿，大家！我們開始以前，先來自我介紹吧。我知道你們大多都彼此認識，不過或許可以報一下名字、年齡和你們為什麼報名參加這個夏令營，而不是去參加很酷的保齡球營。」這番話招來一陣笑聲。「我先來。我是助理館長，潔妮詩・海思。我從喬治華盛頓大學取得博物館學碩士，我在比佛布魯克美術館工作了三年。她指了指穿著昂貴籃球鞋的男生。「你先吧。」

那個傢伙露出慵懶笑容，看著其他人。薩俊覺得他是那種在任何地方都悠然自得的人。「我叫馬可斯・卡提，十二歲。我來上這個課，是因為我媽逼我來。」

「才不是，馬可斯！」潔妮詩責備，「是因為你很有才華。」

「該我了，」有個漂亮女孩說，幾十綹鬈髮披瀉在背上，「我叫愛麗絲・強森，

我十月就十二歲了。我喜歡畫畫。」她對隔壁的女生點點頭。

除了馬可斯和愛麗絲之外，還有艾比．吉爾曼，滿口金屬矯正器的十歲女生；綽伊．麥克吉尼斯，十一歲，滿頭綠色挑染，一心想寫跟畫漫畫；亞當．波奇斯，十一歲，長大以後想當電影或劇場的布景設計；艾瑪．布魯克斯，十二歲，筆記本裡畫滿服裝設計的素描；九歲的艾莉克斯．杜賽，她咯咯笑著告訴他們，以後想當繪本插畫家。最後輪到薩俊了。

他把頭髮從眼前撥開，咕噥說：「我叫薩俊．辛格，十二歲，我畫畫。」

「薩俊．辛格？就像藝術家約翰．辛格．薩俊？」愛麗絲問。

薩俊的臉頰灼燙。他點點頭，等著人耍嘴皮子。當綽伊說「酷喔，老兄」，大家都轉頭回去看潔妮詩的時候，薩俊還滿意外的。他深吸一口氣，好放慢急促的心跳。他熬過了自我介紹，接著只要捱過午餐就好。

潔妮詩雙掌一拍。「太棒了！好……現在來講細節。只要沒下雨，我們就會到公共綠地上吃午餐。角落有個冰箱，你們可以存放食物。」

薩俊想像那一整片翠綠草地，毫無躲藏之處。

「如果你們要上洗手間，直直穿過走廊，經過樓梯之後的左邊。我們每天四點結束，除了星期五。記得，星期五是夜宿館內的日子。我們會點披薩進來，然後我們會到隔壁的當代館去看電影跟夜宿。我甚至可能準備一兩個驚喜給你們！」

艾莉克斯舉起手。「我們要看什麼電影？」

「《哈利波特》第一集。你們知道的，因為在故事裡，畫作是活的！」一陣興奮竄過房間。哈利波特看幾次都不嫌多。薩俊都忘了霍格華茲學院裡的畫作是活的。他一定要跟蒙娜說。真可惜她不能也來看這部電影。

「這星期的上課主題是，我們創作藝術時，選擇用什麼類型的媒材，」潔妮詩繼續說，「典型的媒材包括各種型態的油彩、炭筆或石墨、蠟筆、粉筆、砂、彩色筆、粉彩。這只是一些例子，並不是詳盡的清單──永遠都要發揮想像力！我們選擇的媒材通常會連帶影響我們使用的技巧。」

「妳指的像是，我去年夏天用水彩，想替愛麗絲畫一幅詳細的肖像，結果畫起來很辛苦嗎？」艾瑪說。

「沒錯！你們早上的作業是：我要你們拿筆記本，在美術館裡四處逛逛。看看這些畫作，瞧瞧藝術家使用什麼媒材。照你們自己的步調來，之後要告訴我，哪幅畫作的藝術家如果用了完全不同的媒材，那幅作品會變成什麼樣子。解散！我會到處巡視，盯著你們。如果你們需要聊聊，小聲說話。好了──跟我來！」

接下來的一個半鐘頭，隊員們兩三人成群在各個展間遊走。薩俊最後跟綽伊和亞當同組，他們發現他手上還留著保全磁卡時，堅持要他偷偷帶他們溜進職員區，這樣就能搭載貨電梯到主要樓層去。

「這也太酷了。」綽伊說，他們拉起做為電梯門的鐵柵欄。

「我還沒搭過這個。」薩俊說，踮著腳跟上下彈跳，擔心要是他們被逮到，可會惹上麻煩。電梯鏗鏗鐺鐺停了下來時，他鬆了一口氣。他們往外走到加拿大館後方的大儲藏區時，四下無人。他們在無人注意到的狀況下，從暗門溜了過去，繼續往前走。

「感覺好像要偷襲大家，」亞當補了句，「要是對方沒注意到那扇暗門，真的會嚇得屁滾尿流。」

綽伊和亞當就像喜劇搭檔。等他們走到蒙娜那個展館的時候，薩俊確定自己會笑到肚子爆開。不過，他一看到蒙娜的肖像時，就說不出話。既然都跟她聊過天了，這幅畫感覺更令人驚嘆。

「我要選這個傢伙，」綽伊說，用力坐在愛德蒙面前的地板上，「他穿紅色軍裝，讓我想起超級英雄。」

「或是耶誕老人，因為那頭白髮，」亞當說，「我喜歡甘斯伯格在他周圍畫出來的東西，雖然天空是詭異的綠色，就像龍捲風來襲以前。」

「對，他應該會說『噢，糟了——我跟我完美的頭髮要被吹走了！』」綽伊用假聲抖著嗓子說。

薩俊仰頭對著愛德蒙笑。他在想什麼呢？「標示上寫說這是帆布油彩。如果他只是用炭筆、鉛筆或什麼畫的，會變成什麼樣子？」

「首先呢，你就不會知道那套軍服有多酷，」綽伊說，「所以我想你可能不會覺得這個傢伙有這麼搶眼。」

「對，如果用的是水彩或壓克力顏料，看起來就不會這樣逼真。」亞當說。他哨著鉛筆尾端的橡皮擦，繼續望著愛德蒙。「嘿，你們知道嗎？」

薩俊仰望愛德蒙的臉。「怎樣？」

「說起超級英雄，我想到，我們接下來要看的電影裡，應該要有《超人》才對。」

「我從來沒看過超人電影。」薩俊坦承。

「天啊，你有一些進度要趕！也許潔妮詩下星期可以找來播。」

「你們下星期還會回來喔？」

亞當哈哈笑。「我們是比佛布魯克鼠團，只要這間美術館有活動，我們都參加。接下來四個星期我們都會在。去年夏天只有我們。你會習慣我們的。」

「可是問題是……我們會習慣你嗎？」綽伊說，屁股滑過地板，現在就坐在蒙娜面前。「哈囉，蒙娜，我是妳的小情人。」

「她沒從畫裡走出來賞你一巴掌，算你幸運。」薩俊說，一起跟綽伊坐在蒙娜底下的地板上。

「我真希望她可以。我會給她一個大大的吻。」

薩俊嗤之以鼻。「真的假的？」

「你不知道綽伊這個人，」亞當回頭喚道，「他超瘋女生的。他愛蒙娜、柯特若家的一個女生、歌手泰勒絲，基本上只要有脈搏的可愛女生都喜歡。」

「還真是博愛啊。」薩俊說。

「我是真男人。」綽伊說。「嘿，你知道嗎？我想蒙娜很適合當漫畫裡的角色。也許我會用她跟那邊的傢伙畫成漫畫，」他說，回頭指著愛德蒙，「他們可以在晚上變身成打擊犯罪的超級英雄，白天回頭當肖像。」

午餐時間，薩俊看著每個人飛快離開，拋下他一人。他拖著腳步走向門口時，綽伊把頭往回一探。「喂，小俊——跟我們一起坐吧。我有一堆問題要問！」

愛麗絲的臉出現了。「他的意思是他有一些冷笑話要跟你分享。」她尖酸地說。

「她說得沒錯。」綽伊承認。

薩俊如釋重負，追了上去。亞當替他們三人佔了個位置，就在潔妮詩提供的其中一條鋪毯上。午餐期間，綽伊講的故事跟針對當前一切的點評，都逗得他們哈哈笑；他們要薩俊跟他們講紐約的事情。愛麗絲分享了她正在讀的小說情節，薩俊說他讀過托爾金的作品，但納尼亞傳奇系列一本也沒讀過時，她大為震驚。

「我會帶《獅子、女巫、魔衣櫥》來給你。」她說。薩俊知道她之後一定會拿內容來考他。

「你現在是比佛布魯克鼠團的一員了，小俊。」綽伊說，午餐過後他們正要走回去。

薩俊真不敢相信，被稱為「鼠」竟然能讓一個人這麼開心。

他們跟潔妮詩報告完早上的活動之後，拿到了本週作業；挑一幅自己最喜歡的畫，用不同於原畫的媒材，臨摹一幅。綽伊立刻挑了愛德蒙，可是薩俊左右為難。如果選了蒙娜，就有時間跟她相處，可是這樣可能會讓其他畫作起疑，害她惹上麻煩。最後，他選擇《柯特若一家》，這樣至少可以跟蒙娜在同一個空間。潔妮詩下午四點讓他們解散時，薩俊覺得很遺憾，因為他不希望這天劃上句點。

幾分鐘過後，薩俊站在艾薩克辦公室外的走廊上。瑪汀、潔妮詩和艾咪說話說得很專心，沒人注意到他站在那裡。

「艾薩克會在阿布奎基市展出他的畫作嗎？」艾咪問。

薩俊原本盯著手機，突然凝神傾聽。

「不會，他說那些畫作不是他的。」潔妮詩說。

瑪汀點點頭。「我明天必須打電話給美術館回絕。」

「太可惜了，他明明——」潔妮詩瞥見薩俊，臉一紅。「總之，我該走了。大家晚安！」她抓起包包，匆匆與薩俊錯身。

薩俊看著她越走越遠，他都忘了阿布奎基美術館的那封信。可是如果那些畫作不是艾薩克的，又會是誰的。某個人可能曉得，可是或許他不應該問她：他媽媽。

17

營隊第一天很成功，可是即使跟艾薩克住了一星期，薩俊還是覺得很難想出可以跟艾薩克聊的話題。每天晚上他們並肩坐在沙發上，看著電視吃外帶餐點，尷尬地聊聊美術館的事或是新聞報導。今天的晚餐是泰式料理，以漢姆沃斯當作配料。

「我今天跟漢姆沃斯開了場很成功的會。」艾薩克說。

「是嗎？他要捐錢嗎？」薩俊的視線越過房間，投向艾薩克的書桌，桌面埋在美術館的財務報告底下。大多晚上，艾薩克都花好幾個鐘頭細讀這些報告。數學不是薩俊最愛的科目，可是連他都曉得那些負餘額不是件好事。

艾薩克交叉手指。「前景看好。他對美術館很有興趣，我忍不住想，他可能計畫捐贈一大筆錢。」他不再說話，茫然盯著電視幾秒鐘。「要是他抽手，我還真不知道該怎麼辦……」

「他為什麼會抽手？」

這個問題似乎讓艾薩克措手不及。「什麼？忘了我說過這種話。我只是杞人憂天。嘿，今天營隊如何？」

「我很喜歡。」

艾薩克笑開了臉。「我就知道你會喜歡！其他小鬼有沒有很佩服你的才華啊？」

這是薩俊最不喜歡的問題。他爸媽的性格也許很兩極，但想法卻很類似，至少就薩俊和他的畫畫來說。他長長喝了口水之後才回答。「我們還沒做多少功課，你說過其他小鬼也滿強的。」

「是很強沒錯，可是你天賦異稟，薩俊。」

「大概吧……你呢？你畫畫嗎？」

這個提問似乎讓艾薩克很意外。「嗯，不畫。很多年沒畫了。」

「為什麼？」

「不知道，大概因為忙吧。」

薩俊看著艾薩克的臉，尋找線索。「你以前常畫嗎？」

艾薩克假裝對一個卡車廣告很有興趣。幾秒滴答過去了，薩俊忖度，自己是不是應該再問一次。接著艾薩克忽地說：「怎麼突然問起我跟畫畫的事？」

薩俊盡量若無其事地說：「只是好奇我的天分從哪來的。」

艾薩克的肩膀一鬆，往後靠在抱枕上。「你媽可能會說是遺傳自她。她在哈佛讀藝術史，可是如果想要，原本是可以當職業插畫家的。」

薩俊點點頭，想到媽媽每年會自製生日卡片給家裡的每個成員。去年，為了銘記薩俊的巴黎之行，她畫了薩俊站在艾菲爾鐵塔前面的畫面。她還滿會畫的。

又是一陣停頓。薩俊試著想想，關於那些畫作，還可以問艾薩克什麼。

最後艾薩克關掉電視，轉身面對薩俊。「我有件事要跟你談談。」

薩俊挺直身子等著。

「我一直在想我們週六晚上的對話，我不應該突然跟你講潔妮詩的事，實在是沒經過大腦。我想我太習慣獨處，忘了有人可以分享關於我的消息。」

薩俊往上盯著坐搖椅老人的那張畫，忖度那個老人是不是在聽他們講話。「沒什麼大不了的。」

「謝謝你這麼說，可是這件事算是大事，至少對我來說是。我欠你一個道歉。我邀請你來過暑假，這樣我們就能多多認識對方。如果我們不完全坦誠，你知道的，就是分享我們的消息跟其他，這樣就會很難達到那個目標。我會試著改進。」

薩俊胸口的壓力稍微減輕了。「潔妮詩還滿有趣的。」

他可以聽出艾薩克回答的語氣流露感激。「你會愛上她的！她很有才華。如果可以的話，我邀她明天晚上過來跟我們一起吃晚飯？老實說，我廚藝很差。潔妮詩已經做飯給我吃好幾個月了。」

薩俊想像垃圾桶塞滿披薩盒和外帶紙盒。能吃家常菜會很好。從他抵達以來，媽媽每次問他吃了什麼，他都必須轉移話題。

艾薩克跳起來，朝薩俊伸出一手。「在我繼續面對那些悲慘的財務報表以前，我們先去散個步如何？」

薩俊任由自己被拉起身。「好啊。」艾薩克還是沒提到自己畫作的事，這點還是困擾著他，可是想要建立兩人的關係，總得從哪裡開始。

18

到了星期一晚上十一點，蒙娜火冒三丈。有兩件事惹惱了她：綽伊整天頻頻用眼神對她傳情，還有這個消息——所有住戶都要在自己的畫作裡乖乖待著，至少到午夜為止，因為史尼利決定加班。

事實上，史尼利難以捉摸的工作時段搞得大家神經緊張。他完成了《尋歡作樂》的修復工作，那天稍早已經讓這幅畫回歸原位，可是沒人可以參加白馬客棧盛大的重新開幕，因為史尼利還在這棟建築裡。等他終於離開的時候，從畫作裡湧出大批人潮。

「想去游個泳嗎？」小克對蒙娜呼喚，她正要到海倫娜．魯賓斯坦的肖像去。她等他跟上來，她注意到他捲起了袖子，想讓衣袖不要那麼鬆垮，想模仿亞當和綽伊的穿衣風格。

「抱歉，小克——我心情很差。我想我要去魯賓斯坦女士那邊，看看有沒有餅乾可吃，找她講講心事。」

「介意我一起去嗎？」

「一點都不介意。你覺得那些營隊隊員怎樣？」

「亞當和綽伊今年夏天又回來了，我還滿高興的，他們是玩家。」小克有個出名的地方，就是會用訪客最新的俚語。

「玩家？」

「意思就是很酷的傢伙。他們聊天的時候，我要拚命才能忍住不笑出來。我聽到綽伊對妳講的話了。」他戳戳她的肋骨，放聲大笑。

蒙娜身子一僵。「他八歲的時候，還可以忍受，可是現在他都十一歲了，也太不成體統了。」她停下來，把小克拉進一個小壁龕。「先別管那些營隊隊員，我有個有趣的故事要跟你說。你猜猜我昨天晚上在《聖維吉利奧，加達湖》看到誰了？」

「誰？」

「達斯克！」

「讓人發毛的達斯克？他在那裡幹嘛？」

「我想他在監視我。愛德蒙出聲叫他，他就溜走了。」

「愛德蒙有沒有去追他？」

「他想去，可是我們想達斯克老早不見人影了。後來，我們去洛西咖啡館，無意間聽到住《尋歡作樂》一對夫婦的謎樣對話。」

「哪裡謎樣了？」

「他們懷疑，史尼利先生可能是偽畫師。」這個句子她說得慢條斯理，好讓它顯得更有戲劇性，她知道小克懂得欣賞。

「哇！他們怎麼會這麼想？」

她還來不及回答，他們就聽到有人朝他們走來。蒙娜立刻認出達斯克的嗓音，她和小克瞪大眼睛面面相覷。他們心怦怦跳，趕在達斯克和艾蓋爾．史密斯路過以前，退到陰影深處。從達斯克粉灰色的臉龐和艾蓋爾的怒容看來，兩人一定起了某種爭執。蒙娜和小克等著男人們的腳步聲遠去，才快步朝著相反方向離開。

「他們看起來很生氣。」小克說。

「另一個男人是艾蓋爾．史密斯。就是我剛跟你說的那對夫婦裡的丈夫。」

「就是認為藝術修復師可能是偽畫師的那對夫婦？」

蒙娜使勁點一下腦袋。

「爹爹告訴我，藝術修復師目前在弄達斯克的畫，」小克說，「也許達斯克在害怕。」

「也許達斯克是參與了什麼陰謀，擔心艾蓋爾．史密斯發現了。麥克斯在擔心美術館的財務狀況。搞不好他找人畫假畫想拿去賣。」

小克一臉不信服。「麥克斯絕對不會做這種事。」

即使對麥克斯和達斯克來說，這種做法都太過分了。「也許不會，可是我想我們應該溜到下頭的工作室，快快看一下。」

謝天謝地，《偉大的聖雅各》這次出的謎題很簡單。「誰在早上丟掉腦袋，晚上拿回腦袋？」他們抵達的時候，那匹馬問。

「枕頭。」蒙娜和小克異口同聲說。

那匹馬起疑地看著他們。「有人跟你們講過答案嗎？」

「你上星期才問過我同一道謎題，」蒙娜斥道，「找點新的來嘛！」

「沒禮貌！」騎士往下喊道。

小克插了話，「蒙娜不是故意沒禮貌的。她只是因為藝術修復師待太晚，覺得不高興。」

馬和騎士互換意味深長的表情。「他不可信任，」那匹馬說，「我們點到為止就好。」

蒙娜好奇起來，抬眼望去。「達斯克先生回到樓下了嗎？」

馬匹發出嘶鳴，搖了搖頭。「沒有，他稍早經過的時候情緒滿激動的，花了十分鐘才解開一道簡單的謎題。」

蒙娜扯扯小克的手臂。「如果我們想趕在他回來以前離開，我們一定要趕快！」她向那匹馬和騎士行了個完美的屈膝禮。「先生們，請接受我最誠摯的歉意。」

這兩個朋友進入靠牆擺放的一面空白畫布時，那裡只點了一盞夜燈。蒙娜注意到桌上放了另一張畫布，即使在昏暗的光線中，她也可以看到上頭畫有《旅館房間》的鮮明輪廓，包括達斯克站在畫作背景時那抹幽暗的身影。原作放在附近的一個畫架上。達斯克的太太就在她的老位置上，躺在床上，用空洞的眼神盯著虛無。達斯克不見人影。

「滿奇怪的，不是嗎？」

蒙娜和小克大吃一驚，四下張望，以為達斯克回來了。

「在上面這邊。」

原來是薩默塞特．毛姆，高高掛在房間角落裡。「我還在想，要等多久才又有其他人過來。這個房間今天晚上可是熱鬧滾滾。」

蒙娜朝著那幅素描微笑。「噢，毛姆先生，你嚇了我們一跳！你說這個房間熱鬧滾滾，是什麼意思呢？感覺很安靜啊。」

「事情不見得表裡一致。畫框內外的人，一整天來來去去。」

「誰啊？」小克和蒙娜齊聲問。

毛姆講話的時候，一雙黑眼亮閃閃的。「怪了，我困在這個寂寞的工作室好幾年，現在大家突然看我看不膩。如果你們一定要知道，史尼利先生和辛格先生都來過，還有一個奇怪的胖男人。噢，還有巴尼．添普頓。當然了，都在這邊——不過天曉得達斯克現在上哪兒去了，連麥克斯都來過。今天還真刺激。」

「他們為什麼過來？」小克說，「達斯克夫婦和史尼利會過來，這還說得過去，可是其他人呢？」

毛姆張大雙眼。「我不確定能不能說。」

「你可以信任我們，我們會守密的，毛姆先生。這裡只有我們，還有她。」蒙娜朝達斯克太太的方向一指。

毛姆瞇細眼睛。「從來就不只有我們跟她，」他低語，「我們住的世界，總是有人盯著。這間美術館裡的畫作在這裡生活了幾十年。他們會覺得無聊，你們也知道，就會想胡鬧一下……」

「你覺得無聊嗎？」小克問，起疑地盯著毛姆。

毛姆竊笑。「我嗎？永遠不會！可是話說回來我有豐沛的想像力。你們知道嗎？我正在寫一本新書，這個故事講的是，趁大家回家以後，某人仿製無價畫作的經過。」

蒙娜瞪大眼睛。「真的有這種事嗎？」

「妳覺得呢？」

蒙娜想起艾蓋爾．史密斯對妻子講過的話。「我想史尼利先生心懷不軌。」

毛姆閉上雙眼。「不只有他一個。」

「還有誰——」

「噓！我聽到達斯克過來了！你們可別讓他逮到你們來這邊！」

小克眼神焦急，看著蒙娜。「我們不能離開，一定會跟他錯身的！」

「門後還有另一面空白畫布，」毛姆說，「進裡頭去吧。我會想辦法分散他的注意力，這樣你們就可以逃走。我可不希望他發現你們跟我在一起。誰曉得他會對你們做出什麼事？」

「他說得對。」蒙娜說，抓起小克的手，跳向另一張畫布，「達斯克跟麥克斯說過，他想把我送走。他一定知道我在調查內情！」

他們搶在最後一刻溜進了那張畫布。達斯克回來了，麥克斯跟他一起。

19

從門後這個制高點，蒙娜和小克只能看到毛姆。可是他們聽到有人抵達的呼咻聲，接著麥克斯開口了。

「我想你知道我為什麼又過來。」他語氣緊繃。

毛姆笑盈盈地回應。「你想念我了吧。」

「並沒有。可是這裡謠言滿天飛，我猜你就是那個編織謊言，看著謊言作亂的壞傢伙。」

小克扯扯蒙娜的衣袖，急著要離開。她揮手不理他。

「我嗎？你這樣也太傷人了。我只不過是個寂寞的老單身漢，因為你心懷怨恨，而困在這裡。如果其他人覺得害怕，想怪就怪你自己，或是你的可疑助手。我不怪會害怕的人。我自己也覺得害怕。」

麥克斯笑了。「你這輩子沒一天害怕過，可是你是該怕沒錯。」

毛姆瞅著蒙娜和小克。蒙娜緊緊揪住小克的手臂，擔心毛姆就要供出他們的形跡。但他只是漾起笑容，回頭看著麥克斯和達斯克。「怎麼，我聽說你威脅要把那些質疑你權威的畫作送走。你不准我或其他畫作質疑你，我們又該作何感想，麥克斯？難道你要把我們全都送走？為了逼別人對你言聽計從，你願意做到什麼地步？」

一陣低沉的怒吼，接著是達斯克的聲音。「他在誘你上鉤，老闆。算了吧。他什麼都不會跟我們說的。」

「我會逼他告訴我的。」麥克斯忿忿然回答。

「脾氣也注意一下……」毛姆警告。

蒙娜看夠了。麥克斯和達斯克已經失控了。她和小克必須在被逮到以前離開。她抓住小克的手，往通道走去。

「好可怕，」他們在小幅風景畫裡停步喘口氣時，小克低聲說，「我還以為比佛布魯克勳爵會攻擊他！你想如果他在那裡逮到我們，他會怎麼做？」

蒙娜搖搖頭，難受得說不出話。她以為自己認識的那個麥克斯不見了，由這個惡霸取而代之。她抹掉臉上的一滴淚，拉著小克繼續往前。

「我們要去哪裡？」他問，他們路過《偉大的聖雅各》，他又解開另一道簡單的謎題——什麼東西會往下走，卻永遠不會往上？雨。

「我們必須去一個麥克斯騷擾不到的地方。我們去找魯賓斯坦女士吧。還好我們剛剛去了工作室，現在我們知道壞事正在醞釀，可是噢，小克，有一部分的我真希望我們沒下去過！」

幸運的是，他們抵達的時候，魯賓斯坦女士獨自在家。如果她注意到蒙娜紅著眼，她也沒說出來。她只是大大展開手臂。

「我的兩個忘年之交來啦，」她哄道，輪流擁抱他們，「都這麼晚了，你們在做什麼呢，我的小mysz？」蒙娜很喜歡海倫娜用波蘭話叫她「鼠鼠」，那是魯賓斯坦女士年少時的語言。

「我們希望吃個點心，也想問問妳，有沒有聽說那個藝術修復師在畫偽畫的傳聞。」蒙娜說，判定有話直說才是上策。

魯賓斯坦女士咯咯笑，掛滿戒指的手搭在蒙娜的肩上。「這裡的畫作很迷信，只是這樣。他們不喜歡他的做法。可是如果辛格館長不介意，我又何必介意？」

「妳想我們可以相信史尼利嗎？」小克問。

「有誰是信得過的嗎？克雷蒙特．柯特若？我們都是人類，所以都很脆弱。有些居民會害怕，因為他們非常喜歡這裡。他們當中在被畫成畫作以前，生活不像我們過得那麼愉快。有些人貧窮不幸，可是麥克斯把他們帶來這裡，現在他們過得舒適、安全又快樂。別忘了：我們現在永存不朽。原本的自我已經死去，繼續活下去的是我們，這種事情畢竟有不少風險。也許他們擔心自己會被偷走，帶到不如比佛布魯克美術館這麼美好的地方。」

「比佛布魯克這裡有畫作被偷走過嗎？」蒙娜問。她很不想問這個問題。這樣問讓她相當不安，彷彿會為他們的幸福招來霉運。

「我覺得沒有。可是總是有種恐懼。你們知道蒙娜麗莎曾經被偷走的故事吧，嗯？」她把堆著甜點的一只瓷盤放在桌上。蒙娜抓了一顆。

「我不知道。」小克說，滿嘴甜食。

「是一九一一年八月二十一日的事。那時妳還沒被畫成肖像，蒙娜。不過，另一個蒙娜，就是《蒙娜麗莎》的那位，當時已經是世界知名的畫作。儘管羅浮宮有頂尖的保全系統，看來有人就是帶著她走了。」

「有人就是帶著她走了？」蒙娜的胸口一緊。

「是啊，有趣的是，當時警察審問的頭一批人，其中一個就是畢卡索[3]，不過警方很快就把他從嫌疑犯清單剔除，釋放了他。這種事情往往是這樣的，是內部的人監守自盜。某個晚上被羅浮宮的雇員文千佐・裴路賈拿走。據說他跟一個詐騙犯艾杜瓦・德瓦菲諾合夥，把這幅畫拿到偽畫師易夫・修德龍那裡。計畫是要修德龍複製，當成原畫來賣。誰曉得這個說法是真是假？藝術世界總是有不少傳聞和臆測。」

「想像有人大膽到做出這種事！」蒙娜驚呼。

魯賓斯坦女士輕拉著脖子上的一串珍珠長鍊。「是啊，原畫藏在裴路賈的公寓裡，要說服那些口袋很深的貪婪藝術收藏家，端到他們面前的那幅《蒙娜麗莎》就是真跡，這點並不困難，他們可以只把畫掛在家裡的某間密室。人類本性是怎麼回事，竟然會讓我們不計任何代價，就是想佔有眾所覬覦的東西？」

小克和蒙娜都沒回應，她把故事講了下去。「就像大多事情，百密必有一疏。把那幅畫放在自己的公寓裡那麼久，裴路賈緊張起來，決定試著把畫賣給義大利佛羅倫斯的藝術交易商，交易商向警察舉報。困在衣櫥裡兩年之後，《蒙娜麗莎》大張旗鼓地在一九一三年回到了羅浮宮。那場竊盜案使她成了世上最知名的畫作。」

她講完了故事，輕拍他們的腦袋。「你們可以離開了。我累了，就快黎明了。我想我應該休息一下。」

走回自己熟悉的畫作時，蒙娜忍不住想起另一個蒙娜，困在衣櫥裡足足兩年，一定寂寞又可怕。要是自己碰上這種事，該怎麼辦才好？至少蒙娜麗莎知道有人在尋找她，畢竟她是世上最知名的畫作。會有人這麼努力尋找蒙娜．鄧恩嗎？

3. 西班牙藝術家，是立體主義創始人之一。

20

薩俊和艾薩克的父子關係正需要潔妮詩這樣的人。除了她的廚藝之外，她還是拼字桌遊的強勁對手（薩俊從沒見過記住所有以X字母為首的字的人），她還很喜歡陪他一起看科幻電影。最棒的是，她會讓對話順暢地進行下去。

原本致命的沉默，由活的辯論和長長的對話所取代，話題遍及藝術、電影和鍾愛的書籍。所以有天晚上，艾薩克在家裡準備隔天和漢姆沃斯的會議，薩俊跟潔妮詩出門散步的時候，薩俊自然而然提起了艾薩克的畫作。漢姆沃斯成為比佛布魯克拯救者的可能性似乎越來越高，雖然薩俊依然覺得那個傢伙只是空口說白話。

潔妮詩在跨越聖約翰河的人行步橋中央停下來——由鐵路老橋翻修而成的——然後往上游望去。「讓人很希望隨身帶著油彩，這樣就可以捕捉這片景致吧？」她問。

薩俊凝望天際，夕陽後方的一抹抹霞彩，色調就跟他們當甜點吃的西瓜一樣，讓他驚奇不已。「妳常畫畫嗎？」

潔妮詩搖搖頭。「只是玩票性質，可是因為我沒辦法把自己腦海裡的影像，轉換到畫布上，所以挫折比樂趣多。」她轉過來向他微笑。「可是你就沒這個問題了吧？」

薩俊通常會咕噥一點貶低自己才華的話，可是不知怎地，他相信潔妮詩不會大驚小怪「沒有。」他承認，她點點頭。他們轉回去望著夕陽溜到地平面底下。

「我爸也會畫畫。」薩俊說。

「他才華過人。」潔妮詩附和。

「之前我聽妳提到阿布奎基美術館。」

潔妮詩臉一紅。「好尷尬，我不應該談那件事的。那是你爸的事情，不是我的事。」

「可是妳覺得他應該讓他們展出他的畫作。」薩俊說。

「我覺得你爸很厲害。我希望大家可以看到他的作品，給他應得的認可。多數人根本不知道他是藝術家。可是那些畫作不在他手上，不管原因如何，他都不願設法拿回那些畫，所以只能這樣嘍。」

薩俊沒回答。他忙著思考如果他可以想辦法弄到那些畫作，安排送到阿布奎基，艾薩克會有多興奮。

薩俊這輩子頭一次不只是享受學到新技巧的樂趣，還嘗到了跟其他小鬼相處的快樂。這點似乎讓他的作品更好了。

「你滿厲害的，老兄，」綽伊說，視線越過薩俊的肩膀，看著他以《柯特若一家》為本打出來的草稿，「這堂課應該由你來教。」

薩俊一臉驚駭。「才不行！我還有很多東西要學，而且這裡的每個人都很有天分。」

「沒錯，我們是有天分，可是不像你那樣。你就像某種神通。」

「是『神童』啦！」愛麗絲從房間的另一端喊道，「嚴格來說，薩俊是這樣沒錯，不過我們其他人也是啊。」

「那個女生聰明到我受不了。」綽伊壓低嗓門嘀咕。

薩俊用蠟筆和粉彩筆臨摹了一幅《柯特若一家》。他從來沒做過這麼有冒險精神的東西，可是潔妮詩的熱忱，加上他隊友沒什麼競爭心，讓他勇敢起來。當他告訴潔妮詩自己的計畫時，她笑了出來。

「太棒了！我們事後可以把畫舉高，讓柯特若一家人看看用蠟筆畫出來的樣子。」她朝著那幅畫傾身。「妳不會喜歡的吧，柯特若夫人？」

薩俊憋住一口氣，等著看會不會有回應，可是當然沒有。潔妮詩去察看亞當的進度時，薩俊跟了上去，很好奇想看看朋友的作品如何。亞當正在臨摹沙蘭德畫的比佛布魯克勳爵肖像，用的是拼貼技巧：在板子上結合了布料、撕紙和彩繪紙張。

「做布景設計的時候，必須用少少的預算，做出看起來豐富的東西。」亞當告訴潔妮詩。聽起來滿酷的。薩俊總是把重點放在繪畫上，也許他可以在別的作業上嘗試拼貼。

那天下午結束後，他是最後一個離開哈芮特歐文館的人。他整天都避免跟蒙娜有眼神接觸，雖然每次聽到綽伊說「蒙娜，寶貝，我要讓妳成為一顆明星！」，就忍不住咧嘴笑。他伸伸懶腰時，有個導覽群組走了進來，站在愛德蒙和柯特若一家面前。正是向蒙娜道晚安的完美時機。

「星期五在館內夜宿的時候，我們可以碰面。」他低語，講話的時候緊盯著手機。

「我會試試看。」蒙娜低語，嘴唇幾乎沒動，「這裡發生怪事了，薩俊。有些畫作認為史尼利先生在畫偽作要賣！我打算好好調查。」

薩俊往上一瞥，這時潔妮詩從門口探進腦袋。「來吧，薩俊，我們在等你呢。」

他不安地對蒙娜點點頭，趕上其他人的腳步。

向其他隊員道別過後幾分鐘，薩俊來到艾薩克的辦公室。他發現艾薩克身邊有人。是個嬌小的女人，看起來就像地球創生的第一天就已經存在似的，隔著圓桌跟艾薩克面對面坐著，兩個人都盯著畫架上的一幅小畫看。

艾薩克抬起頭。「你來得正是時候，薩俊。我正打算鑑定札爾妲．莫瑞太太的一幅收藏。想看看是真跡還是假畫。過來坐下吧。」

蒙娜說的話記憶猶新，薩俊用力坐進桌子另一側的空椅上。也許他可以學點實用的東西。

札爾妲．莫瑞伸出瘦巴巴的手，要跟薩俊握握。薩俊盡量不去看她半透明肌膚浮凸出來的青筋。他從沒遇過這麼老的人。她的頭髮不是雪白，而是白到幾乎要解體的地步。他們軟趴趴地握了握手，薩俊擔心會害她骨折。

可是札爾妲．莫瑞的笑容很年輕。「你父親正在跟我說，你多麼有藝術才華，薩俊。回答一下你沒問出口的問題，我四月才剛過完一百零二歲生日。」

薩俊瞪大雙眼，然後心慌意亂地轉向那幅畫。「那是——」

「高更的作品？我希望是。」札爾妲說，「我跟我丈夫對藝術收藏很狂熱，我們周遊各國，增添收藏。我們以前好迷藝術，還參加過加州拉古納海灘的大師盛會。」

「大師盛會？」

「就是參與的民眾做出tableaux vivants的場景，意思就是**活畫作**。有一年我們做了《旅館房間》，還滿有意思的。想像一下那多有趣：人站在巨型的畫框裡，將畫面演出來，就讓一幅畫活起來了。」

薩俊點點頭。他想像得到。

「除了比佛布魯克美術館之外，札爾妲有這個城市最了不起的收藏。」艾薩克補充。

札爾妲抬起下巴。「等我死了以後，我們家的收藏就要全數贈予比佛布魯克。如果我死得成。」她淘氣地補充。她用骨節突出的手指指著那幅畫。「就像我在電話上跟你說的，艾薩克，只剩這幅畫需要鑑定。是我舅舅艾德格在一九五〇年代初期送我們的，我們從來都不確定它的真偽。也不是說有什麼要緊，反正怎麼樣我們都會留著，因為我們很喜歡艾德格。現在，就在我準備要把我的寶貝們都轉交給你的時候，我覺得應該先釐清這個小謎團。」

薩俊在大都會美術館看過高更的畫作。可是那些畫作更大，是保羅．高更在大溪地時期所畫的，裡面色彩奔放、造型原始。這幅則畫幅極小，印著黑白的葉子和陰影。

是高更用木雕創作的，就表示他先將圖像刻在木塊上，滾過印墨再把沾滿墨水的木頭壓在紙張上。薩俊用疑問的眼神望著爸爸。

「高更確實用過木雕來創作版畫，所以這是第一則好消息。」艾薩克說。「不過話說回來，」他補充，「我確定這點妳跟妳丈夫早就知道了，札爾妲。」

札爾妲綻放笑容。「我們對藝術有點認識。」

「有點……」艾薩克喃喃，從畫架舉起那張版畫，然後從口袋抽出一把手持擴大鏡，就是模樣像迷你望遠鏡的工具，開始細看那幅畫。

「要怎麼判斷一幅畫是不是真跡？」薩俊說。

「如果你知道自己在找什麼，就沒那麼難。比方說，如果這幅畫不是想要假裝真跡，往往在角落裡就會有個外頭加個圈圈的C。」

「C？」

「就是版權的標誌，告訴我們這幅畫是個仿作。這幅畫上面沒有。」

「還有呢……」

「另一個方式就是舉高向光。」艾薩克將畫作舉高，讓傍晚光線穿照而過。「如果是假畫，常常能在背面看到整個影像，因為它們一筆一筆模仿原畫。可是大多藝術家不用這種方式工作，他們在畫畫的過程中會畫錯，或是改變主意，背面看起來就會有不規則的團塊，就像這幅。」

「然後我問自己：高更會做這類型的作品嗎？答案是會。然後我會檢查畫面中有沒有小點點，有的話就表示這幅畫是印出來的。」他拿著擴大鏡，朝那幅畫的表面湊得很近，薩俊擔心他會碰到畫紙。

薩俊屏住氣息。「有小點點嗎？」

「沒有。如果這是油畫，而且是假畫，就會看到機械式的筆觸痕跡。這個年頭，有些偽畫師有相當精細的手法。」

札爾妲聽得跟薩俊一樣入神。「那些偽畫師會從零開始，畫一幅偽畫嗎？」

「噢，當然，」艾薩克說，又把這幅畫翻過去，「其中有些人非常厲害。事實上，有些人厲害到看不出原畫跟偽畫之間的差異。機械式的筆觸比較容易看出來，因為你會看到某一筆畫的方向跟其他已經畫下的不一致。或是筆觸看起來太類似，但一個藝術家不可能那麼完美。即使是最棒的偽畫師，通常也會在技巧和色彩上露出馬腳。幾乎不可能複製古舊的色彩，而且我們當然有原畫的照片可以用來比較。」

薩俊還沒看到史尼利臨摹的《尋歡作樂》，所以不知道畫得如何。他必須去找史尼利，找個藉口看看史尼利目前在做的東西，用自己剛剛學到的知識來鑑定一下。

艾薩克深吸一口氣。「札爾妲，我找不到這張畫的正式紀錄，也查不到有人提起過，可是這也不是前所未聞的狀況。藝術家常常會做點小習作，要不是拿來賣，不然就是送給朋友。就我看來。這確實是高更的真跡，至少應該投五十萬塊美金的保險。」

札爾妲開心地雙掌一拍。「我就知道艾德格舅舅不是那種會買複製品的人！謝謝你，艾薩克，你讓我今天很開心。」

她轉身面對薩俊，握住他的手。「很高興認識你，薩俊。」這一次，薩俊不再怕害札爾妲骨折，他很確定她堅不可摧。

21

蒙娜原本以為，天天都能見到薩俊是件美好的事，反之卻成了折騰。打從他以柯特若一家為主題做了素描，他們兩人幾乎就沒什麼互動。都已經星期四了，可是從星期二以來，他就不曾在她的畫前停步。偶爾，她會瞥見他跟著新朋友快步在美術館裡走動，或是在一天末尾和艾薩克一起離開。她並不羨慕薩俊過得這麼開心——他玩得開心當然是應該的——可是他的樂趣只是更加凸顯她生活的乏味。

於此同時，綽伊時時陪在她身邊，聊著雞毛蒜皮的小事，就像一隻揮不去的家蠅，讓她神經緊繃。漢姆沃斯先生一樣糟糕，他整個星期都在美術館裡昂首闊步，把這地方當成自己家。他過來時老盯著她看的樣子，令人坐立難安。唯一打破這種單調生活的，就是麥克斯召集大家來開會。

這一次，蒙娜刻意計畫遲到。她想趁《尋歡作樂》居民不在的時候，去察看一番。她知道那不是偽畫，因為如果是的話，居民就無法回到畫作裡，但是她想先仔細瞧瞧，再到工作室去看史尼利的仿作。唯一的問題是，她其實不能真的進《尋歡作樂》，因為爹爹和麥克斯明言禁止她走訪含有公共酒吧的畫作。

於是她只好溜進對牆的畫作，就是德拉克洛瓦的《馬克白夫人夢遊》。雖然到風景畫或人潮擁擠的畫面裡走走逛逛，是常有的事，但是未經另一位居民的許可，就進入對方的肖像畫，則是違反規定的。就像朋友不在家的時候，擅自闖進朋友的臥房。雖然蒙娜知道，如果她在自己的肖像裡發現討厭的客人，她會怒火中燒，不過為了替自己的違規找台階下，她告訴自己，一下子就好。

經過史尼利的修復，《尋歡作樂》變得更鮮麗、更有活力，彷彿這些居民是剛畫好的。蒙娜無法想像臨摹有可能這麼鉅細靡遺。可是如果史尼利不是偽畫師，那到底發生什麼事了？為什麼突然會有這麼多人，要到工作室去。

「滾啊，可惡的污點！」

是馬克白夫人！馬克白夫人可能還沒醒來，但在她夢遊時，盡責地陪侍一旁的僕人和醫師，肯定是清醒的。蒙娜衝出畫框，奔向《偉大的聖雅各》，祈禱沒人看見她。

如果她以為等她路過麥克斯的畫作時，麥克斯已經出去，她就錯了。他低吼聲響遍了他肖像後方的走道。*他為什麼還沒去開會？他在跟誰說話？*蒙娜極力想聽，但聲音模糊不清。她悄悄往前走，將耳朵貼在麥克斯的畫框上傾聽。

「事情還順利嗎？」麥克斯說。

回應的人不在麥克斯的畫作裡，也不在畫框的遠側上。不管講話的人是誰，都在畫框之外，站在美術館裡。那就表示，麥克斯正在跟框外世界的某個人講話！

蒙娜最初的震驚，轉眼就被正義凜然的憤慨取代——*他自己明明在做類似的事情，竟然因為她被薩俊發現而斥責她？真令人氣憤！*

儘管非常想衝進他的畫作，為了他的虛偽跟他當面對質，但她忍住了。麥克斯總是說，知識就是力量，在正確的時刻揭露最好。她會逼他把這些話吞回去。

「他給你一個數字了嗎？」麥克斯問。

一陣模糊不明的回答，接著麥克斯說：「你表現得很好。我會讓我這邊的人守好規矩，直到你完成這個協議為止。大家都會很震驚的。」

蒙娜拉長耳朵想聽下一個回話，但只能聽懂「很快」和「夜宿」。

麥克斯咯咯笑。「船到橋頭自然直，向來如此。如果必須搬遷，他們是不會喜歡沒錯，但是偶爾來點震撼教育，也沒什麼害處吧？」

接著……腳步聲響起。那個人正要離開。蒙娜沿著通道衝回去，不停在畫作之間進進出出，想瞧一眼那個人是誰。最後她看到深色褲管順著後側樓梯往下走。唯一可以辨識的特徵，就是一雙黑色運動鞋，真教人氣惱。館內的半數職員都穿黑色運動鞋。她雖然喪氣，但也知道自己無意間獲取了珍貴的資訊——如果她可以弄明白就好了——她往《偉大的聖雅各》走去。

22

蒙娜看見小克就在《偉大的聖雅各》的遠側。她必須鑽過人群才能走到他身邊，路過了湯瑪斯．山維爾爵士和安椎．瑞德莫。瑞德莫的懷裡揣著毛姆的腦袋。她擠過去他們身旁的時候，瑞德莫用熊一般的眼神瞅了她一眼，眼神黑暗危險，但毛姆眨眨眼低聲說：「幹得好！麥克斯永遠不會猜到妳去過那邊。」蒙娜咧嘴一笑，快走到小克身邊時，有人扯了扯她的手臂。她轉身抬頭就是艾蓋爾和柏莎．史密斯。

「哈囉。」艾蓋爾點著腦袋說。柏莎行了屈膝禮。

蒙娜滿高興看到他們的。「哈囉！可以回到《尋歡作樂》，很開心吧？」

柏莎湊了過來，散發包心菜和燉醃肉的氣味。「感覺不像家。」

「為什麼呢？」

「太乾淨了，」艾蓋爾說，「有人第一次把啤酒灑到地上，可以聽得一清二楚。大家都很怕弄亂東西。從沒想到我會碰上這麼一天！」

「白馬客棧裡面肯定沒這麼乾淨吧？史尼利怎麼辦到的？」

艾蓋爾聳聳肩。「誰曉得啊？可是床單很乾淨，地板也打過蠟，簡直可以擺東西在地板上吃了。真想不通他是怎麼辦到的，窗戶甚至乾淨到可以看到外頭。」

「好了，好了，親愛的，」柏莎邊說邊揉艾蓋爾彎駝的肩膀，「很快就會再亂起來的，我們可以熬到那個時候的。」

熱烈的掌聲打斷了他們。達斯克正要宣布會議開始。蒙娜小聲說了再見，走去站在小克旁邊，小克用手肘推了推她，指著達斯克後面的一個點。其中一隻沒有身體的手正沿著畫框，像螃蟹一樣悄悄爬行。達斯克顯然沒看到，要不然他會把它趕開。蒙娜聽著達斯克說話，但視線一直沒離開那隻手。

「大家晚安，」達斯克說，「臨時才通知要開會，很高興看到出席率這麼好。比佛布魯克勳爵在這裡是想討論明晚夜宿活動的規定，我建議你們特別留意。違反這些規定會受到懲罰。」

「哪種懲罰？」有人喚道。於此同時，那隻手弓起來，彷彿用想像的耳朵準備傾聽達斯克的回應。

達斯克的臉泛起灰中帶粉的奇怪顏色。「我沒有權限討論懲處的內容。」

麥克斯往前一站，用手肘將達斯克推到一旁。蒙娜忖度，達斯克是否知道麥克斯跟畫框外的人談過話。

「大家晚安，抱歉這麼快又召開一場會議，可是我想，既然明天傍晚有活動，最好還是審慎以對。可是在我進入主題以前，我想問問《尋歡作樂》的居民，是否滿意該畫的修復？」

響起一陣不冷不熱的掌聲。有個身披皮草，臉頰上有一道鋸齒形嚇人疤痕的男人喊道：「乾淨到該死啊，比佛布魯克！」

蒙娜從沒看過麥克斯這麼氣憤的神情。他往前傾身。「那邊那位——萊恩先生，是吧？你有沒有讀過講我人生早年的那本書？」

萊恩先生搖搖頭。「我不識字。」他搔搔下巴上的鬍碴，對著隔壁的人笑笑，彷佛自己說了什麼高明的話。

比佛布魯克露出威嚇的笑容。「你當然不識字了，」他說了下去，「更不要提我在動筆寫書以前，你老早死了。如果你讀過《我的早年生活》，你就會讀到一個段落。如果你讀過那個段落，就會知道，當我這樣的人，替你這樣的人做了點慷慨大量的事情，那個人就該覺得感激，而不是抱怨。」

「什麼段落？」萊恩先生現在氣勢稍減。他瞥了瞥艾蓋爾．史密斯。

蒙娜知道那個段落。她可以憑著記憶背出來。她現在無聲地跟著麥克斯朗誦。「紐布朗維克省的岩岸上，海濤永不止息地沖刷拍濺，偶爾會有一陣特別險惡的浪濤，來勢洶洶打上岩石。」，「這種浪就叫做『怒浪』，那就是我。」

麥克斯頓了一下，「如果你不想承受那樣的怒意，我建議你對自己得到的服務抱持感恩的心，閉上嘴別說話。」

整個房間鴉雀無聲。連寶寶法蘭西斯都知道最好別哭。麥克斯繼續瞪著萊恩先生。「我的意思你聽懂了嗎？先生？」萊恩先生點點頭。麥克斯滿意地把注意力轉回手頭上的事務。那隻手在他背後比出ＯＫ的手勢。

「好了，明天傍晚，那些營隊隊員會留在地下室的教育室裡，一直留到吃完七點整送來的披薩為止。他們會在那裡待到八點半，吃吃喝喝玩遊戲。然後移駕到隔壁的當代館去看電影跟就寢。所以，你們的探訪或活動都只能在七點和八點半之間進行。抱歉造成不便。」

「要是那個藝術修復師又加班怎麼辦？」查爾斯．柯特若爵士提問。

「就我所知，他是排了事情沒錯。這點滿棘手的，可是我們一定要謹慎。雖然館方會竭力讓營隊隊員留在當代館內，可是他們可能需要使用公共設施，而且孩子畢竟是孩子，可能會胡鬧。還有什麼問題嗎？」

「關於那個藝術修復師有一些傳聞，」蒙娜說，「你確定他只是在做修復工作，沒從事什麼**不法的活動**嗎？」

麥克斯朝她的方向瞇起眼睛。「如果《尋歡作樂》居民唯一的抱怨只是畫作一塵不染，那麼**是的**，我對他的能力有信心，鄧恩小姐。」

蒙娜不會這麼輕易就退卻。「可是據說他在仿製畫作。」

「他畫草稿是為了協助修復工作。達斯克的畫作目前在工作室。你對這個工序有什麼意見嗎？達斯克？」

「沒有。」達斯克說，雖然他講的內容跟抖顫的語氣有點衝突。背景裡，那隻手搖著食指，彷彿不相信達斯克，招來了幾聲輕笑。

如果麥克斯聽到了笑聲，也沒表現出來。「如果沒別的事，我有其他事務得處理，晚安。」

麥克斯疾步離開，他以往不曾這麼做過。通常他都會流連一下，跟大家閒聊，調解一些居民的私事。其他人也一樣驚訝，然後朝著畫框側面走去。蒙娜注意到萊恩先生一臉怒容。麥克斯又樹了敵，但是他也不在乎就是了。連達斯克似乎都為了麥克斯匆匆離去而感到不解。他瞥見蒙娜，召她過去。她翻翻白眼，走了過去。

「達斯克先生？」

「就我所知，之前的晚上妳到工作室去了。」

蒙娜僵住身子。「我只是過去跟毛姆先生問候一聲。」

「是嗎？就我所知，妳跟小克問了一堆問題。」

「就我所知，工作室這陣子很受歡迎。」她以牙還牙。

「工作室一向都很忙碌。妳不會知道，因為直到近來，妳才開始關心那裡。不管怎樣，我都希望妳避開那裡，至少等我那幅畫的修復工作完成為止。那些噪音把我太太弄得很不高興。」

蒙娜想像達斯克太太空洞的眼神。「抱歉，我不曉得原來她明白四周的情況……」她略微遲疑地說。蒙娜雖然有缺點，但殘忍不在其中之列。如果她造成達斯克太太的苦惱，她真心抱歉。

「不管我太太明不明白，都不干妳的事，鄧恩小姐。拜託，照我說的做就好。如果妳可以在史尼利完成他的工作以前，完全避開地下室，我會很感激的。我不希望妳礙事。」

蒙娜往後退。「這是麥克斯的要求嗎?」

達斯克臉上閃過一抹神情,可是很快就過去,蒙娜無法解讀它的意義。「我是麥克斯的左右手。」

蒙娜翻了翻眼睛,試著克制脾氣。那匹馬和騎士都在偷聽,而且跟她一樣,對這場對話的結果頗有興趣。「我想去哪都隨我高興。」

「是沒錯,可是妳能夠解開謎題過去嗎?謎題有時滿難的。」

蒙娜偷瞥一眼馬和騎士。他們回盯著她,表情難以解讀。一定有什麼事情正在發生。麥克斯和達斯克想阻止她進地下室。他們到底有什麼盤算?這間美術館越來越像是監牢,而不是家。

接著達斯克背後的地面上有什麼攫住她的目光。是那隻手,悄悄往前爬著。在平日,如果有隻手靠得太近而讓人不自在,她會告訴別的居民,可是她對達斯克太過氣惱,就靜靜不說話。幾秒鐘過後,那隻手彈起來,往上一躍,輕拍達斯克的肩膀,彷彿想問他問題。達斯克猛吃一驚,呼喊出聲,想把它從肩上撥開。

蒙娜表情陰鬱地對達斯克點一下頭。「那些謎題都還難不倒我。」她轉身奔向最近的出入口,不理會小克的呼喚,一心急著想離開。她好想衝到《聖維吉利奧,加達湖》去,可是要是達斯克跟蹤她到那裡去怎麼辦?反之,她只是趕忙回到自己的畫作,躺在地板上,免得被窺探的目光看到。她不曾感覺這麼孤單過。

23

星期五接近中午時，每個隊員針對各自挑選的畫作所臨摹的版本都完成了。潔妮詩要他們把八個畫架抬到當代館，圍著房間排好，就像正式的藝術展覽。薩俊很喜歡看到所有的東西一起展示出來，彷彿他們都是真正的藝術家。艾薩克下來查看他們的作品，晚點打算帶薩俊到他最愛的希臘餐廳狄米崔斯吃中飯。

「我喜歡你臨摹的《柯特若一家》，薩俊。」愛麗絲說。確實不錯。查爾斯爵士和柯特若夫人都用霓虹色調畫成，小克和其他小鬼則用各種紫和粉紅的漸層，樹木與天空則以不同的橙與紅色畫成。「有點安迪．沃荷的味道。」

這是極高的讚美，薩俊欣然接受。「我也喜歡妳畫的。妳把《偉大的聖雅各》畫成炭筆素描，滿酷的。」他說，腦袋朝愛麗絲作品的方向一點。

「還好啦，我想。沒什麼出人意表的地方。你也知道，就只是挑這家美術館裡最出名的畫作來臨摹。」

亞當加入他們的行列。「嚴格來說，這些畫都滿有名的，」他說，「不過，這裡面有一幅我最愛，偏心是錯的嗎？因為我愛綽伊的漫畫。」

整個星期，其他隊員都看著綽伊撰寫漫畫和著色。愛德蒙的紅色軍裝換成了紅色彈性緊身裝，胸膛中央印押著金色的Ｅ，風格是中世紀書籍那種花飾字母。蒙娜是他戴著

黑面具的搭檔，焦糖色的緊身連衫褲、白斗篷、高筒黑靴。大家都同意她看起來很神勇。

情節很簡單：愛德蒙和蒙娜試圖阻止邪惡的藝術竊賊薩瓦多．鐸立偷走美術館最寶貴的收藏，是綽伊的扭曲心思想像出來的一幅畫作，叫做《聖約翰河殭屍群架》，描繪一七五〇年攻擊弗雷德里克頓衛戍部隊的殭屍們。他的畫作相當血腥，滿是傷殘士兵幻化成殭屍的過程，在漫畫裡足足佔了兩頁的份量。

「我很喜歡最後一行。」薩俊說，視線越過房間，投向正在向艾薩克解釋自己漫畫的綽伊。「『只要我——蒙娜．鄧恩還有一口氣在，比佛布魯克美術館裡的畫作永遠安全無虞。』」他用假聲補了一句。

亞當哼了哼。「蒙娜用跆拳道掌劈薩瓦多．鐸立的時候，我的反應是讚啊！」

愛麗絲咯咯笑。「最棒的部分是，愛德蒙騎著《偉大的聖雅各》裡的那匹馬，在美術館裡穿梭。」

艾薩克正在看亞當的比佛布魯克勳爵拼貼。他摸著比佛布魯克的額頭，驚奇於亞當用粉紅色的印花布成功做出皺紋。薩俊嚴正懷疑比佛布魯克會喜歡別人用粉紅碎花布料當他的臉；從蒙娜說過的話推想，比佛布魯克應該是個惡霸。這點倒讓他想到——他必須見見蒙娜；他有個不錯的點子。他斜眼瞥了瞥艾薩克，後者正準備跟愛麗絲和艾比談談。午餐以前，他的時間綽綽有餘，可以跑上樓一下。

哈芮特歐文館裡面滿是穿著紫色洋裝、頭戴紅帽的年長婦女。她們聚集在解說員艾咪四周，艾咪正在向她們講解愛德蒙和柯特若一家的畫作，她們喧鬧的笑聲充滿感染力，逗得薩俊也笑了。每個眼睛都盯著那兩幅畫，正是跟蒙娜談話的完美時機。

薩俊站在她的肖像前。「我們今天晚上要在當代館裡看電影，」他從齒縫間說，「滿好看的——「是《哈利波特》，妳應該來。」

蒙娜從沒看過電影。展出的藝術裝置偶爾會包括短片，可是她沒看過好萊塢的電影，雖然她知道有這種東西。

「我真希望可以，可是沒辦法。」她低聲說，「麥克斯禁止我下樓去，加上我們只能在七點和八點半之間離開畫框。」

「真不公平。」薩俊用氣音說。

蒙娜什麼都沒說，可是下唇顫動著。

薩俊趕緊想辦法。「聽著，我會在櫃檯下面放一張空白畫布。妳在八點半以前要進去，我會在電影開場以前，帶妳到樓下去，然後在電影結束以前帶妳回來。沒人會知道的。妳會愛上那部電影的。好看得不得了——裡面有丹尼爾．雷德克里夫和艾倫．瑞克曼[4]。」蒙娜點點頭，雖然她完全不知道他在說誰。

艾咪把頭探進門口。「嘿，薩俊，有沒有看到你爸？」

「他在樓下，我正要回去，要我去叫他過來嗎？」

4. 在《哈利波特》電影裡，前者飾演哈利波特，後者飾演石內卜教授。

「漢姆沃斯先生來了，想見見他。你能不能把他帶到樓下？」

「當然。」薩俊瞥了蒙娜一眼，蒙娜沒說自己晚上到底會不會來，他希望她會。

漢姆沃斯正在前廳來回踱步。「啊，薩爾，」他說，猛拍薩俊的背，「很高興又見到你！」

「我叫薩俊。」

「當然了，聽說你要當信號燈，帶領我去找你父親。帶路吧，麥克德夫[5]。」

薩俊不知道麥克德夫是誰，但還是領著漢姆沃斯去找爸爸，他爸爸正在細看艾比・吉爾曼用水彩所詮釋的《尋歡作樂》。水彩的色調給這幅畫一種不同的感受，讓它看起來像是童話裡的小木屋，而不是公共的酒館。

「約翰！」艾薩克看到漢姆沃斯的時候，喚道，「真意外！」

「我希望是好的意外，」漢姆沃斯說，帶著困惑的表情環顧房間，「看來你的夏令營隊員都滿有想像力的。」

「確實，」艾薩克說，「他們都很有才華，還滿有啟發性的。要我帶你看看他們的作品，介紹你給他們認識嗎？」

「沒時間做那些事，」漢姆沃斯說，轉身面向門口，「我想我們吃個午飯，聊聊美術館內部的運作吧。你知道的，像是開館和閉館時間、S人員編制狀況那類的事情。」

除非徹底理解投資標的，否則我不會輕易投入。」

薩俊等著艾薩克告訴漢姆沃斯，自己已經計畫跟兒子吃中飯，可是艾薩克卻回答：「中飯我請客。」他顯然把父子倆的計畫忘個精光。艾薩克和漢姆沃斯往出口走去時，薩俊往旁邊讓開，心裡一痛。

史尼利出現在門口，擋住這兩個男人。一看到漢姆沃斯的時候就瞇起眼睛。「可以跟你講個話嗎？辛格先生？」

「我要去吃午餐，艾奇柏德，可以等等嗎？」

史尼利搖搖頭。「跟我要求的用具有關。」

艾薩克和漢姆沃斯擠過他身邊往外走。「跟潔妮詩說，她會處理的。」

史尼利悶哼一聲，然後大步走開。

「我以為你要跟你爸吃中飯。」愛麗絲對薩俊說。

「我也以為。」薩俊很難不用忿忿然的語氣回應。

「我媽昨天晚上做了超好吃的蔬菜雜燴，要不要一起吃？」

薩俊感激地對她點點頭。「謝謝，我——」

愛麗絲綻放笑容。「沒什麼大不了，我爸有一次還忘了在我看完電影以後來接我，我懂你的感覺。」

5. 莎士比亞的悲劇《馬克白》裡最後殺掉馬克白的角色。

薩俊知道這件事沒什麼，當初自己怎麼會認為艾薩克不會拋下他不管，而選擇漢姆沃斯？突然間，他想念起媽媽，可是大白天要打電話給她，得找個理由……這時他想起艾薩克的畫作。

「再十分鐘就要吃午餐嘍，大家！」潔妮詩喊道。

「我馬上回來。」薩俊咕噥。他走進衣帽間，想要有點隱私，然後撥了媽媽的號碼，希望他不會打斷什麼重要的會議。聽到她爽朗的哈囉，他鬆了口氣。

「哈囉，甜心！我正想到你，想知道你過得如何。我們已經兩天沒通話了，我還滿擔心的。一切都好嗎？」

薩俊漾起笑容。每次他們通話，媽媽總會這樣問。

「一切都好。可以問妳一件事嗎？」

「當然，怎麼了？」

「阿布奎基邀請艾薩克送兩幅作品過去參展——《早晨的莎拉》和《讓我心歌唱的人》。可是他回絕邀請，因為那兩幅畫不屬於他所有。我在想妳知不知道它們在哪裡？」

他聽到媽媽猛地吸口氣。等她終於開口的時候，語氣滿緊繃的。「我知道在哪，就收在倉儲裡，是屬於你的東西。」

「噢。」薩俊納悶她原本計畫什麼時候才要告訴他。想到那些畫包起來，在某個倉儲鎖櫃裡等候，就覺得奇怪。接著他突然想到：那些畫作也可能活著。

「我很驚訝他沒跟你討那幾幅畫。」他媽媽說，呼應他已經在心裡問自己的那個問題。為什麼艾薩克不問他，能不能借那些畫？難道他覺得薩俊不會同意？一波不確定竄過他的身體。

「為什麼妳沒跟我講過這些畫的事？我可能會掛在自己的臥房裡。」

他媽媽的語氣轉為冰冷。「這兩幅畫是很美沒錯，可是會讓我非常痛苦，薩俊。我跟你爸離婚的時候，我覺得畫了你跟我的那幾幅畫應該留在你身邊，你爸爸猶豫不決地同意了。我覺得自己沒有立場跟你提那些畫的事。它們是你爸的畫作，不是我的。」

「對，可是畫在妳手上。」他強調。

「不在我手上，是在倉儲公司手上。」

「媽，別這樣，妳之前為什麼不跟我提這些畫的事？」

「老實說，我忘了這些畫的事。可是它們屬於你所有；如果你希望把畫運到阿布奎基，就通知倉儲公司。只是不要送到我們家公寓就是了。」她補充：「我想，在我跟比爾共享的家裡面，掛一幅前夫畫我的肖像，這種做法滿失禮的。」

薩俊想起跟潔妮詩之間的對話。他也希望大家可以再看到艾薩克的作品。也許這樣能讓艾薩克再次執起畫筆。他想像父子兩人並肩作畫，於是漾起了笑容。

「妳可以把那些畫運到阿布奎基嗎？」

他媽媽發出一個聲音，他解讀成「好」的意思。他覺得在掛掉電話以前，最好聊點別的事情，於是轉移了話題。「紐約大都會博物館有沒有威廉·歐爾朋的畫作？」他

24

蒙娜煩躁不已。不是因為很難溜進薩俊替她保留的那張畫布——那還算簡單。問題在於她的朋友。要是她八點半沒回到原位，他們會不會通報麥克斯？無論如何，如果她可以說服愛德蒙，自己會在電影結束以前回到畫作裡，也許他就能說服其他人守口如瓶。

打從她在自己的肖像裡甦醒，活過來之後，薩俊的邀請是她所碰見最令人興奮的事。所有的居民都非常想看電影。即使違反規定，不也很值得嗎？她沉浸在自己的思緒裡，辛格館長和潔妮詩走進展間時，她很詫異，接著才意識到，他們過來是要等披薩送來。

「薩俊真的喜歡妳，潔妮詩。他來訪的狀況比我想得還好，主要是妳的功勞。」

潔妮詩綻放笑容。「我很高興，他是個很棒的孩子。你跟他談過了嗎？」

「我不知道要怎麼談。」蒙娜覺得辛格館長語氣相當緊張。

「等再久也不會更輕鬆。談過以後，狀況會更好，我保證……」

辛格館長點點頭。「妳說得對，我愛妳，潔妮詩。」他把潔妮詩拉過來送上熱吻的時候，蒙娜差點倒抽一口氣。蒙娜從沒見過有人那樣親吻。愛德蒙太拘謹，不會在其他人面前和茱麗葉特女士卿卿我我。

當他們分開的時候，潔妮詩的雙眼發亮。「我也愛你，艾薩克。」

「我原本沒打算在這裡做這件事，不過……」

他跪了下來。蒙娜朝愛德蒙和柯特若一家一瞥，他們全部都想看，卻又不能被人看出在看的模樣。**辛格館長準備求婚了**！

辛格館長把戒指套在潔妮詩的手指上。她答應了，然後兩人笑著互擁，最後夜鐘響起。披薩已經送達。他們一離開，蒙娜便抹了抹眼睛，對朋友揮揮手。柯特若夫人用蕾絲手帕揩揩眼睛。小克假裝嘔吐。

到了七點，樓上的展間活了過來，居民忙著在限定的時間內完成自己的事情。蒙娜揮手要愛德蒙過來。

「我只有一點時間，」他說，「我要去看茱麗葉特。」

「我要請你幫我一個大忙。」

愛德蒙的臉色謹慎起來。「我要先知道是什麼事情，不然沒辦法答應。」

「如果我八點半還沒回來，你能不能幫我保密，然後確定柯特若一家也不會說出去？」

「妳會在哪裡？」

「我受邀去看我的頭一部電影。」

「妳瘋了嗎？蒙娜，絕對不行！我禁止！妳會被逮到的！」

「我不會被逮到的。噢，愛德蒙，你明明知道我多麼想看電影……」

看到她懇求的表情，他臉色一白。「這個計畫是誰設計的？那個小鬼嗎？」

蒙娜生氣了。「他才不是**那個小鬼**呢。他是我朋友。他安排這個活動，做為給我

的特別禮物。這部電影講的是哈利波特。連你都聽過哈利波特吧，愛德蒙。你就不能讓我享受一點樂趣嗎？這輩子就這麼一晚？」

「這種行徑很瘋狂，蒙娜，」愛德蒙用手杖輕敲畫框，「我是很想讓妳看個電影，可是如果妳被逮到……」

她伸手搭在他的胳膊上。「我不會被逮到的，愛德蒙。拜託。」

「我知道我攔不住妳，可是我求妳別去。」

「你會跟柯特若一家談談，把事情打點妥當吧？」

他細看她的臉龐。「我會盡我的力量，因為顯然勸不動妳。可是蒙娜，妳必須想辦法接受自己在這裡的生活。夏天一結束，薩俊就會離開。他會長大變老，而妳不會。妳選擇的道路注定會讓妳心碎。」

蒙娜的雙眼盈滿淚水。「愛德蒙，我知道你說得沒錯，可是……」

「那麼祝妳好運嘍，小傢伙。我會盡全力幫忙妳。注意安全。」

「我必須把妳包起來，」薩俊低聲說，一面探進櫃檯底下，蒙娜正在畫布裡等候，「要不然太冒險了。」

蒙娜點點頭。「要把我帶到樓下去，不讓人看見，最安全的方式，就是穿過加拿大館。那裡有扇暗門可以通往載貨電梯。」

「好！記得，哈利波特在片尾去搭火車的時候，我們就離開。」薩俊在這張畫布

上鬆鬆披了張遮布，然後小心翼翼拿起畫布，彷彿生怕蒙娜會滾出來。

搭載貨電梯是個絕佳的點子。他們抵達地下室的時候，薩俊把蒙娜帶到歐本海默館，讓她靠在牆壁上，然後掀開遮布。

「玩得愉快！」他低語。

「謝謝你，薩俊。」

蒙娜滿懷感激地看著薩俊，讓他一時說不出話。

「妳一定會很愛這部電影的，我保證。」他終於勉強開口。

一看到當代館的燈光熄掉，蒙娜動身移到放映銀幕對面的那幅油畫上。她以前來過這幅風景畫不少次，那裡滿是粗壯的冷杉，如有必要，她可以躲到樹後。也不是說有任何人在看她，他們全都盯著銀幕。薩俊回頭一瞥，看到她在那邊便綻放笑容。

片頭從昂揚的配樂開場。蒙娜差點歡喜地叫出聲。她原本不知道該期待什麼，可是絕對沒料到會這樣。真是不可思議。接著：一隻貓頭鷹、一個巫師、騎摩托車的巨人、長成男孩的嬰兒。搭火車前往霍格華茲學院。哈利交了朋友，他參加魁地奇飛天球賽。其他人哈哈笑的時候，很難忍住不笑。當亞當大喊「小心佛地魔，哈利！」，很難不跟著附和。

以往的任何東西都比不上這部電影。有好幾次，蒙娜必須抹掉歡喜的淚水。不管這個故事是誰寫的，都是為她而寫的。當霍格華茲學院的畫作居民說話走動時，還有——最神奇的是——跟學院的職員和學生互動，彷彿讓她看到，如果麥克斯的規定沒這麼嚴格，生活可能會是什麼景象。

就像所有的美好事物，這部電影結束得太快。當她看到達斯克在相隔幾幅畫作的風景畫裡，便趕回那幅空白的畫布中。麥克斯知不知道達斯克違反了規定呢？達斯克彷彿察覺到她的存在，轉身朝她的方向望來，接著便隱去了蹤跡。她聽到他的腳步聲朝她過來。她正準備拔腿逃離時，看到薩俊沿著走廊衝過來。達斯克的腳步戛然停下。

「我們要趕在他們開始找我以前行動，」薩俊邊說邊用遮布掩住畫布，「電影妳喜歡嗎？」

「真不可思議。」蒙娜低語，希望達斯克不會聽到。

「還有幾部電影改編自同一系列的幾本小說。」

蒙娜嘆氣。「我真希望全部都能看到，感覺就像進了童話王國似的。」

薩俊趕往載貨電梯。到了樓上，他悄悄穿過加拿大館，把那張畫布放在櫃檯底下，移開遮布。蒙娜站在那片白當中，雙眼閃閃發亮，雙腳輕打拍子。「我永遠不會忘記那個音樂的，」她說，「好神奇，彷彿作曲者將故事化成音符，而不是文字。」

「這樣形容很完美，如果可以，每場電影我都會帶妳去看。」

更多電影！「謝謝你！我覺得——」她打住，不確定自己是否透露了太多。

「什麼？」

「我覺得自己好像又變回真正的女孩，而不只是活在畫作裡的女孩。」

「可是妳的世界也很不可思議啊！我願意拿任何東西來交換走進一幅畫的機會，

看看活在精采的藝術作品裡，會是什麼感覺。妳好幸運。」

「大概吧……」

「不，妳真的很幸運，蒙娜。說真的，這裡的任何一幅畫，妳都進得去，可以看看世界最偉大的藝術家用想像創造出來的地方。好酷。」一看到蒙娜臉上的難受表情，他一時打住。「也許沒那麼簡單，可是我確實認為妳的人生很不可思議。」

蒙娜綻放笑容。如果薩俊這樣的人也住在這裡，她的人生是會很不可思議沒錯。

他們可以聽到遠處傳來人聲。「我得回去了，」薩俊說，「知道有妳跟我們——跟我一起看電影，還滿酷的。」他摸了摸她雙手所在的畫布位置，低聲說了「晚安」，然後拔腿跑開。

蒙娜怔怔回到肖像裡。薩俊手掌貼在畫布上時，彷彿傳來一陣電流。一時之間，愛德蒙稍早講過的話在她腦海裡響起：「長大變老。」

愛德蒙說得沒錯。這件事不會有好結局。

小克不顧居民在營隊夜宿期間不得離開自己畫作的規定，在幾分鐘過後抵達了。

「我父母氣壞了。」他直截了當地說。

「有多氣？」

「我沒看他們那麼氣過，我也在生妳的氣。」

蒙娜咬著嘴唇。小克當然會生氣，因為他也很想看電影。

「噢，小克，真是抱歉！我應該邀你的。」

小克哽咽一下。「妳竟然不管我，自己跑去看，連爹爹都希望能去。」

蒙娜認錯地點點頭。

小克伏在她凳子旁邊的地板上，免得有營隊隊員路過。「答應我下次會帶我去。」

「我保證。」

「好，現在把內容都告訴我吧。」

接下來的十五分鐘，蒙娜為了小克把整齣電影重說一遍。有一兩次她忘了某個細節，必須即興發揮，但就整體來說，她相當忠於原本的故事。

「講完了，」她堅定地說，「只是薩俊說那不是結局。」

「我真希望我們有一張畫了圖書館的畫作，」小克說，「就是我們可以去閱讀的地方。我想唯一有書籍的畫作是麥克斯的畫作。可是他的書滿無聊的——都在講政治跟二次世界大戰。嘿，也許麥克斯可以替我們找張畫了電影院的畫作過來！」

蒙娜點點頭，要是有圖書館和電影院就太好了。「下星期會有另一齣電影。我會請薩俊也偷帶你進去。」

「我父親會堅持要去的……」

「我還以為你在開玩笑！查爾斯爵士真的想看電影？」想到愛挑剔的查爾斯爵士看電影的樣子，幾乎逗趣到難以相信。

「他非常想看。如果妳想確保他的支持，要他封口，必須讓他一起去才行。那張畫布夠大嗎？」

「我想我們可以擠得進去。」

「好，我會轉告他。這樣他應該就能夠平靜下來。」小克彈起來，硬要蒙娜跟他擊掌，然後趕回家傳遞消息。查爾斯爵士站起來，朝她的方向深深一鞠躬，然後給她一抹罕見的笑容。蒙娜點點頭，希望薩俊不會介意。

25

由於綽伊在午夜左右精神又好了起來，結果營隊隊員夜宿美術館的晚上大多都在聊天。綽伊擔起了夜宿活動的指揮官，帶領大家投入幾輪「我從來沒有」和「你會帶去荒島的三樣東西」[6]團康遊戲。愛麗絲說她會帶手機，打電話叫人把她救出荒島，遊戲就在這裡結束。

「好了，也該睡覺了，」潔妮詩說，「有人需要上洗手間嗎？」

「我！」亞當說，「可是我沒辦法自己去。這個地方一到晚上就讓人發毛，好像所有的畫作都盯著你。」

「我才不要離開舒服的睡袋，手牽手陪你去。」綽伊睡眼惺忪地喃喃。

「我陪你去。」薩俊說。

走廊幽暗不明，因為日間的日光燈熄滅，改以省電的嵌壁式昏暗照明。薩俊等待亞當的時候，刷了保全磁卡，把腦袋探進通往職員區域的門道，看看史尼利是不是還在工作。他聽到有人講話的聲音，於是把門撐開，想去調查一番，卻詫異地發現工作室黑漆漆，門關著。難道那些聲音是他自己想像出來的？他正準備轉身時，聽到工作室裡有

6. Never Had I Ever，類似真心話遊戲。

個男人發話了。他把耳朵貼在門上。

「謝謝你的說明，我知道你在打鬼主意，可是還不明白你希望透過自己的行動換得什麼。」

另一個男人回答。「我沒必要解釋給你聽。我的想法自己知道就好。向來如此，以後也是。你表現得好像這地方是你的，我可不是你的所有物。」

「大家都在議論。」

「大家對那個自大傢伙有什麼想法，我不在乎。」

「你們不相上下。」

「你的機智真讓我吃不消。如果你認為突然間我會跟你分享秘密，你就是錯得離譜。你的威脅毫無意義，我已經受到夠多的懲罰。」

「你該受更多懲罰。」

「是嗎？」另一個男人的聲音像冰柱一樣尖銳，「我不這麼認為，你這個無名小卒。你覺得你可以控制一切嗎？你就控制不了我。」

薩俊的心跳開始加快。他聽到的是真人還是畫作在講話？他把手伸向門把，試著要轉，可是門上了鎖。

「薩俊？」亞當低語。

薩俊嚇了一跳。工作室陷入靜默。薩俊猶豫不決地躡腳走回亞當站著等候的地方。

「抱歉，我只是四處看看。我們回去吧。」

「你差點害我心臟病發，老兄。這個地方晚上超詭異的，好像畫作裡的人會跳出來抓住你。」

「的確有這種感覺。」薩俊說，巴不得可以跟亞當說實話。

隔天早上，艾薩克和潔妮詩帶著睡眼惺忪的薩俊出門吃早餐。薩俊埋頭大吃鬆餅，渾然沒發現潔妮詩不停轉動戒指。

「你沒注意到潔妮詩戴新戒指，」艾薩克說，特別強調「戒指」這兩個字，潔妮詩舉起手讓薩俊看。

薩俊又吃了一口。「不錯啊。」他咕噥，滿嘴鬆餅和糖漿。

「戒指是我送她的。」艾薩克說，強調「我」這個字。

薩俊灌一大口柳橙汁。「你們要結婚了啊？」

當他終於弄懂意思時，艾薩克似乎鬆了口氣。「沒錯！」

「噢！恭喜了，我想。」

潔妮詩和艾薩克互換眼神，薩俊解讀不出意思。「我們考慮在夏末結婚，在你回紐約以前，」艾薩克說，「辦得隨興一點，就幾個好朋友和家人。想說在美術館舉辦婚禮跟香檳婚宴。」

薩俊知道蒙娜一定會很興奮。「好主意。」

「當然了，我會需要伴郎。」艾薩克說。

薩俊抬起頭，艾薩克正盯著他看，雙眼晶亮。「我嗎？」薩俊尖著嗓子說。

「對，如果你願意。」

「嗯，好啊！」

艾薩克和潔妮詩一副從內而外散放光芒似的。薩俊替他們高興，可是納悶他們會不會生更多孩子，跟他媽媽、比爾一樣。他推開自己的盤子，突然不再覺得餓了。

26

薩俊知道，藝術家可以徹底掌握的最重要技巧之一，就是透視法，也就是能夠讓畫作看起來有三度空間。薩俊花了兩年密集的練習，才能將山巔畫得看像是從畫面裡升起，而不是被龍捲風壓扁的模樣，所以當潔妮詩宣布，營隊第二星期的主題是在藝術裡運用透視法時，他並不詫異。其他隊員會大發牢騷，他也不意外。透視法就是有難度。

「如果你們要在自己的作品裡畫出恰當的透視，就必須有地平線和消失點，」潔妮詩說，「透視就是藝術和數學交會的地方。正確運用的時候，畫作會很賞心悅目，因為看起來自然又寫實。」

「我的透視爛死了，」亞當哀哀叫，「老是斜一邊！」

「可是那就是人生！」潔妮詩喊道，繞著房間走，彷彿亞當的評語是火箭燃料，「你們有多常認為自己看某個情況的觀點是正確的，結果卻發現自己漏掉一個關鍵資訊，或者以畫畫當例子，發現自己漏掉關鍵的計算？」

薩俊不大懂這個類比。「可是透視是有規則的。只要遵循那些規則，就可以騙過眼睛啦。」

「可是有時候我們的眼睛想要帶我們到地平線，可是藝術家卻要我們看別的地方。就像文藝復興的畫家想要指向貞女瑪利亞的子宮。」

綽伊把手指塞到嘴裡，一副要吐的模樣。「好噁！我想我媽不會希望我去談貞女瑪利亞的肚皮。」

大家哄堂大笑，包括潔妮詩。她舉起雙手假裝投降。「我的意思只是，藝術家可以利用透視，將我們的注意力導向他們要我們在畫面上看到的東西。他們這麼做的時候，我們往往會略過他們不要我們看到的。透視是個鬼祟的工具，可以用來騙過觀眾。」

「這星期的作業是什麼？」艾比問。她喜歡事情條理分明。

「我們要耍過對方！」潔妮詩說，「每天你們都要畫一幅素描或畫作。每一天你們都要在透視上做點變化。有時候畫得正確，有時候移動位置，有時候把它搞砸。到了星期五，你們就會對透視駕輕就熟！現在去吧，在美術館裡看看用不同透視法畫成的作品。然後一個小時後我們回原地集合，開始今天的計畫。」

薩俊跟著綽伊和亞當走出展間。這個活動很有意思；透視應該是要讓藝術呈現三度空間，讓它看起來栩栩如生。可是既然他知道畫作其實是活的，他就失去了判斷力。整個星期天他都在想蒙娜，她是他所認識最不可思議的人。遺憾的是，她也是他永遠都無法對人提起、最不可思議的人，因為其他人對於「藝術是活著」這件事，看法可能跟他不同。

在樓梯頂端，他匆匆繞了點路去看《尋歡作樂》。他想細看這幅畫，研究它的筆觸、色彩以及他記憶中艾薩克鑑定高更畫作的其他方法。如果他可以看到史尼利的《尋歡作樂》仿畫，也許他可以判斷那個傢伙是不是偽畫師。

他碰巧瞥見史尼利正要從牆上取下《花園裡的茱麗葉特女士》。一位講解員正在空下來的地方留置卡片：修復中的畫作。

「嘿，史尼利先生！」薩俊呼喚。

史尼利把畫作放上小推車上時，勉強擠出笑容。「哈囉。」

「我看到你要帶走茱麗葉特女士了。《旅館房間》處理完了嗎？」

史尼利的語氣尖銳。「有時候我會同時進行兩幅畫。對了，你都還沒來找我。」

薩俊往後退。這傢伙一身髒襪子的臭氣。稀少的殘髮一綹綹油膩地貼在頭上，雙眼布滿血絲。

「嗯，我想我這星期可以過去。」薩俊說。

「該死的工作室一堆恐怖的噪音，你肯定不大想過來。牆壁就跟紙一樣薄。整天下來，我耳邊都是談話和低語聲。」

薩俊瞪大雙眼。畫作會對史尼利講話嗎？他想到之前晚上在工作室外頭聽到的說話聲。這是怎麼回事？

就在這時，艾薩克和漢姆沃斯繞過轉角走來。史尼利推著推車，朝相反方向匆匆離去。艾薩克和漢姆沃斯似乎沒注意到，他們忙著笑只有他們自己才懂的笑話。

艾薩克看到薩俊時，粲然一笑。「抓到透視了嗎？」他說笑。

「大概吧。」薩俊說。

「唔，加油嘍。我和漢姆沃斯要去開會。」

「我邀你父親和潔妮詩星期六晚上到蒙克頓參加藝術晚宴，」漢姆沃斯說，「要不要一起來？會有龍蝦喔。」

想到要跟漢姆沃斯消磨一整晚，薩俊就受不了。「呃，謝了，可是我星期六晚上有事。」他回答，不理會艾薩克探詢的神情。

「是你的損失，薩爾。」漢姆沃斯說，已經往前走。

艾薩克朝薩俊投出一抹抱歉的笑容，快步追了上去。看著他們越走越遠，有件事情薩俊很清楚，他對漢姆沃斯有了確切的觀點，而那個觀點並不正面。

27

那個星期大多時間蒙娜都沒機會跟薩俊說話。雖然她天天看到他，而他跑過去的時候總會揮揮手，不過由於附近有一場音樂節，加上連續四天都下雨，遊客不得不進室內躲雨，整個美術館人滿為患。於此同時，漢姆沃斯先生承諾捐贈一大筆錢給比佛布魯克美術館的事，在美術館居民和職員之間盛傳。款項介於百萬到一億美元之間，雖然愛德蒙告訴蒙娜，麥克斯說真正的數字是兩千萬。沒從麥克斯口中直接聽到這個消息還滿奇怪的，可是蒙娜之前就決定不理會他，而這份決心不曾動搖。

星期五早上當薩俊小聲說晚上八點半會來接她時，她欣喜若狂。因為附近有其他的營隊隊員，他沒等她的回應。當他發現那張空白畫布裡不只有蒙娜，還擠了小克、查爾斯爵士、小查爾斯和麗茲．柯特若時，會一臉震驚，她也不意外。

「我希望這樣沒關係，」蒙娜低語，「他們急著想看電影。」

「嗨，薩俊，」小克說，「我是小克．柯特若，這是我父親，查爾斯．柯特若爵士，還有我弟弟查爾斯、我妹妹伊莉莎白，大家都叫她麗茲。」

由於畫布裡很擁擠，查爾斯爵士彆扭地一鞠躬，薩俊一臉怔愣的樣子。「我知道你們是誰，」他說，「我上星期才畫過。」

「你畫得很不錯，」查爾斯爵士說，「你邀請我們來看電影，真是慷慨。我們又

要看這個叫哈利波特的傢伙嗎？」

蒙娜咯咯笑。「我把上星期的節目內容告訴他們了。」她看著薩俊，滿意地看到喜悅悄悄爬過他的臉龐。

「我們今天晚上要看《博物館驚魂夜》，」他說，用遮布蓋過畫布，「我想你們會喜歡的。」

兩個小時後，柯特若一家怔怔地回到畫作裡。他們每個人都祝福薩俊擁有幸福的生活，再三感謝他帶他們去看電影。

「三百年來我頭一次看到這麼奇妙的東西，」查爾斯爵士說，深深鞠躬，「說真的，我還以為世界上唯一的魔法是畫作活過來。可是電影真是了不得。請轉告班·史提勒[7]先生，我對他懷有無上的敬意。」

薩俊笑了。「其實我不認識班·史提勒。」

「那麼我要寫封信表達恭賀與感激。」查爾斯先生說。他走在孩子後面，孩子們已經在跟母親說，如果他們能夠走出畫框外、進入真實世界，該有多麼美妙，就像那部電影裡的角色。

「謝謝你願意讓他們一起來。」蒙娜說。現在只剩他們兩人，她頓時害羞起來。

「我不介意。他們這麼興奮，而且妳有伴一起看電影很棒。那部電影妳也喜歡嗎？」

「我覺得非常有想像力，我可以理解潔妮詩為什麼會挑這部片。」

「對啊，她有個連貫的主題。妳猜怎樣？我去看了《尋歡作樂》，我很確定不是偽畫。」

蒙娜點點頭。「我知道。如果是的話，那幅畫的居民就沒辦法回家了。不過那依然不表示他沒有在畫偽畫要賣。魯賓斯坦夫人告訴我，有些人認為《蒙娜麗莎》之所以被偷，是因為這樣一來，竊賊就可以把仿作賣給邪惡的藝術收藏家，他們以為自己買的是失竊的真品。」她臉上血色盡失。「你該不會以為史尼利先生是藝術竊賊吧？」

薩俊搖搖頭。「他把《尋歡作樂》原畫掛回牆壁上了，記得嗎？」

蒙娜搖了搖頭。「我真傻。你說得沒錯，史尼利是個怪人，這點讓居民緊張。但他不是藝術竊賊或偽畫師的人。」

薩俊回頭一瞥。「抱歉，蒙娜，我得走了。如果我沒回去，潔妮詩會過來找我。」

蒙娜點點頭。「我真希望我們可以聊久一點……」她越說越小聲。

「我也是，我想聽聽妳被畫成肖像以前的生活。」

兩人陷入沉默。蒙娜正準備說晚安的時候，薩俊抓住畫布的側邊，往上舉高，讓兩人視線齊平。「我想到了！」

「什麼？」薩俊的興奮情緒裡有點什麼，讓她顫抖起來。

7. 電影《博物館驚魂夜》的主角。

「艾薩克明天晚上要跟潔妮詩和漢姆沃斯去蒙克頓參加活動，可是我不去。到那裡的車程兩個鐘頭左右。如果妳在美術館打烊前到這張畫布來，我可以帶妳回家？我隔天一早就帶妳回來。我們可以一起消磨時間，看電影、聊聊天。」

蒙娜咬唇。「我已經三年沒離開美術館了。即使在當時，也是包裝過後被運到另一家美術館。我從一九一五年以來就沒去過外頭，真正的戶外。可是如果你被逮到，你父親會很火大的。麥克斯也會很火大。」

薩俊目露懇求。「我們不會被抓到的。我會帶妳到處逛逛，我們可以——」

「好，」蒙娜說，無視心中的每絲理智，「就這麼辦吧。」

28

薩俊知道他應該覺得愧疚。說到底，他正準備偷走一幅無價的畫作。唔，嚴格來說，他是要借走《蒙娜・鄧恩》十二個鐘頭，雖說他不確定警察或他爸爸會同意這樣的區別。不過，當薩俊看著艾薩克和潔妮詩驅車離開時，只覺得興高采烈。蒙娜可以再看到真實世界了。他們可以一起消磨時光，冒這個風險很值得。

他在五點職員鎖上大門以前抵達。五點八分，他把蒙娜塞進艾薩克的畫匣，尾隨兩個導覽人員從後門離開。計畫在隔天早上六點半以前回來，這樣就可以趁著保全白天換班時進來。保全磁卡還在他手上，不過他不確定能否用來進出這棟建築。

到了外頭，他越過美術館後面的行人穿越道，朝著沿河生長的灌木和樹木走去，蜿蜒順著陡峭的河堤下行，最後避開了上方行人的視線。他拉開畫匣的拉鍊，轉動畫布，讓蒙娜可以看到潺潺流過的河流。她哭了出來。他困惑地翻過畫布看著她的臉。

「怎麼了？我還以為妳想到外頭來？」

「沒事，只是……」她越說越小聲。薩俊驚慌起來，心一沉，默默不語，生怕會惹她更難受。最後她不再啜泣，抹了抹眼睛。「只是我都忘了自己有多想念這個世界。

在美術館裡，我可以到別的畫作裡，感受陽光照在臉上，在草地上散步，到海裡游泳，可是永遠跟這個不一樣。」

薩俊再次將她轉過去，讓她面對河流和樹木。

「畫作裡的世界感覺不大真實，」蒙娜說下去，「我不知道為什麼，也許因為我知道那不是真的，只是其他人對**真實**的詮釋。在真實世界裡，你覺得事情都發生在當下，當下那個時刻一過去，就永遠過去了。我很愛《聖維吉利奧，加達湖》，可是太陽永遠在同一個地方，水永遠都是同樣的色調。畫作裡的人可能會改變，可是我們周遭的世界呢？永遠一成不變。」她朝著陽光仰起臉，嘆了口氣。

薩俊不知道該說什麼，所以只是緘默不語。把蒙娜帶出美術館很冒險。可是現在，看到她這麼開心，他知道冒險是值得的。「我們晚點再來看星星，」他承諾，「不過我們現在應該回家了。我準備好電影了。」蒙娜點點頭，朝河流瞥最後一眼，薩俊把畫匣的拉鍊拉上。

蒙娜對著事事物物連聲驚嘆，從艾薩克的大螢幕電視到微波爐。她對牆上的藝術作品特別好奇。「你試著跟它們講過話嗎？」

「嗯，它們什麼也沒說。」

「你確定它們是原作嗎？」

薩俊點點頭。「滿確定的。我爸對複製品沒什麼興趣。」

「也許它們只是害羞，」蒙娜沉思，「或者你父親交代過，要它們別跟你講話。」

薩俊發出短吠似的笑聲。「不可能，艾薩克什麼也不知道。」

「搞不好它們只是還沒醒來。有些畫作要花很久時間才會甦醒。你知道這些是什麼時候畫成的嗎？」

「不曉得。妳能不能跳進其中一幅查查？」

蒙娜試了一下，可是發現自己卡住了。「它們一定還沒醒來。麥克斯跟我說過，畫作之間的通道要等畫作裡的人醒來才會打開。可是有趣的是，這些畫作全都還沒醒。我還沒聽說有這種情況。等我回到美術館，我會打聽一下。也許有人聽說過類似的情形。」

薩俊把蒙娜撐在身邊的沙發上，他們又多看了三部哈利波特電影，一面閒聊著銀幕上所發生的一切。過了午夜，艾薩克傳簡訊來。「剛離開蒙克頓，一點前到家。」

「如果我們要看星星，現在就應該出去。」薩俊說。他捧著蒙娜踏上陽台，將畫布平放在桌上，讓她可以看到天空。

連續幾分鐘，他們往上盯著虛空，各自陷入沉思，最後蒙娜打破了靜寂。「跟我說說你的人生，薩俊。」

「像什麼？我住紐約市，十一月十五號就要十三歲，爸媽在我還是嬰兒的時候離婚了，我八歲的時候媽媽再婚。」

「你說你要到六、七歲才又見到父親。你知道他為什麼沒來看你嗎？」蒙娜問。

「不知道。之後，他每年都來拜訪兩三次，帶我去看節目或上美術館。氣氛一直都很緊繃，因為在他身邊，我很害羞又緊張，怕自己做錯什麼事，他就不會再來。」薩俊咳了咳。談起艾薩克，讓他呼吸困難。

蒙娜發出同情的聲音，薩俊胸口的緊繃感稍微鬆了點。有對象可以聊聊艾薩克的事，感覺雖然奇怪，不過還滿不錯的。

薩俊看著衛星的黃點飛越天際。「幾年前我無意間聽到我爸媽在講我，我媽正在說：『薩薩，你必須學習去愛真正的薩俊，而不是某個虛構的男孩。』接著艾薩克說：『我不知道要怎麼做。』」

「噢，薩俊。」蒙娜的語氣像是泫然欲泣。

「嗯，滿爛的，對吧，在八歲的時候發現自己的爸爸覺得沒辦法愛你。」他不順暢地吸了口氣。「他邀我過來過暑假的時候，我還滿驚異的。要來這件事讓我很緊張，可是我想多多認識他。不過還滿難的。漢姆沃斯的事情讓他整個分心了。有時候我覺得他——」

「甚至忘了你人在這裡。」蒙娜替他把話講完。

「對啊。我不久前才發現他是滿厲害的藝術家，而且有幾幅他的畫作屬於我。我試著問他這件事，可是他怎麼都不肯談。還有漢姆沃斯的大筆捐款？這件事還是我從潔妮詩那裡聽來的，讓我覺得自己很蠢。」薩俊在椅子裡挪挪身子。「嘿……現在可以聊聊妳了嗎？我講自己講得很膩了。」

蒙娜的笑聲就像迷你鈴鐺。「我想我跟你說過，我有個弟弟菲利普、小妹瓊恩。另外還有個繼妹妹安，不過她出生的時候，我已經過——」她頓住，迅速吸了口氣。「我已經過世了。」

「說這件事感覺很怪嗎？」

「已經沒那麼奇怪了，我都習慣了。」

「歐爾朋畫完妳以後不久，妳就活起來了嗎？」

「不是，是漸進式的。我只記得有個耶誕節早晨醒過來，看到年長幾歲的我——一定是十五或十六歲吧——走了過去。起初我既困惑又害怕，為什麼我家裡的人都不明白我活著呢？我想出聲叫他們，可是我卻步了。那天晚上，等大家上床就寢之後，我旁邊畫作的居民來拜訪我，解釋了事情的始末。」

「當時那裡有妳爸爸的畫作嗎？」

蒙娜搖搖頭。「他要到一九三〇年代才找人替他畫肖像。當然了，發生在那麼久以前的事，現在感覺起來就像是別人的經歷。我慢慢習慣在畫框後面生活。我來到比佛布魯克的時候，麥克斯讓我明白，住在畫框後的世界是種福分，是經歷另一場探險的機會。」她清清喉嚨。「換你再談談自己了。大家都說你很有藝術天分。」

薩俊嘆氣。「大概吧。」

「你不相信嗎？」

「也不是，只是……」

「只是大家談到你，都只談這件事，」蒙娜說，「我完全可以理解。大家談到我的時候，都只會講我父親或我繼母是誰。我是詹姆斯・鄧恩爵士的女兒，不是蒙娜・鄧恩。」

薩俊對著黑夜微笑。「我還以為只有我有這種感覺。」

「你長大真的想當藝術家嗎？」

「是啊，不過感覺我爸媽都只想跟我談這件事。」

「辛苦了。」

「有時候我覺得我不屬於任何地方。我的意思是，如果我爸爸都不確定自己有沒有能力愛我，這樣表示我是什麼樣的人？而且我媽有另外這個完美的家庭。不過我畫畫的時候，就不會有那種感覺。畫畫的時候，感覺世界都遠離了，而我就在宇宙的中心，彷彿我什麼都創造得出來，彷彿我無所不能。」

「我知道你會畫畫以前，就喜歡你了。」

這個令人開心的真相像冷天的一口熱可可，流遍全身，讓薩俊相當意外。「嗯，我想是這樣沒錯。」

「我喜歡你，是因為你體貼善良。當我發現你有藝術天分的時候，我好高興。你知道為什麼嗎？」

「為什麼？」

「因為你未來的藝術作品有你做為創作者，是很幸運的事。它們會保有你的一部分善良。」

薩俊從沒這樣想過，把藝術帶進世界是多麼了不起的責任。

蒙娜嘆口氣，「至少你有機會長大。」

薩俊想到塞在他五斗櫃裡的回程機票。夏天一結束就要離開……誰曉得什麼時候可以再見到蒙娜？

「抱歉，蒙娜，我真希望——」

蒙娜發出勉強的笑聲。「別奢望什麼，能有這場探險都要謝謝你。我永遠不會忘記，你讓我忘了我只是個畫作裡的女生。」

「妳**不只是**畫作裡的女生。」薩俊說，語氣激動。

他們繼續盯著夜空。偶爾，薩俊會偷瞥一下蒙娜，她的五官在月光下朦朦朧朧。艾薩克在樓下車道上砰地甩上車門時，兩人都嚇了一跳。薩俊將她撈起來，把畫布塞進臥房衣櫃深處。

那天晚上剩下的時間轉眼飛逝。艾薩克累到沒注意到自己的畫匣倚在牆上，薩俊向他道了晚安之後，將蒙娜靠在椅子上，兩人低聲聊到黎明為止。然後薩俊走了兩個街廓到美術館，偷偷將她放進館內。保全警衛法蘭克聽信了他的說詞——他把手機忘在櫃檯，而且必須歸還爸爸的畫匣。薩俊將畫布放在櫃檯底下，兩個朋友在清晨微光中四目相接。

蒙娜的嘴唇顫抖。「只要我活著，我永遠不會忘記這個晚上。而我會活很久。」她嚥下一聲抽噎之後便消失了蹤影。

薩俊回家的一路上，腦袋都在抽痛。亞當、綽伊、愛麗絲和科瑞是很棒沒錯，可是蒙娜不一樣。他什麼都可以跟蒙娜聊。可是他們的友誼沒有希望。等夏天一結束，他就必須永遠和蒙娜・鄧恩道別了。

29

星期天早晨，美術館裡瀰漫著慵懶的氣氛。職員通常將近十一點才抵達，等著中午開館。他們會拿著咖啡漫步進來，圍在櫃檯聊天，然後才走往下午各別負責的崗位。蒙娜喜歡聽他們閒聊自己的生活，那是通往外在世界的另一扇窗。

星期天早上，她回到自己的畫框時，不管是愛德蒙或柯特若一家都沒人表示驚訝，這點讓她相當意外。他們一定以為她到加達湖去，忘了時間。她安頓下來，滿足於將整天時間花在思考自己逃離比佛布魯克的神奇之舉，不怎麼專心地聽艾咪和法蘭克之間的對話。

「漢姆沃斯先生真的要捐兩千萬美金給美術館嗎？」法蘭克問。

「聽說是這樣。」

「我希望他們把其中一些錢放在加強保全上。」

艾咪笑了。「法蘭克，你就是我們加強的保全。我希望他們可以撥一些錢買新的咖啡機，現在這台糟糕透了。噢，嗨，史尼利先生。我不知道你今天要過來。」

蒙娜皺眉。史尼利星期天通常不工作。

「我是來拿《蒙娜．鄧恩》的。」

愛德蒙訝異地向蒙娜挑眉。小克用嘴型說：「怎麼搞——」

蒙娜在凳子上微微搖晃。沒人通知她，她今天就要到樓下去。畫作接受修復之前，至少幾天前就應該得到通知。麥克斯該不會對她不滿到忘了提這麼重要的事情吧？如果她在工作室，就見不到薩俊，也不可能溜出來看下一部電影。

「不好意思，」艾咪說，「上頭告訴我們，你要處理《旅館房間》和《花園裡的茱麗葉特女士》。」

蒙娜等著史尼利回答。他悶不吭聲。

「我想辛格先生不會希望三幅傑作同時進地下室……」講解員說下去。蒙娜可以聽出語氣裡的抗議。

「我相信你們拿薪水不是用來思考辛格先生喜歡或不喜歡什麼。你們有誰可以幫忙準備卡片，等我把她拿走以後，掛在牆壁上？」

他的要求換來沉默，蒙娜屏氣凝神。

「好。如果你們不肯幫我，我就自己來。然後我會跟辛格先生反應，你們有多麼礙事。」

「沒必要那樣，史尼利先生，」法蘭克是美術館裡的和事老，「艾咪會做卡片的。」

「謝謝你，法蘭克。能不能幫我聯絡巴尼，叫他把推車送上來？」

艾咪現在尖著嗓子說話。「史尼利先生，今天是星期天。巴尼・添普頓星期天不上班。也許你可以等到明天。」

「算了，畫作我自己運送。誰能幫我弄輛推車來？」

史尼利繞過轉角。一看到他，蒙娜畏縮一下。史尼利頭一天來到美術館、站在她面前時，是個古怪的英國人，現在卻是個模樣瘋狂的傢伙。法蘭克跟在後頭，保持距離以示尊重，偶爾回首看看艾咪，艾咪在門口流連不去。

「史尼利先生，你一副累壞了的樣子，」法蘭克說，「你今天要不要休個假，明天再回來？不用整個星期天天都工作吧，這樣不健康。」

史尼利回嗆他。「建議我已經聽夠了，多謝，」他低吼，朝著蒙娜大步走去，「我接到指令，我什麼時候工作、用什麼方法工作，都不干你的事。」

「指令？」

史尼利一時吞吞吐吐，然後挺直身子，似乎邊說話邊長高似的。「我剛剛說『指令』嗎？那不是我的本意。我是想說，我有自己工作的方式，如此而已。」

就在這時，蒙娜瞥見史尼利的雙腳。他腳上那雙高價的尖頭便鞋，現在沾滿了泥濘，還破了好幾個地方，左腳小趾都探了出來。蒙娜警覺起來，等著艾咪和法蘭克介入。

法蘭克嘗試了。「你說得對，史尼利先生。我完全不懂藝術修復，可是有人看起來很累的時候，我倒是看得出來。我這樣說你可別介意，你看起來累癱了。」

蒙娜等著史尼利再次對法蘭克發飆。他卻有點洩了氣，彷彿法蘭克的安慰話語正中紅心。

「我的確很累，」他半啜泣地說，「可是我一定要把這幅畫弄到樓下。」他用懇求的表情看著法蘭克。

「那你讓我去弄輛推車過來，我替你把她送到樓下？之後你就可以回旅館小睡一下。等你睡飽也淋浴過後，還是想工作的話，儘管再回來。聽起來如何？」

史尼利像個壞脾氣的學步兒一樣噘起下唇。「我想這樣倒是可以。」

法蘭克離開，拿了推車回來，小心地將蒙娜從牆上提起。被送往推車的路上，蒙娜飄過了愛德蒙和柯特若一家震驚的臉孔。接著她就被推走了，穿過加拿大館，進入載貨電梯，穿越走廊，穿過工作室的門，法蘭克輕輕將她放在工作檯上。史尼利拖著腳步跟在後頭，告誡法蘭克動作小心，要他走慢一點，要尊重蒙娜的肖像。

最後兩個男人離開了，離開時順手關了燈，使得這個無窗房間變得很淒涼。蒙娜震驚地抬眼盯著拼磚天花板。最糟糕的是，法蘭克像肚子朝天的烏龜一樣丟下她，她透過眼角餘光只能瞥見一點東西。她緊緊合上雙眼，試著平撫緊張的情緒，免得越來越恐懼。艾咪一定會打電話給辛格館長，他會過來把她帶回樓上。然後她就要壓低姿態、去找麥克斯，求他延後她的修復時間，等找到另一個修復師再說。

「蒙娜嗎？」茱麗葉特聽起來似乎很害怕，「妳為什麼到這裡來了？我親愛的？我的畫作修復完才輪到妳啊。」

聽到茱麗葉特的聲音讓蒙娜情緒波動到無法言語。達斯克代她回答，讓她很詫異。

「蒙娜不應該在這裡，八月才輪到她接受修復。」他低語，留意現在是大白天，美術館職員整個下午會來來去去。

「那我為什麼在這裡？」蒙娜低語。

達斯克吐口氣。「我不知道，發生怪事了。」

「史尼利先生狀況不好，」蒙娜說，「他跟職員充滿敵意，還告訴他們自己受命把我帶到樓下。法蘭克追問是誰的指令，他說只是口誤。」

「只有辛格館長會下這樣的指令，」茱麗葉特說，「我不相信他願意讓自己最受歡迎的其中三幅畫同時停展。我的天，這根本沒道理。我確定愛德蒙會去找麥克斯，把整件事弄清楚。」

「我會想辦法找麥克斯談——」達斯克被牆壁高處的輕笑聲打斷。蒙娜都忘了毛姆也在。她扭動著，好不容易將腦袋和身體調到可以瞥見他臉龐的位置。

「這並不有趣，毛姆先生，」茱麗葉特指責，「蒙娜的到來令人憂心。」

「萬分抱歉，茱麗葉特夫人，」毛姆說，聲音黏答答的，混合了蜂蜜和醋似的，「我不是故意要這麼輕浮的。我之所以笑，是因為你們全都不肯領會這一點：你們只能任由他人隨興擺布。蒙娜可以阻擋史尼利和法蘭克把她帶來這裡嗎？沒辦法。比佛布魯克勳爵或是達斯克先生阻攔得了嗎？也不行。」

「好了，毛姆，不管你想編造什麼故事，都別把比佛布魯克勳爵或我捲進來。」達斯克怒道。

「為什麼不該把你捲進來？達斯克先生？你跟你老闆假裝控制這座美術館，可是你跟蒙娜卻在這裡，跟我一起困在這個房間，完全違反了比佛布魯克動爵的時程表。主導的人看來是史尼利先生。連辛格館長都不敢質疑這位世界知名的藝術修復師。可是你們捫心自問：你們覺得安全嗎？」

蒙娜翻身恢復平日的姿勢。毛姆說得對。她並不覺得安全。

「毛姆先生，你嚇到我了。」茱麗葉特說。

「他是個腦袋不清又愛吹牛的傢伙，」達斯克嘀咕，「辛格館長會釐清這件事。於此同時，別理會牆壁上那顆跟身體分家的腦袋；他會蟄伏在這裡是有道理的。」

難得蒙娜希望達斯克說得沒錯。

史尼利星期一早晨吹著口哨走進工作室。蒙娜放鬆下來。也許說到底狀況沒那麼糟糕。他在她的肖像上方俯身，盯著她的雙眼。

「妳來這裡幹嘛？」他用指控的語氣問她。

蒙娜得強忍衝動，免得開口答說，她完全不知道自己為何會在這裡。不自在的幾分鐘過去了。史尼利終於離開工作枱邊。

「我不知道從哪裡開始，」他咕噥，「這種工作條件根本強人所難。」

蒙娜看不到他在做什麼，不過聽得到金屬工具彼此碰撞的鏗鏘響。突然間他的臉又出現在她上方。

「該要把妳從畫框上弄下來了，蒙娜，」他低語，「還有工作要忙呢。」

史尼利將蒙娜轉為正面朝下，將她的肖像從裝飾繁複的外框卸下時，她聽到一連串的輕拍響聲。幾分鐘過後，蒙娜可以感覺畫框被拉開。接著史尼利將她的畫布從桌上提起，放到茱麗葉特和達斯克對面的畫架上。儘管他們保持靜默，但蒙娜可以感覺他們散發緊張感，史尼利在他們前方伏低身子時，那種緊張感只是往上竄升。

「絕對不准交談，」他嚴厲地說，「我不會容忍這種事。蒙娜需要休息。」他看著茱麗葉特。「如何啊，我親愛的——準備讓人臨摹了嗎？」

他將茱麗葉特從畫架上提起時，蒙娜看到朋友眼神中的恐懼，只是進一步深化自己的恐懼。工作室的牆壁感覺越逼越近。活在畫作裡的女生竟然有幽閉恐懼症，未免也太諷刺——蒙娜也意識到了。史尼利的狀況大有問題，可是會有人來幫他們嗎？

30

星期一早上，薩俊抗拒不了衝去看蒙娜的衝動。他快步閃進哈芮特歐文館，她原本該在的牆壁卻成了空蕩蕩的空間，他在前方頓住腳步，陷入不解的沉默。他讀了那張卡片：修復中，很快就回來。這說不通啊——史尼利的工作室已經有兩幅畫了。薩俊瞧了瞧手錶：營隊還有十五分鐘才開始。如果想查出目前的狀況，時間綽綽有餘。

他發現艾薩克和史尼利在工作室外頭的走廊爭論。

「再跟我解釋一次，你為什麼同時需要把三幅傑作拿到樓下？這樣完全說不過去，」艾薩克正在說，「每年的現在是觀光客最多的時候，他們來這裡就是希望能看到館藏的傑作，而不是牆上的空白。」

「我發現一次處理一幅畫很乏味。」

「你上次處理《尋歡作樂》就是一次一幅啊，」艾薩克強調，「除非你可以給我什麼正當理由，必須讓三件傑作同時停展，不然至少必須把其中一幅放回樓上。」

薩俊鬆了口氣。艾薩克會處理好的。

「我的合約。」史尼利的語氣傲慢至極。

「抱歉？」

「我的合約上說，只要我想要，就可以同時拿到那五幅畫。」

「是沒錯，可是你的意思不會是同時把五幅畫都拿到樓下來吧。」

「當然不是，我已經歸還《尋歡作樂》了。」

「對，可是——」

「沒什麼好『可是』的。我盡可能以最快的速度工作。如果同時進行三幅畫能夠加快我的進度，不是更好嗎？好了，如果沒別的事，我想回頭處理畫作了。」

「可是，史尼利先生——」

「別再多說了，我知道你美術館營運得有多差，不只忽略我的需求，還讓我在其他人面前丟臉。這個工作室不通風，也吵得很。我的用品太慢送到。別以為我會忘記這樣的怠慢。如果你不讓我用適合自己的方式完成工作，我就不得不去找董事會申訴。我可是世界知名的藝術修復師，名聲無懈可擊。我相信這是你頭一次擔任館長職務吧？別惹我，辛格先生，不然你會很遺憾。」

史尼利轉身走進工作室，隨手摔上門。艾薩克看著薩俊，然後搖搖頭。

「你不能讓他那樣！」薩俊抗議。如果史尼利星期五晚上加班，蒙娜要怎麼去看電影？他們要怎麼聊天？

「我得走了，」艾薩克突兀地說，「記得，這個星期我要幫潔妮詩一起上課。」

「可是——」

艾薩克不理他，朝著辦公室趕去。薩俊開始踱步，試著想出解決辦法。偶爾他會停在工作室門前，用念力要史尼利出來，將蒙娜歸回原位。可是那扇門一直關著。如果艾薩克不願意介入，他又能如何？

他用手指爬梳頭髮，試著思考。史尼利似乎不喜歡艾薩克，可是一直對薩俊不錯。也許史尼利會聽他的話，尤其如果他告訴史尼利，他需要用蒙娜來進行夏令營的作業。可是他的勇氣足以讓他敲門開口要求嗎？接著他想起史尼利責問過他為何還沒來訪。就挑今天好了。

艾薩克開始早上的課程時，似乎恢復了平靜。

「在藝術世界裡，自畫像是個傳統。打從第一個穴居人拿起一塊燧石，將自己的形象刮在洞穴牆壁上以來，藝術家就不只想要分享他們的世界觀，也想分享他們的自我觀。把自畫像想成第一批自拍吧。」大家都笑了，艾薩克把手伸進口袋，掏出手機，拍了張自己的照片。

艾薩克面帶笑容，按下手提電腦的按鍵，一個蓄著薑色鬍鬚的男人填滿了他背後的空白牆壁。「以自畫像最為知名的藝術家或許是梵谷。」他又按一下，一連串梵谷的自畫像越過牆面。

「他畫這麼多自畫像不是很讓人發毛嗎？」愛麗絲問。

「問得好，愛麗絲。梵谷會畫這麼多自畫像，原因有幾個。首先，有時候他找不到人，或是沒錢找人當模特兒。」

「他沒朋友嗎？」綽伊說。他推了推亞當和薩俊，他們正坐在他兩側，「我願意當你們的模特兒，只要別叫我脫光衣服什麼的。」

大家聽了哈哈大笑，連艾薩克也是。「我確定亞當和薩俊會很感謝你立了這條但書，綺伊。梵谷有朋友，確實也替他們畫肖像，但他也畫自己，因為在那個時候，肖像很受歡迎，大家都想買。梵谷窮哈哈的，需要錢。另一個理由是，這些自畫像讓他可以成為頂尖的肖像畫家，因為他可以從錯誤中學習，精進自己的技巧。可是大家相信，梵谷畫很多自畫像有另一個理由，有人要猜猜看嗎？」

薩俊舉起手。「這是讓他認識自己的方式？」

「沒錯！自畫像幫助我們瞭解我們眼中的自己。就像照出靈魂的鏡子。我們選擇怎麼描繪自己，也許是，也許不是我們真正的模樣；也許是我們希望別人看到的樣子。你們這個星期的作業是畫自畫像。我要挑戰你們，勇敢起來。讓我們看到真正的你！」

「要穿衣服吧，我想？」綺伊運氣正好。

「要穿衣服。」艾薩克確認，嘴角抽動，「不過，在我派你們去研究人臉和藝術家，做為事前準備之前，我們必須先談談我最喜歡的兩個義大利字：sfumato（暈塗法）和chiaroscuro（明暗對照法）。」

「明暗什麼？」艾比問。

「明暗對照法。不過我們先從暈塗法開始說。暈塗法就是運用同一顏色的不同色調，將它們糅合在一起，這樣較淺和較深的色調之間就不會有太過分明的界線，看起來就會滿自然的。對於想要呈現這個世界並不是黑白分明的藝術家來說，是個實用的工具。達文西就是暈塗法的大師，我們晚點會研究《蒙娜麗莎》，看看暈塗法怎麼讓她成為現今這種神秘的超級明星。從另一個角度來說，明暗對照法則是下手較重。這個字在義大利文裡的意思是『明－暗』。藝術家用這個方法，在一片黑暗中將主題照亮，以便凸顯主題。」

「就像《蒙娜‧鄧恩》。」薩俊說。

薩俊發誓，他可以看出艾薩克在瞬間想起自己未能將蒙娜救出史尼利魔掌的事。

「不巧的是，《蒙娜‧鄧恩》目前正在接受修復，不過樓上還有別的例子。我鼓勵你們去找運用暈塗法和明暗對照法的畫作。要記得，你們必須好好思考自己要怎麼運用這些技巧。就像人生中所有的事情，有時候你希望委婉一點，有時候則想強調某個點。兩個技巧只要運用得當，都會對你的作品產生深遠的影響。」

史尼利正在臨摹茱麗葉特的畫作時，突然打住動作。

「想看看嗎？」他問，「妳當然想嘍！」

這些畫作盯著他，等候著。整個房間非常悶熱，或者是蒙娜自己的感覺，她迫不及待想離開。史尼利的行為比平時更怪，他的表現令人害怕。他抓起過去一個小時在忙的畫布，拿著它繞著房間走，舉在每幅畫作前面幾秒鐘，彷彿希望它們欣賞他的才華。

蒙娜輪到最後一個。史尼利把仿作拿在她上方，懸浮在半空。

這份臨摹很不錯，畫了茱麗葉特，但沒畫花園。「這可是值很多錢的，」他說，

「我知道大家會爭相想擁有這樣好的仿作。」

蒙娜不是故意的，但她忍不住大聲倒抽一口氣。她之前想得沒錯——史尼利是個偽畫師！

史尼利放下茱麗葉特的臨摹畫，俯身望著蒙娜的雙眼。

「我就知道！說點話啊。」他下令。

蒙娜默默不語。

史尼利瞇細眼睛。「我知道妳在裡面！快說點話！」

縱使害怕，蒙娜依然保持沉著。

史尼利打住動作，搓搓額頭。「你們以為我不知道這裡有什麼狀況嗎？」他喊道，「我知道！你們不可能擊垮艾奇柏德．史尼利！」他把蒙娜從畫架拿起來。「好了，鄧恩小姐，開始處理妳，行吧？」

31

「一定很難，」亞當跟著愛麗絲、薩俊、綽伊走上樓梯時，一面咳聲嘆氣，「我到底怎麼看我自己？而且現在還要考慮到明暗的事情。」

「我可能會走抽象風，」綽伊說，「或者會把真正的自己畫成超級英雄。」

「人生不是圍繞著漫畫書打轉，」愛麗絲尖酸地說，「辛格先生希望我們往深處挖掘。」

「愛麗絲，我的自畫像會深刻到救援隊得花好幾天的時間，才能把妳從我靈魂深處拉出來。」

他對著愛麗絲眨眼送秋波，愛麗絲裝出心煩的樣子，但最後還是忍不住咯咯發笑。「最好是啦，綽伊，我真不知道我為什麼老跟你一起鬼混。」

「因為獸性的吸引力啊。」

愛麗絲翻翻白眼，跟薩俊並肩而行。「你今天早上滿安靜的。」

薩俊沒意識到自己分神得這麼明顯。「我之前恰好看到艾薩克跟藝術修復師起爭執。史尼利同時進行三幅傑作，讓他很火大。」

愛麗絲皺皺鼻子。「我看過他。他好臭。我才不會准他碰我的畫作。」

「他應該滿有名的，」薩俊說，「他在飛機上就坐我旁邊。一開始我以為他只是

怪，不過現在我不知道該怎麼想。」

「他最好把蒙娜寶貝照顧好，要不然，我的漫畫續集就會畫一個邪惡的藝術修復師得到報應。」綽伊宣布。

薩俊在其他幾人背後遊蕩，嚼著拇指上參差的角皮。綽伊說的話在他心頭纏繞。他應該去查查蒙娜的狀況，看看她是否安好。

「我去樓下一下，」他跟朋友說，「馬上回來。」

愛麗絲把頭一偏，端詳著他。「你還好吧？」

亞當戳戳她的肋骨。「別煩他了，愛麗絲——他只是要去洗手間啦。我們會在麥克肯恩館。」他補充，帶走擔憂的愛麗絲，同時制止綽伊對比佛布魯克勳爵的肖像頻頻做鬼臉。

薩俊一溜煙跑開，他敲敲工作室的門。沒回應。他東張西望，然後轉動門把。門開了，薩俊溜了進去。

他第一次來到史尼利的工作室時，藝術修復師以手術檯的精準度排列工具，但是他現在走進的房間卻亂成一團。糖果紙和撕裂的畫布碎片撒滿地板。牆壁和桌子濺著顏料，乾涸成一坨坨外硬內軟的東西。《旅館房間》和《花園裡的茱麗葉特女士》放在相鄰的畫架上，可是蒙娜躺在工作檯上，四周淨是揑皺的漢堡包裝紙。沒了畫框，她看起來更小更脆弱。

薩俊小心翼翼傾身將蒙娜從桌上提起。回望他的那雙眼睛先是驚嚇，繼而寬慰。

「你必須把我們弄出去，薩俊！是史尼利，他——」

「你以為你在幹嘛？」

薩俊沒聽到史尼利走進來，他連忙轉身，滿臉通紅。「抱歉。」他說，雙腿發抖。「我是來找你的，結果看到《蒙娜．鄧恩》在一堆垃圾旁邊，所以想說可以把她放到畫架上。」

「是嗎？你不覺得應該先經過我同意嗎？要是你弄壞她呢？她可是無價之寶。」

史尼利從薩俊懷抱裡一把搶走蒙娜，大步越過房間。他瞇起眼睛盯著薩俊，彷彿覺得薩俊可能會用蠻力跟他爭搶這幅畫。

薩俊手握成拳，深吸口氣。他當然知道蒙娜是無價的，而且不是像其他人一樣以愚蠢的金錢來度量她的無價！不過，蒙娜還困在這裡，他可不能跟史尼利槓上。

「抱歉，我只是想幫忙。」

史尼利拉臭著臉把蒙娜放在畫架上。「去幫別人就好。沒有你在這裡幫倒忙，我就已經有夠多問題了。沒完沒了的噪音已經夠糟了，不需要再有小搗蛋鬼來煩我。」

艾薩克的聲音從走廊飄來，聽起來好像在講電話。史尼利一把揪住薩俊的手臂。「現在我該告訴你父親，你是個行事鬼祟的傢伙。」他將震驚的薩俊往前拉，使勁打開門。

艾薩克正在講電話。他凝神傾聽，似乎對史尼利把薩俊拉進走廊上的景象視而不見。他舉起一手請他們安靜。

「你說漢姆沃斯退房了是什麼意思？」艾薩克問，臉色一陣紅一陣白，汗流得一臉狼狽。「他有沒有留下轉寄地址？欸，我知道你不應該洩漏資訊，可是我必須跟他談談。是，我撥了他的手機，可是電話好像不通了。我知道這不是你的問題。謝了。」他掛掉電話，怔怔看著薩俊和史尼利。

「漢姆沃斯竟然消失了。」他說，彷彿自己都不敢相信。

「他去哪了？」薩俊說。

「我不懂發生什麼事了。」艾薩克說。

「那表示他不會捐那筆錢了嗎？」薩俊問。

艾薩克原本盯著虛空，現在看著薩俊，臉一扭。「我不知道，我們明明處得很好啊。我不知道哪裡出了錯，不知道我說了什麼，讓他就這樣頭也不回走了……」

史尼利再也克制不了自己。「辛格先生，我要針對你兒子提出正式申訴。」

「什麼？」

「我重複一次，我要針對你兒子提出正式申訴。我剛剛逮到他在我的工作室裡把弄那些畫作。」

艾薩克震驚地看著薩俊。「真的嗎？」

「不是那樣的。他說過，只要我想要，什麼時候都能來找他，所以我只是順便進去打招呼，我看到《蒙娜．鄧恩》躺在桌上，四周都是垃圾什麼的，所以我把她拿起來要放到畫架上。」

史尼利露出冷酷的笑容。「我想，必須跟董事會解釋你怎麼會失去有錢的贊助

者，你已經夠頭大了，更不要說得解釋你兒子為什麼在美術館裡到處亂跑。別逼我向他們通報這個小事件，辛格。」史尼利得意洋洋補了一句，「不准進我的工作室，聽到沒？」他忽地轉身，猛力甩上工作室的門。

「我要跟你談談那個——」薩俊開口。

艾薩克搖搖頭。「住口，這是我這輩子最慘的一天，你竟然跑去胡鬧？你明明知道我最近為了籌錢有多拚命。你到底是怎麼回事？從現在起你被禁足了。我應該把你送回你媽身邊——你就跟她一個樣子。」

他氣呼呼地走開，拋下受驚的薩俊。你就跟她一個樣子，這些話在薩俊的腦海裡到處碰撞，艾薩克語氣裡的惡毒讓他反胃。薩俊年幼時，艾薩克無視於他的存在，可是那樣總比現在成為受氣包好。

一切都毀了。他來拜訪艾薩克，跟蒙娜一起消磨時間，查出史尼利有什麼計謀，這全是艾薩克的錯。薩俊衝進廁所，將自己鎖進角落的隔間，哭了起來。

32

把薩俊趕出工作室，半小時之後，史尼利依然來回踱著步。「快想啊，史尼利，快想。」他停下來望著蒙娜。「我知道的事，到底要不要告訴他們？」

蒙娜緘默不語，在畫架上僵住身子。

「我可不准別人對我亂來！」他忽地轉身，抓起之前臨摹的茱麗葉特，往門外衝去。他鎖上房門的時候，傳來金屬的喀答聲，緊接著是匆匆遠去的腳步聲。蒙娜終於吐了口氣。

「我的天！他瘋了！」茱麗葉特低語，「他有什麼打算？」

「我等美術館打烊就去求救。」達斯克說。

「當心了，」毛姆警告，「你也聽過走廊上的對話。你想讓辛格館長跟他兒子惹上更多麻煩嗎？史尼利人怪是怪，可是沒做錯什麼事。」

「他比怪還糟糕。他病了！」達斯克反駁。

「你有這種看法我也不反對啦。只是你也看過他在修復《尋歡作樂》上表現得可圈可點。再不久你也會回到樓上。威脅不是針對我們而來，而是辛格館長。你們總不希望他被炒魷魚吧？」

蒙娜使勁搖搖頭。「毛姆先生說得對。我們沒事。我們一定要團結一心，互相支

持。我們不會在這裡待太久的。」

毛姆咯咯笑。「希望不會。雖然我很喜歡有人陪，可是你們屬於別的地方。」

「小俊？」

綽伊的聲音讓薩俊吃了一驚。他弄不清自己在廁所裡躲了多久。

「我馬上出去。」他抹抹眼睛。綽伊一定會覺得他是白痴。

他從隔間走出來的時候，廁所空無一人。薩俊洗了手和臉，照照鏡子。他藏不住自己哭過的事。他深吸一口氣，走進擠成一團的綽伊、愛麗絲、亞當之中。

愛麗絲用胳膊勾住他的脖子。「我們好擔心！你不舒服嗎？」

「我——」

綽伊指指附近的衣帽間。「比佛布魯克鼠團召開緊急會議。」

愛麗絲的手臂還搭在薩俊的肩上，薩俊跟著綽伊和亞當走進衣帽間。

「欸，」綽伊說，「你的事就是你的事。可是如果你有煩惱，我們也會跟著煩惱。想談談嗎？」

新的一批淚水開始湧現。

「不用勉強，」亞當補充，「可是如果你想談……」

「我們會陪著你。」愛麗絲說。

薩俊不順暢地吸口氣。「我剛剛跟我爸吵了架。」

「那種事最討厭了，」綽伊說，「我每星期至少會跟我爸吵一次架。」

薩俊驚愕不已，忍不住問：「真的吵嗎？」

綽伊哼了哼。「哼，是不會動手動腳啦，可是會弄得對方渾身不自在。我爸是工程師，他覺得我對漫畫的執迷是浪費時間。」

「他不瞭解才華這種東西。」愛麗絲說。

「我跟我媽有時也會吵，」亞當說，語氣悲傷，「她不懂我為什麼想當布景設計。她愛我，可是不懂我。」

「跟他說說妳爸媽的事吧，愛麗絲。」亞當說。

愛麗絲漾起笑容。「我爸媽希望我當律師，然後當加拿大第一個黑人首相，可是我想做跟藝術相關的事情。可是我不會跟他們吵，就做我想做的事。」

「沒人敢跟愛麗絲吵，」綽伊肅穆地宣布，「連我都不敢，我怕死她了。」

薩俊笑得不大自然。「謝了，大家，可是你們不懂。」

愛麗絲搖搖頭。「不——你才不懂，薩俊。我們跟你說這些，只是要讓你知道你不孤單。你爸有時很混帳？我們爸媽也是啊。可是現在你有我們了，什麼都可以跟我們說。」

薩俊輪流看著他們。他可以嗎？他可以將自己的秘密說給他們聽嗎？不只是關於他爸媽的事，還有他有時覺得好寂寞，生怕別人不喜歡他，怕到都不敢交朋友。他可以跟他們說蒙娜的事嗎？等他離開以後，蒙娜會需要朋友。

他垂眼盯著運動鞋。「我沒多少朋友，」他說，「我想我不大擅長當朋友。」

「你在開我玩笑吧？」綽伊說，「你是很酷的朋友！薩俊小子！」他們三個人圍住他來個比佛布魯克鼠團的大擁抱。幾秒鐘過後，薩俊開始回擁大家。接著跟他們說起他與艾薩克之間的關係。

史尼利那天完全沒再回工作室。傍晚時分，艾咪到了，蒙娜的心雀躍起來——他們有救了！可是講解員只是把一個大大的牛皮紙包裹塞進角落，連蒙娜都沒瞥一眼就離開了。

一整天困在工作室，而不是在哈芮特歐文館的老位子上，真是乏味。蒙娜之前一直沒意識到，美術館的訪客是她的娛樂來源。為了消磨時間，蒙娜回憶自己的童年。那是好久以前的事了，現在當她憶起某個特定的事件時，感覺起來有點像虛構的。她的狗叫「夥伴」還是「金傑」？保母的名字叫葛蒂嗎？

她以前輕輕鬆鬆就能答出這些問題。現在她是個二十一世紀的女孩，知道電腦、智慧手機和太空旅行。現在來參觀美術館的孩子，有半數的人永遠掛著耳機，她無法對他們饒舌歌的低音貝斯、音樂的啪啦響聽而不聞。現在跟她兒時夜裡在客廳聽留聲機有天壤之別。

威廉．歐爾朋替她作畫的那個星期，人人傳唱的歌曲是《蒂珀雷里路遙遙》。她不由自主輕聲唱起來。

蒂珀雷里路遙遙，
漫漫長路，
蒂珀雷里路遙遙，
我認識的甜美女孩就在那邊！
再見，皮卡迪利圓環！
再會，萊斯特廣場！
蒂珀雷里路遙遙，
可是我的心就在那裡！

她去過皮卡迪利圓環[8]，當時爹爹帶她搭地鐵到那裡去，地鐵是當時才剛開始營運的地下列車，坐起來既可怕又令人興奮。她想起自己發現皮卡迪利那裡並沒有真正的馬戲團時相當失望，地名裡的「circus」指的是圍繞著沙夫茨伯里紀念噴泉的圓環。

她所認識的那個英格蘭現在可能已經不在了，至少認識的那些人肯定都不在了。這點令她傷心。她下定決心要跟薩俊聊聊那個世界，就是當她還是父母掌上明珠的那個世界，身邊有愛她的兄弟姊妹……騎著小馬橫越田野、順著樹籬奔馳，髮絲在背後狂野飛

8. Piccadilly Circus, Circus有馬戲團或圓環的意思。

揚。她要薩俊成為她的記憶守護者。這樣他們在夏天末尾分別時，她就不會這麼心痛。

「我喜歡那首歌，」薩默塞特．毛姆說，「我以前有個朋友在一九三〇年代就住萊斯特廣場——聰明的傢伙。當時真是美好的日子。大家都同心協力，彬彬有禮。」

「說到禮貌啊……」有個悶糊的聲音說。蒙娜嚇了一跳，往前傾身，想找出聲音的來源。起初以為是達斯克太太。如果是，那就太令人興奮了。接著她意識到，聲音來自艾咪留在角落裡的那個牛皮紙包裹。

「哈囉？」蒙娜謹慎地喚道，「請問誰在說話？」

「蓓綺。」那個包裹說，彷彿這樣就說明了一切。

「蓓綺誰？」

「蓓綺．萊德。」

「妳好，蓓綺，」茱麗葉特說，「我叫茱麗葉特。妳知道自己怎麼會來這個房間的嗎？我想我們還沒見過面。」

蓓綺的聲音聽起來相當遙遠，彷彿包住她的紙張是厚重潮濕的布簾。「我剛剛才到。我想我不應該來這裡。有人把我帶過來，是為了接受辛格館長的鑑定。」

「噢，天啊，他們把妳放錯地方了，」蒙娜說，「應該把妳留給辛格館長的助理瑪汀才對。」

「我就知道，我希望他們不會把我丟在這裡忘了。被紙包住很悶，而且很暗，只有包裹的一端打開，透點光線進來。我以前在家裡習慣待在明亮的房間。」

「畫妳的是誰？」達斯克問。

「傑克．亨佛瑞。」

「啊，是紐布朗維克的藝術家，」達斯克說，「他是很優秀的肖像畫家。」

他說的話似乎讓蓓綺聽了很歡喜。「我的確滿不錯的，」她說，「他用了不少灰色調和藍色調，真正捕捉到我的神韻。」

「一定的，」蒙娜說，「妳幾歲？」

「十五。」

「我十三，我們幾乎同年。」

蓓綺哼了哼，表明十三和十五**不算**同齡。

「我叫蒙娜．鄧恩，妳聽到的其他幾位是茱麗葉特女士、達斯克先生和毛姆先生。妳一直都在某個人的家嗎？」

「是，我是一幅家族肖像，亨佛瑞是我母親的朋友。」

「真希望可以看看妳，妳一定很討人喜歡！妳是多久以前畫成的？」

「我想大概在一九五〇年吧，可是我已經記不清楚了。每當我回想畫作之前的人生，有時感覺有點模糊不清……」

「我們都有這樣的感覺。我們應該彼此陪伴，妳很快就能毫髮無傷地回家了。不過，答應我一件事，蓓綺。」

「什麼事？」

「藝術修復師回來的時候，妳一聲也別吭啊。他人很怪，最好防著他。」

蓓綺抖著聲音。「我想回家。」

「我也是，」蒙娜回答，「非常、非常想。」

33

在薩俊最愛的其中一個電玩遊戲裡，他是個探險家，困在遙遠的星球，一場翻天覆地的戰爭過後殘留下來的地雷，讓那個地方惡名遠播。久而久之，薩俊學到地雷藏在哪裡，能夠安然前往棄置多時的太空船，他的角色寄望太空船可以帶他逃離這個星球。不過，在早期，他總是忘記地雷埋在何處，永遠害自己被炸。打從在史尼利工作室外頭的事件過後，跟艾薩克一起生活的感覺跟這種狀況相差無幾，彷彿只要薩俊踏錯一步，就會摧毀一切。

將薩俊禁足之後的頭一天晚上，兩人用餐的時候，艾薩克一臉憔悴。「我不應該威脅說要送你回家，我那樣說是不對的。」

薩俊垂著頭，繼續吃外帶的希臘菜。

「怎麼……你不打算跟我說話了嗎？」艾薩克嘆氣。

薩俊泫然欲泣，什麼也沒說。

「好吧。」艾薩克跳起來，一把抓起自己的外帶餐盒，退到陽台上。

薩俊的手機發出乒的一聲。

「一切都好嗎？」是愛麗絲。

「嗯。」他回傳訊息。

幾分鐘過後，亞當傳了一段海象做仰臥起坐的影片來。頭一次，薩俊有真正在乎他的朋友，感覺真不錯。

「喂，」綽伊傳簡訊來，「希望你還好。要不是你被禁足，不然就可以過去找你。撐住啊。」

「謝了，老兄，明天見。」薩俊關掉手機，把才吃一半的晚餐塞入冰箱，然後躲進臥房。

這種僵局持續了一整週。除了用餐時間，艾薩克會分神到無心說話，薩俊則一直窩在自己房間。潔妮詩獨自帶領那星期剩下的課程。營隊隊員被告知，美術館館長有意外的事務要處理。薩俊知道真相：艾薩克試著要追出漢姆沃斯的下落，或是再找一位富有的贊助者。

潔妮詩在星期四結束的時候攔住薩俊。

「你還好嗎？」她問，「我知道這星期很難熬。你爸告訴我，你們吵了架。」

薩俊用力嚥嚥口水。儘管拚命要保持鎮定，回話的聲音還是抖了起來。「我們沒吵架。他對我大吼大叫，不聽我解釋我為什麼會到史尼利的工作室。」

潔妮詩一臉詫異。「噢，真抱歉，薩俊。他近來壓力很大……」

薩俊聳聳肩。「他威脅要送我回家。」

「噢，不！他不是真心的，薩俊，我知道他不是。你來這裡他高興得不得了。」

「他並沒表現出高興的樣子。」薩俊說，他沒等潔妮詩回答就溜走了。

艾薩克星期五下午竟然現身來察看隊員的自畫像，薩俊很訝異。

「抱歉我這個星期沒辦法跟你們相處更多時間，」在觀賞作品以前，他對整群人說，「美術館館長的生活永遠不乏味。」

走到薩俊自畫像前的時候，艾薩克靜默不語。作品本身滿搶眼的：潔妮詩這樣跟薩俊說過好幾次，其他隊員也表示薩俊的作品是傑作，雖然愛麗絲頭一次看到的時候咬著嘴唇。

這幅作品以油彩繪成，頂端寫著「我是誰？」這些字眼。一條參差的黑線將畫面分割成兩半，每一邊描繪著不同的薩俊。左邊那個很開心，右手拿著畫筆，臉龐因為周圍的柔和金光而發亮。他的左手牽著某人的手，可是是誰的手，永遠成謎。他將暈塗技巧運用得極好；人像毫不費力地融入周遭環境。於此同時，右邊的薩俊一臉慘白，四周一片墨黑，紫色的不規則線條淌下臉龐，手中的畫筆滴下一坨坨紫色顏料。

艾薩克斜瞥薩俊一眼。「畫得相當不錯，可以談談嗎？」

「不用說也看得出來吧。」薩俊說完就走開了，沒看到艾薩克走回自己的辦公室。

那個星期掏空了薩俊，讓他情緒亂成一團。他希望蒙娜今天晚上可以來看電影。如果她沒辦法，那就太慘了。潔妮詩在綺伊的建議下挑了《超人再起》，薩俊知道蒙娜一定會喜歡。

近晚時分，他替潔妮詩傳字條給艾咪的時候，經過《柯特若一家》。

「你什麼時候來接我們？」薩俊路過的時候，小克低聲說。

薩俊震驚地停下腳步。「我沒這個計畫啊，我——」

「拜託，小子，」查爾斯爵士說，「我答應柯特若夫人跟我家其他孩子，愛德蒙也想一起來。」

薩俊詫異地瞥了愛德蒙一眼，後者眨眨眼。

「你們全部擠得進一張畫布嗎？」他問。

查爾斯爵士毫不退卻。「擠得進去的，不管我們在自己原本的畫作裡有多大，進入另一張畫作時，都能配合那張畫幅的空間。」

「太好了。蒙娜要來嗎？」

小克說得飛快，因為有聲音從大廳傳來，是當天最後一場導覽。「我不知道，史尼利一直都在。他不在的時候，達斯克也在。八點半你能來接我們嗎？」

薩俊點點頭。他真希望知道蒙娜是否安好，祈禱她能找到方法來看電影。

「妳打算上哪去？」達斯克問。

蒙娜跳進了茱麗葉特的畫作裡。幾分鐘前，有人打開了安全門片刻，樂聲沿著走廊傳來。是電影！

「我要去散個步。」她盡量用若無其事的語氣說。

達斯克走進茱麗葉特的畫作，揪住蒙娜的胳膊。

「達斯克先生！」茱麗葉特很震驚，那個灰撲撲的男人竟敢對她摯愛的蒙娜動手，「馬上放開她！快點！」

達斯克抓得更緊。「妳明明知道，八點半過後，我們不能離開自己的畫作。麥克斯的規定很明確。他——」

「我才不在乎麥克斯的規定！」蒙娜扭著身子，想要掙脫，「我好幾天沒看到他了，我怎麼知道他不是在走廊那邊看電影？」

「哈！我就知道妳溜到那裡去過！」達斯克大喜過望地說，「我確定我在夜宿第一晚就看到妳了，妳偷偷摸摸像隻大老鼠而不是小老鼠。」

達斯克在他歡喜的時刻裡，一時鬆開了手，蒙娜得以溜走，從畫作拔腿逃離。

「蒙娜！」茱麗葉特對著她的背影喊道，「我們不知道藝術修復師什麼時候會回來！妳不應該離開的！」

「讓達斯克解釋我到哪裡去，」蒙娜回頭呼喚，「我沒辦法再忍受這個房間一秒鐘！臭死了，就像史尼利先生加上垃圾。」

她衝到歐本海默館，從畫作跳到畫作。越接近當代館，電影的聲音越大。她試著溜進平日用來看電影的畫布，卻發現整個空間擠到水洩不通。除了柯特若一家，愛德蒙也在，連海倫娜·魯賓斯坦也是，他們全都忘形又專注地看著電影。薩俊沒讓她朋友失望。

蒙娜跳到旁邊牆壁的一幅畫作裡，是一幅小水彩畫，畫了森林外圍的一座花園。

她坐在接近畫作前側的一片草地上，目光在幽暗的房間裡搜尋，最後看到薩俊的後腦勺。他衝進工作室，把她放到畫架上的舉動，真有英雄氣概。

她安頓下來看電影，沒意識到一抹幽影從她背後悄悄潛入這幅水彩畫。超人正對氪星石起反應時，一隻粗壯的手摀住她的嘴，將她往畫作後方拖去。蒙娜狂亂地掙扎，又拉又扯，想要逃離。

「別動了妳，」一個男人在她耳畔低嘶，「要不然我就扭斷妳的脖子，然後再去找妳朋友茱麗葉特，扭斷她的脖子。」

蒙娜心臟狂跳，知道自己一定要保持理智。麥克斯曾經跟她說過自己年少時在米羅米奇河釣魚的故事。當時碰巧遇到一頭黑熊想搶他下午捕到的魚。

「我有一個選擇，」他當時告訴她，渾厚的嗓音讓她聯想到小鼓。兩人當時正在玩麥克斯最愛的紙牌遊戲「惠斯特」。「我可以拿起魚獲，想辦法逃離那頭野獸，牠比我高一百二十公分、比我重四百五十多公斤，或者我可以把魚獲送給牠，裝死，然後隔天再回去釣魚。有時候如果你想保住命、奮戰下去——或繼續釣魚，就必須先假裝屈服。」

蒙娜不再掙扎。

「這樣才是乖女孩。」挾持她的人說。

蒙娜想起自己之前注意到花園和森林之間的陰影裡有張板凳，希望挾持她的人沒注意到。如果他沒好好看路，肯定會撞上板凳。運氣不錯，他確實沒在看路，腿碰上板凳一軟；為了保持平衡，他放開了蒙娜。那正是她所需要的。她一把推開他，狂奔逃開。

蒙娜不確定該往哪裡去，於是只是一個勁兒狂奔，在出入口和通道之間穿梭，朝著《偉大的聖雅各》的方向衝刺。有一刻，她瞥見了達斯克，這樣只讓她加快腳步。她飛奔過馬匹和騎士，不理會他們對破解謎題的要求，詫異地發現，原來沒有破解謎題也可以通過這幅畫。

她背後的笨重腳步聲表示攻擊她的人逐漸逼近。她需要一個人潮洶湧的地方，這樣就可以混入人群躲藏起來。她繞過轉角，正好看到了適合的去處：《尋歡作樂》。

34

加拿大人柯內留斯．克里格霍夫在一八六〇年畫的《尋歡作樂》，是這家藝術美術館裡最熱門的畫作之一，蒙娜明白原因何在：這是完美的法式加拿大耶誕卡片，因為有白馬客棧的派對、白雪、雪橇。蒙娜從未進過那幅畫，可是她有許多個晚上都在畫框外聆聽活潑的手風琴和提琴聲，巴望自己可以去坐雪橇滑雪。

她試探地跨步走了進去，立刻注意到那裡的噪音：門一開，客棧就會傳出歌聲；雪橇鈴鐺叮噹作響，人們大呼小叫，狗兒號叫。最令人不安的是間歇傳來的步槍槍響。接著氣味撲鼻而來：馬糞、烹煮豬肉、晾乾皮草。既嚇人又令人興奮。天寒地凍。她穿著單薄的一月服飾，身子冷得發顫。她需要一件外套，才能在這裡稍作停留。

「打擾了，小弟弟，」她向正準備用彈弓和石子對付朋友的年輕小子呼喚，「你知道哪裡可以有外套和熱茶？」

男孩瞪她一眼，然後跑開。

蒙娜嘆著氣，轉向一位年輕男子，他穿著鑲著皮草的鹿皮衣，蹲低身子，忙著將木頭雪鞋固定在自己的鹿皮靴子上，身旁有隻黑狗。

「打擾一下。」她說。

他抬起頭，一看到她，蹙起的眉頭隨即舒展開來。「需要幫忙嗎？妳好像不屬於

這個地方。」

「我有麻煩了，」蒙娜說，鬆了口氣，「我剛從壞人那裡逃開，溜進這幅畫想躲起來。可是我沒有適當的衣物可以應付這種天氣，想麻煩你幫忙。」

年輕人解開雪鞋，塞進背上的包包。「我們進客棧替妳找件外套吧。」

蒙娜惴惴不安地瞅著白馬客棧。「家人不准我進酒館。能不能由你幫我拿呢？」

「都冷成這樣了，還堅持高遠的理念，也真奇怪，」年輕人帶著困惑的笑容說，手伸進背囊，拉出一張動物皮草。「把這個披在肩膀上吧。我先去替妳找件外套來，再幫妳找個躲藏的地方。」

蒙娜感激地接過來，聞到潮濕毛皮的刺鼻氣味時，盡量不要皺起鼻子。至少皮草遮住了她的肩膀，這總是個開始。「謝謝你照顧我，可是麻煩你動作快，我快凍成雪人了！」

年輕人衝上階梯，朝客棧入口奔去，閃避兩個激烈鬥毆的傢伙。同時，蒙娜在倒翻的雪橇上坐著等候，目光從客棧入口閃向那幅畫作的側邊，就是她剛剛穿過的地方。不見追捕她的人的蹤影，也不見達斯克。太陽在她的上方有如淺色檸檬軟糖，被紫丁香色的雲朵所吞沒。她背後的某個地方，傳來雪橇的鈴聲，要不是因為天氣酷寒讓她抖得厲害，她會很開心。蒙娜決心請人進去找那位年輕人，免得等到凍死，於是站起身來，一輛路過的雪橇卻伸出一雙強壯的胳膊，將她提離地面。有人用麵粉袋套住她的腦袋，雪橇開始加速。

起初蒙娜震撼到說不出話，接著她的求存本能啟動了，手腳開始胡亂揮動，尖叫呼救，最後一隻大手悶住了她的吶喊。

一個惡毒的聲音在她耳邊低語：「再吭一聲，我就割斷妳的喉嚨。」蒙娜立刻認出那個聲音，就是之前抓住她的那個男人！

她嚇得噤聲不語。雪橇繼續在坑坑巴巴的路上奔馳，雪橇滑行板劃過爽脆的積雪，客棧的聲音漸漸遠去，直到完全聽不見，換成了冠藍鴉的古怪啼鳴，以及冰冷枝椏在風中擺動的嘎吱響。蒙娜試著想像自己遭到綁架的原因，忖度茱麗葉特如果發現她遲遲未歸，會不會向人求援。可是那會是幾個小時以後的事，在那之前會發生什麼事呢？如果她永遠回不去，畫作的秘密就會因為空蕩蕩的畫框而曝光。這個念頭就跟寒冷一樣令她暈眩，因為那個年輕人給她的皮草從她肩膀滑開，團團堆在了腳邊。

她冷得牙齒打顫，一面低聲說：「拜託，我都快凍壞了。」

「會冷是吧？艾蓋爾，這個小不點說她會冷。你覺得怎樣？」

「拿東西蓋住她啦，你這白痴！她要是凍死了，對我們來說就沒用處了！」

艾蓋爾？是在洛西咖啡館的艾蓋爾跟柏莎的那個艾蓋爾嗎？艾蓋爾為什麼要綁架她？

有人用更大張的皮草裹住蒙娜，不過蒙娜頻頻發抖，不只是因為冷，也是因為自己身陷險境。沒人知道她在《尋歡作樂》裡，甚至不知道她失蹤了。爹爹警告過，二十世紀初期在英格蘭身為富人，不可能不曉得這就是一種風險。綁架富裕人家的孩子，等著交換贖金，並不是前所未聞的事，蒙娜早早就被教導，一定要處變不驚，要有成人伴隨才能到處活動。可是她卻在這裡，一百年過後，相隔一整個世界，愚蠢地以為自己不會受到他人的貪婪與不幸所傷害。麥克斯會願意付贖金嗎？

雪橇突然停下。

「你幹嘛停啊？」最靠近蒙娜的男人說。

「有倒樹擋了路，」艾蓋爾．史密斯說，「幫我一起移開吧，萊恩。」

萊恩這個名字感覺滿熟悉的，不過蒙娜想不起之前在哪裡聽過的。兩個男人跳下去的時候，雪橇搖搖晃晃。「不准動，蒙娜，」艾蓋爾．史密斯下令，「閉上嘴巴，這樣妳就可能活過今天。」

就蒙娜所知，過去不曾有居民遭到謀殺。她會是頭一個嗎？居民有可能殺害別的居民嗎？她確實知道的是，如果有居民在走訪其他畫作時受到傷害，只要一回到自己的畫作就會痊癒。可是如果命都沒了，這種規則還適用嗎？她不知道。她聽著男人的腳步嘎吱踩過雪地時，胸口緊揪。她踢著腿，想促進血液循環，這時感覺有東西砰地落下。有人到了她身邊。

「噓！別出聲！」是那個年輕人！她得救了！

她點點頭，聽他執起韁繩，輕鬆甩了一下。兩匹馬開始快步走，急轉向左。蒙娜可以聽到牠們在硬雪上闢出一條新路。

「喂！」艾蓋爾．史密斯大喊。

年輕人把韁繩甩得更用力，馬匹加快速度。傳來一聲狗吠，一條狗落在蒙娜旁邊的座位，重重喘著氣。蒙娜的腦袋還蒙著袋子，不知道那兩個男人是不是快追上來了；他們的吶喊聽起來滿近的，有好幾次她確定他們完了。不過雪橇轉了向，馬匹開始大步奔馳，馬蹄踩得壓緊的積雪砰砰響。憤怒的人聲越來越遠，蒙娜深深吐氣。她沒意識到自己之前原來憋著氣。

「妳可以把頭上的袋子摘下來的。」

「噢。」蒙娜拉下扎人的布袋，回頭望去。艾蓋爾．史密斯繼續窮追不捨，可是萊恩先生已經停下腳步，彎折身子，彷彿想要順順呼吸。她驚愕地發現自己真的得救了，於是望向駕駛雪橇的人。

「你怎麼知道我在哪裡？」

「我從客棧出來的時候，正好看到他們把妳抓走。」他邊說邊稍微 放鬆對馬的要求。

「可是至少有一點六公里遠耶！」

「其實大約隔了二點四公里。」

「那你怎麼追到的？」

「我有一架小雪橇，靠狗來拉，」他回答，「牠跑得很快。我今天稍早到客棧去的路上，就注意到有倒樹擋路，知道他們必須停下來處理。我們改走林子裡的小路，免得被看見，你們停下來的時候，我就解開我的狗，把妳偷回來。」

蒙娜目瞪口呆盯著他。綽伊需要見見這個傢伙——他才是真正的超級英雄。「欸，我連你的名字都不曉得呢。」她說。

「賈克。」

「賈克？可是你講話不像法語區的人。」

賈克聳聳肩。「我母親是法國人，我父親是英國人。」

「你為什麼要幫我，賈克？你又不認識我。」既然磨難已經過去，但是想到自己原本可能會什麼遭遇，一時情緒激動、心慌意亂。

「我知道他們，」賈克說，腦袋朝男人們的方向往後一點，「艾蓋爾．史密斯和查理．萊恩以前就幹過這種事。今天稍早我聽到他們吹噓自己挾持了某個人，押在《恐怖號》那裡。我擔心他們也是要把妳帶到那裡去。」《恐怖號》是掛在《尋歡作樂》旁邊的一幅畫。

「我的天啊，會是誰呢？我知道艾蓋爾．史密斯，幾天前我見過他和他的妻子柏莎。他看起來還滿和善的啊，我怎麼也想不通他為什麼要綁架我。」

「艾蓋爾．史密斯專門替別人幹壞事，有人僱他來綁架妳。」

蒙娜無法想像，除了麥克斯和達斯克之外，會有誰想綁架她，不過這種做法就他們來說也太極端了。她離開工作室的時候，達斯克肯定去找麥克斯了，麥克斯說過如果她再違規，就要說到做到，強行把她送走。可是麥克斯扣押在《恐怖號》那裡的人又是誰？

兩人默默駕車前行。蒙娜沉浸在自己的思緒裡，試著決定下一步的行動。她很意外地看到樹梢上方炊煙裊裊。他們快回到客棧了。

「謝謝你救了我。」她低語。賈克點點頭。

「你離開過這幅畫嗎？」

「很少，我比較喜歡荒野。」

「要不要找個時間過來拜訪我？」她問，「我會很開心的。」

賈克轉頭微笑。「好啊。」

蒙娜還來不及回答，就聽到吶喊。達斯克正往她的方向趕來，後頭跟著一群手持火炬的男女。

「快——載我到畫框那邊！」她催促，「我不能再被逮到！」

賈克一臉嚴肅，急忙往右拐。蒙娜可以看到一群銀色樺樹的後頭就是畫框鍍金的邊緣，在暮色中散放金光。達斯克喊了什麼她聽不明白的話。

賈克要馬匹放慢速度停下時，蒙娜湊過去，往他的臉頰輕吻一下。「我永遠不會忘記你，賈克。非常感謝！」接著她跳下雪橇，一躍穿過畫框。儘管她急著想回家，但她知道自己非得去一趟《恐怖號》不可，因為還有別人身陷險境。

35

薩俊在電影結束以後，將畫布捧上樓時，這張畫布讓他聯想到孩提時代擁有的一本書。那本書的右側由上往下有好幾個按鈕，只要壓下按鈕，就會朗讀故事裡的一行字。

「超人那樣神奇的男人真是前所未有啊。」他聽到海倫娜・魯賓斯坦說，她的聲音被遮布悶住。

「我的天啊，我原本很確定他遇上氪星石必死無疑。」柯特若夫人驚呼。

小克為了壓過其他人的聲音，高聲嚷嚷：「我喜歡雷克斯・路瑟[9]——他很好笑。」

「以後沒電影可看的時候，我會傷心的，」查爾斯爵士說，「它們逗我開心得不得了。」

「我們一定要跟麥克斯談談！」柯特若夫人尖著嗓子說，「他一定要想個辦法讓我們看更多電影！一定要！」

「事情沒這麼簡單，」愛德蒙說，「誰想告訴比佛布魯克勳爵，有個在畫框之外生活的人把我們帶去看電影？」

9. Lex Luthor，超人的頭號死敵，是個邪惡科學家。

「哈囉，我還在這裡，你們知道吧。」薩俊說。他們快走到櫃檯了。

「請接受我最誠摯的歉意，薩俊少爺。我並非有意冒犯。」

薩俊把畫布塞進櫃檯下方，在前方伏低身子，將遮布挪開。他咧嘴笑著。「沒事。很高興你們玩得開心。」他們以屈膝禮和深鞠躬做為給他的報答，因為畫布空間有限，使這些舉動更令人佩服。

海倫娜．魯賓斯坦正要離開的時候，薩俊舉起一手。「蒙娜有去嗎？我沒看到她，可是我那時在想，也許她躲在別人後面。」

蒙娜的朋友們搖搖頭。

「我應該再去工作室看她嗎？」薩俊問。

愛德蒙一臉沉重。「我求你──不要。如果你再去找她，我相信這樣只會招來更多對她的關注。我希望那個藝術修復師趕快完成工作。沒有蒙娜跟我親愛的茱麗葉特在身邊，我相當寂寞。」

柯特若夫人往前伸手，彷彿想輕拍薩俊的手臂。「好了，好了，薩俊，她沒事的。我們的蒙娜是個有韌性的姑娘。可惜她今天晚上沒辦法參加，可是她下星期一定會出席的。你知道潔妮詩選了哪部電影嗎？」

「麻煩告訴我們，」查爾斯先生說，「我今天晚上要再寫封信，好好感謝演員們的精采演出！」

「我想你就快變成電影控了，查爾斯爵士。」薩俊說。

查爾斯爵士一臉困惑。「『控』這個詞指的是什麼？」

「我知道意思是很愛電影的人，不過你問了好問題。我到網路上查查再跟你說。」

「網路。」畫布裡的這群人異口同聲說。他們從沒看過網路，可是知道它的力量。它無所不知。

「我得走了。下星期見！」薩俊從櫃檯底下爬出來，最後再瞥一眼此刻逐漸清空的畫布。他真希望自己可以跟著他們走。能夠住在他們的世界會很酷。

艾薩克正在樓梯底部等他。「你到哪去了？」

「只是去上廁所。」薩俊說。

「廁所在下面這裡。你為什麼上樓去了？」

「我想活動一下筋骨，犯法了嗎？」話語紛紛滾出口的當兒，他卻巴不得能把話收回來。他聽起來充滿戒心、目中無人。

「你需要經過批准，這裡是美術館，不是遊樂場！只因為你是我兒子，不代表你可以在這裡為所欲為。」

「我沒有為所欲為。」薩俊試著要從艾薩克身邊擠過，但艾薩克伸手往他的胳膊一搭，想攔住他。

「沒有嗎？我稍早跟法蘭克聊過，薩俊。他跟我說你星期天早上進美術館來拿手機。你那時沒跟我說你要到市中心來。」

「我不想吵醒你。我需要我的手機，而且才隔兩個街廓。」

「沒經過我的同意，你不能擅自離開公寓。你才十二歲。」

「我快十三了歲，還是說你記不得？」薩俊不忍去看艾薩克憂慮的臉，於是垂眼看著地板。

「我記得你幾歲。可是你不能把這個地方當成自己家，隨便來來去去。我要對很多人負責。我如果因為你做的事惹上麻煩，我可承擔不起。」

「我很快就要離開了，之後你就不用為我的事費心了。」他轉開身子。「我要回去找其他人了。如果我傷害了你寶貴的美術館，我很抱歉。」薩俊拔腿跑去追其他隊員，他頭也不回，想擺脫自覺愚蠢的感覺。

36

蒙娜現在朝著《恐怖號》走去，這並不是這幅畫的真名。喬治．錢柏斯在一八三八年畫成的這幅作品，擁有整間美術館裡最長的名稱之一：《三月十五日之夜恐怖號船員搶救船隻和補給品》（1837）。這麼長的名稱任誰也記不住，更別提要說出口，所以比佛布魯克的居民就用《恐怖號》來稱呼它，有何不可？畢竟是冰冷陰鬱的畫面，讓人看了冷到骨子裡。

那幅畫描繪一艘困在冰裡的船，遭到駭人暴風雪的撲襲。注定毀滅的船隻以烏黑色呈現，前景有幾十個男人忙著取出自救工具：小木船、一箱箱糧食、水、火柴。放眼四周，幽靈般的冰條衝破了水面，白色尖端滑入墨黑底部。

單是看著這幅極地的景象就足以使腦海充滿冰冷的思緒，蒙娜知道走進這幅畫會糟上一百倍。難怪水手到了夜裡都會上白馬客棧。困在這樣的畫作整天之後，誰不想出去透透氣呢？她真希望自己隨身帶了那件皮毛披肩過來，她得趕緊找到可供保暖的衣物。

達斯克還在《尋歡作樂》裡呼喚著她的名字。蒙娜爬進《恐怖號》，小心翼翼地踩上浮冰。呼嘯的風差點將她掠倒，紛飛的冰粒刺痛她的雙眼。她怯生生地往前移動，每踩一步之前都先試探一下浮冰的穩定度。風又捲起另一波冰雪夾雜的氣旋，頂著灰白頭髮的男人從裡頭走出來。

「老天爺，妳在這裡做什麼？不安全啊！」

「拜託，」她牙齒發顫地說，「聽說有個人被關押在這裡，你知道這件事嗎？」

男人仰頭望向暴雪。「也許吧。」

「如果有人遭到挾持，我該到哪裡去找？」蒙娜說，希望自己是那種可以放任事情不管、無視不公不義的人。

「這艘船快解體了。小姑娘不該在浮冰上活動。我警告妳：在受傷以前回家吧。在這種世界裡，當個富家小女孩是沒什麼好處的。」

「你知道我是誰。」

男人漾起笑容。「咱們的世界很小，蒙娜．鄧恩。」

「我不能回家。幾分鐘以前，有人才想在《尋歡作樂》裡傷害我。我怕他們也會傷害被押在這裡的那個人。你能不能幫幫我？」

水手搖搖頭。「有人對我下令，再跟妳說最後一次，離開吧。」

蒙娜伸出雙手，那雙手現在正凍成藍紫色。「你警告過我了。我知道這樣風險很大，而且你沒辦法幫我，不管是因為你替想傷害我的那些人工作，或者因為你不希望捲入是非，免得招惹麻煩。可是拜託，你有沒有多出來的衣物適合我穿？等我穿得夠暖，我就自己去找，不靠人幫忙。」

男人用估量的眼神瞅著蒙娜，神情近似佩服。「以免萬一，我們一般都會在畫框旁邊放點額外的衣物。有套衣服可能派得上用場，原本是一個做雜務的小伙子的，航過太平洋的時候他墜海了。悽慘的悲劇。那個小傢伙個性開朗，才十二歲，船員都很想念他。我真希望自己想得起他的名字，可是距離現在很久了。」

他帶蒙娜走到木頭箱子前，在裡頭翻翻找找，把他覺得可能適合的，丟過肩膀，朝她的方向拋去。雜務小伙子的衣服正好合蒙娜的身，她穿上海豹皮褲和靴子，扣好厚重的外套，將一頂厚重的羊毛帽拉過腦袋，幾乎要遮住眼睛，再套上海豹皮連指手套。她有了萬全的準備。

她跟著男人往外走到浮冰邊緣。白天所有的人手都在甲板上，夜裡則只有幾個人來來去去。其他人都出門走訪別處了，不只是去白馬客棧，還去其他畫作。男人將遠處高高的一片冰指給蒙娜看，那塊冰如此扎實，看起來更像岩壁而不是結凍的海水。

「路過那片冰，繼續往前走，最後會看到帳篷。妳在找的東西可能就在那邊。」

蒙娜深吸一口氣，伸出戴著手套的手。「謝謝你。」

男人俯看她的手，綻放笑容，露出缺牙的嘴。「小姐，在下名叫雷吉諾．奧利佛。我是水手，參與了這趟在劫難逃的航行任務。妳真有勇氣，雖然妳也該知道自己的任務注定失敗。」

「這可難說了。」蒙娜說。

「跟這件事扯上關係的男人可不是會認輸的那種。」

蒙娜望向遙遠的海平線，希望雷吉諾不會注意到她發抖的雙腿。「等著瞧吧。」

她說完就離開了。

從畫框外頭看來平坦連續的冰，實際上很不一樣。冰上有寬闊的裂隙，海水將兩片冰撐起來，造成致命的裂口，海水在下頭翻騰不息。蒙娜腳步打滑，至少有兩次差點失足落海；要是真的墜海，必死無疑。她心怦怦猛跳，淚水凍在臉頰上，勇往直前，告訴自己那只是另一條有待剷除的惡龍。

她在兩道高聳的冰牆之間輕手輕腳走著，冰牆彷彿疼痛一般發出嘎吱哀吟。每道冰牆至少都超過十五公尺高，險象環生地朝對方傾斜，彷彿隨時都要崩塌。蒙娜認為，既然錢柏斯把它們畫成這樣，它們應該可以撐在原地，可是現在她意識到自己可能誤會了。這幅畫有一種野性，跟《尋歡作樂》很像，是不受秩序與規則管控的。也許畫在前景的那些部分是固定的，可是往後頭去，誰曉得會是如何？那位藝術家想像出一個混亂危險的世界，而效果確實也達到了。她打著哆嗦，將戴手套的手深深塞進外套口袋，當她終於越過冰牆，看到遠處的帳篷時，解脫似地大大吁了口氣。

蒙娜穿過帳篷的厚重帆布遮簾時，看到有個人裹著毛皮大衣，彎腰駝背靠著兩個橡木桶。那個身影讓她聯想到熊而不是人，她隔著遠遠的距離，側身悄悄往前，想看個清楚。

「麥克斯！」

麥克斯一身狼狽，雙手縛在背後，臉上滿是割傷瘀青。他往上一瞥，看出是她，然後閉上雙眼，彷彿單是看到她就讓他難受。

蒙娜衝上前去，蹲伏在他面前。「麥克斯，是我，蒙娜。我會幫你解開，你一定要跟我走。我們沒多少時間可逃了，要趕在達斯克抵達以前。」

「達斯克會來嗎？」他低語，沒睜開眼睛。

「對，所以我們要趕快。你想你站得起來嗎？」

麥克斯搖搖頭。看到不可一世的比佛布魯克勳爵竟然落到這麼悽慘的地步，令蒙娜痛心不已。她必須去找雷吉諾，求他幫她一起帶麥克斯離開《恐怖號》。

麥克斯睜開一眼。「我們一定要等達斯克來。」

「不行，麥克斯，他有問題。他追著我到處跑，還叫人綁架我。到現在你應該明白，他是靠不住的！我之所以來得了這裡，是因為有個水手同情我。我確定他會幫忙我把你帶出這幅畫，送你回你的肖像裡。」她爬到他背後，準備解開緊縛的繩索。

麥克斯呻吟。「昨天很晚的時候我碰上兩個惡棍。他們把我敲昏，拖到這裡。」

是艾蓋爾．史密斯和查理．萊恩。「我都不知道你失蹤了——」

「妳會在乎嗎？上次我們談話的時候，妳那麼氣我，鼠鼠。」

確實，幾個星期以來蒙娜一直躲著麥克斯。她的心在胸膛裡緊揪。她一直很氣他，可是看來她錯了。她啜泣著撲向了麥克斯。

「噢，麥克斯，真抱歉。我一直咬定你跟達斯克、那個藝術修復師策劃了某種可怕的陰謀。我現在明白，你跟陰謀根本扯不上關係。可是你表現得那麼可疑，而且我無意間聽到你跟畫框外的某個人說話……」

「是辛格館長。我建議他怎麼跟漢姆沃斯協商。他從沒經手過規模這麼大的協議，需要我幫忙。」

蒙娜下巴一掉。「你跟辛格館長講話？」

他點頭的時候，她看到他臉上閃過一抹心虛的神色。

「可是我聽你說那些畫作可能要移走……」

「對，最終是要這樣沒錯，如果美術館增建的話。看來妳跟我之間的信任感不夠，鼠鼠，而我們為了這份不信任付出了代價。」

麥克斯的雙手布滿瘀傷，動作笨拙地輕拍她的背。不管是誰把麥克斯押在帳篷這裡，對他下手很重。

「拜託，麥克斯！」蒙娜乞求，戴手套的手緊緊抓住他的指頭。「我們一定要快！」

「我想我走不動，至少走不遠。我有根肋骨好像斷了。」

「那我去找人幫忙。」蒙娜爬著站起來，把帳篷遮簾掀往旁邊，走了出去，卻迎頭撞上達斯克。

37

達斯克怎麼會做好合乎天氣的裝扮，又這麼快找到她，真是個謎。一看到她，他就拉長了臉，然後把她往後推進帳篷裡，力氣大到她踉蹌跌倒在地，就在麥克斯的身邊。

「達斯克——多謝老天。」麥克斯說。

蒙娜警覺地盯著麥克斯。他還是不明白。「麥克斯，你在感謝什麼，挾持我們的就是達斯克啊。」

「當然不是我！」達斯克抗議，怒瞪著她。他裹著毛皮、頭戴扁帽，看起來沒有平日那樣灰暗。「我來是要趕在太遲以前救你們兩個出去！」

「救我們！可是你追我追了一整天！」

達斯克狠狠看她一眼。「沒錯，我是追了妳一天，而且由於妳把我當成大壞蛋，差點害自己被傷害兩次。麥克斯昨天失蹤，我到處打聽他的下落。有條線索表示他可能在《尋歡作樂》，所以我才會去那邊。而妳竟然跑在我前頭，妳想想我看了會有多震驚。說真的，妳真是個麻煩精，蒙娜．鄧恩。可是麥克斯說我一定要不計一切保護妳，而我就是聽令行事。」

「我不懂……」

「我們現在沒時間講這個了。有人想要除掉麥克斯。我必須把他帶回他的肖像

裡。」

「我不確定我能走，達斯克。」

「沒問題，老闆，我看到帳篷外頭有輛雪橇。我會去弄過來，用拉的把你帶出這幅畫。帳篷過去大約一點二公里的地方有個裂隙，有捷徑可以通往畫框。我們到時從那裡溜出去。」

「你怎麼知道的？」蒙娜質問。

達斯克翻翻白眼。「說真的，蒙娜，我可是比佛布魯克勳爵的副手，本來就應該什麼都知道。」他趕去拉雪橇過來，回來的時候一臉陰沉。

「我看到至少有六盞燈籠朝這裡接近，」他說，「我們必須行動了，馬上。」

「我們拉麥克斯的速度夠快嗎？」她瞅著達斯克。麥克斯身形不算巨大，可是有達斯克的兩倍。

「我應付得來，」是達斯克簡短的回答，「撐開帳篷的遮簾，我們就要上路了。抓緊了，老闆！」麥克斯痛得扭著臉，可是點點頭。

他們從帳篷走出來時，蒙娜看到暴風雪的中心集中在頭頂上方。燈籠在遠處起起伏伏。蒙娜很肯定艾蓋爾．史密斯和查理．萊恩就在其中之列。

「快啊！」她向達斯克呼喚，後者發出悶哼，開始用手拉雪橇越過凹凸不平的冰，每前進一步，麥克斯就跟著跳動搖晃。蒙娜抓住額外的一副韁繩，使勁全力拉著。每走一步，她的肩膀就更疼，雙手灼燙，可是她不願放棄。他們一定要救出麥克斯。一等他們離開這幅畫作，她就會去找薩俊。他會幫忙的。麥克斯非得讓他出力不可。

把麥克斯從帳篷拉到那個裂隙那裡，花了二十分鐘，在這期間，蒙娜對達斯克的看法完全翻轉。他隨著每一步嘀咕呻吟，可是不曾動搖過。偶爾會回頭喊道：「就快到了，比佛布魯克勳爵──撐住啊！」然後麥克斯就會賞他一抹虛弱的微笑，以示鼓勵。這種表現很能激勵人心，也相當有英雄氣概，雖說蒙娜不願承認。達斯克就要扭轉情勢了。

然後，眼前就是畫框了，就像引導他們回家的閃爍燈塔。

「你辦到了，達斯克先生！」蒙娜嚷嚷，「萬歲！」

他們停下來，扶麥克斯起身。他拖著腳步往前，倚在達斯克和蒙娜身上，過於虛弱而無法完全撐起自己的體重。

「我先走，」達斯克說，「再伸手回來扶他過去。妳一離開，蒙娜，就快跑去求救。我沒辦法獨自扶著他走到他的肖像那裡。必須找人一起用扛的。」他跨過去，蒙娜和麥克斯在後頭等著。

「謝謝妳，鼠鼠，」麥克斯低語，「妳這樣嬌小，卻幫忙把我這樣的壯漢拖過那樣的地勢，不容易啊。」

蒙娜窩在他的胳肢窩下面，緊緊擁住他。「等爹爹回來，我們要跟他講講我們的冒險！」

一隻灰色的手臂伸進畫作。麥克斯握住，小心翼翼跨步，蒙娜則負責穩住他，免得他失去平衡。他離開畫框的時候，蒙娜跟了上去。她抵達照明昏暗的通道時，頭一件

注意到的，就是麥克斯和達斯克一臉恐懼。第二件事是，艾蓋爾・史密斯和查理・萊恩正持刀抵著他們的喉頭。

38

薩俊急著等潔妮詩向隊員們宣布，就寢的時候到了。艾薩克從他們跟其他人會合以來，就沒再跟薩俊說過話，不過薩俊看得出爸爸神情不悅。他只想進入夢鄉，忘掉這個糟糕的夜晚。不過，潔妮詩有別的打算。

「我有個驚喜要給你們。」她說著便從背後拿出一片光碟，舉高讓大家瞧瞧。

「我愛《綠野仙蹤》！」愛麗絲尖聲說。

「我也是！我這個星期稍早才再跟巴尼聊過，他就提議我們今天晚上連看兩部片。很有趣，對吧？等片子都看完以後，我就不用催某人別再聊天快睡覺了。」她意味深長地看了綽伊一眼。

「什麼，難道人不能跟同伴分享想法嗎？」

潔妮詩笑了。「綽伊，我發誓，你簡直就像直接從十一歲跳到三十歲了。」

「不賴嘛，我媽說我是從十一歲要直接跳到不得假釋的無期徒刑。」

「妳講不過他的，潔妮詩，不要白費力氣。」亞當說。

潔妮詩雙臂往上一拋。「我投降！」她把光碟放進錄放影機，大家各自在睡袋裡安頓好，準備看片。

薩俊真希望自己事先知道要連播兩片，這樣就能早點通知柯特若一家。現在無計

可施了，於是他任由自己隨著片頭飄過螢幕的雲朵神遊。有人輕拍他肩膀時，他差點嚇得跳起來。

是潔妮詩。「你介意跑一趟我的辦公室嗎？我留了幾袋洋芋片跟一大碗M&M巧克力在辦公桌上。」

「沒問題。」

他彎低身子，朝門口走去。他路過的時候，艾薩克湊了過來。「直接回來。」他說。薩俊沒回應。

薩俊不是直接到潔妮詩的辦公室，而是快步衝上樓到哈芮特歐文館。「我們今天晚上要看另一部電影——一部叫《綠野仙蹤》的神奇神奇電影，你們應該來看！」他告訴柯特若一家和愛德蒙。「故事裡有龍捲風、邪惡的巫婆、一個小女孩和她的狗，一個會講話的稻草人——」

「好。」小克說。他不用再多聽，就知道是自己會喜歡的電影。

「不過問題是，你們得自己想辦法下去。」

查爾斯爵士正忙著用俏皮的羽毛裝飾他的軟帽。「別怕，薩俊少爺，我們會找路過去的。況且，比佛布魯克勳爵或達斯克今天晚上沒有到處巡視。我寧可冒著承受他們暴怒的風險，再看一部電影。」他深深一鞠躬。

薩俊轉向愛德蒙。「你可以跟蒙娜說嗎？」

愛德蒙用手杖輕敲右鞋側面，思考著。「我沒辦法保證。我們不會忘記你的周到，薩俊。謝謝你。」

薩俊漾起笑容。下樓之前，在前往拱頂館的路上，匆匆繞了幾個館，以防蒙娜正在《聖維吉利奧，加達湖》。他路過比佛布魯克勳爵肖像該在的地方時，打住了腳步。那幅畫不見了，取而代之的是張小白卡，上頭寫著修復中，很快回來。他詫異地踏進拱頂館，掃視其他畫作，其他畫作似乎都還在原地。

接著他瞥見某幅畫裡有東西一閃而過：是隻黑靴，消失在馬克白夫人那幅畫的側面。他凝住不動，等著看看那隻靴子會不會出現在下幅畫裡，結果沒有，不過過去三幅畫的地方閃過動靜。有個男人正推著比佛布魯克勳爵往前走。他們前頭，消失在畫框裡的，是蒙娜的黑色便鞋。他衝過那個展館，檢查每幅畫看看有沒有生命跡象。花了幾分鐘都沒找到，他放棄並跑回哈芮特歐文館去通知愛德蒙。比佛布魯克勳爵和蒙娜有麻煩了。他全速繞過轉角，差點撞倒艾薩克和潔妮詩。

艾薩克站在原地，叉起雙臂。「妳先下樓去陪其他孩子。我和薩俊很快過去。」

「今天晚上就先算了。」潔妮詩懇求。

艾薩克搖搖頭。「沒辦法。薩俊，我們要談談一封電郵的事，是阿布奎基市博物館的阿森特．湯里森剛剛寄給我的。」

薩俊的膝蓋微微一軟。他都忘了把艾薩克的畫作運到阿布奎基市博物館的事了。可惡。他惹了一身的麻煩。他瞥了瞥潔妮詩，她一臉驚愕。

艾薩克指指展館中央的椅凳，薩俊拖著腳步走過去，頹坐在上面。在柯特若一家和愛德蒙面前被痛罵一番，肯定很難堪。

「首先，你怎麼知道阿布奎基市博物館找我去參展的事？」薩俊瞪著雙手，因為用來畫自畫像的顏料而微微泛著藍紫。「兩個星期以前我在等你的時候，恰好在你辦公桌上看到那封信。」

「先不說你讀了我私人信件的事，你為什麼要把我的畫作送去他們那邊？」

「你覺得為什麼？」他才不要輕易向艾薩克告饒，為自己的熱心覺得愧疚。

「想聽實話嗎？我一點概念也沒有。你為什麼不說來聽聽？」

潔妮詩清清喉嚨。「是我的錯。」

艾薩克困惑地盯著她。「妳的錯？怎麼說？」

「薩俊恰好聽到我跟瑪汀說你不打算拿畫作去參展，因為那些畫作不是你的東西。抱歉。」

「那不干妳的事啊！」艾薩克氣急敗壞地說。

「跟你有關的事情都跟我有關，艾薩克。我們就要結婚了！我確定薩俊只是想替你做點貼心的事。」

「他做的事情恰恰相反，妳也一樣。」

潔妮詩搖搖頭。「欸，我都說抱歉了。我要下樓去了。你必須跟薩俊道歉。如果你夠聰明的話，就把事情都告訴他。」她忽地轉身離開。

艾薩克開始踱步。「真是亂七八糟。」

薩俊現在怒火中燒，仰頭看他。「惹你女朋友不開心，算你厲害。你知道我讀了那封蠢信以後做了什麼嗎？我到網路上搜尋你，發現你以前在藝術圈還滿有名氣的。我讀到大家有多欣賞你的畫作，希望你多辦畫展，也看到你的作品有多棒。我覺得自己很蠢，因為我完全不知情。我問自己，你為什麼從來沒跟我說過你是藝術家，尤其這是我們唯一的共通點。可是我知道答案了。你沒告訴我，是因為你討厭我和媽媽。」

「我不討厭你和媽媽，我當然不討厭你！」

「我以為那些畫在媽媽手上，以為你不敢開口跟她討，所以我就去問她。然後才發現那些畫作屬於我。是我，不是她，竟然沒人想到該把這件事情告訴我。我還以為送這些畫去參展你會很高興，因為這樣大家就能看到。」

「你不應該沒先問過我就擅自做這件事，這不是你該——」

薩俊彈起身來。他就像漏了氣的氣球，嘴巴完全停不下來。「就像你不應該忘了跟我講潔妮詩的事？就像你不應該把我忘了？」

艾薩克的表情彷彿像被薩俊揍了一拳似的。「我想去看你，可是我——」

「隨便。我幾乎不認識你。你來紐約的時候，只是帶我到處去。我們從來沒真正相處過。有時候你還約艾胥麗和安思麗一起去。」

「我以為你想要那樣！」

「她們有自己的爸爸，好嗎？是她們每天都見得到的爸爸。她們跟她們的爸爸媽媽住在一起。你應該要當我的爸爸，不是她們的！你對我一無所知。你不知道我的朋友是誰，甚至不知道我因為被你拋棄，總是覺得很傷心。我想替你做件好事，你還要怪我。我就快十三歲了，等我十三歲，我就不用再見到你了。我知道，因為我學校有些小鬼也都不跟他們沒責任感的父親見面了。」

艾薩克往後踉蹌。「薩俊……拜託。我知道我犯了錯。我邀你來這裡過暑假，就是為了彼此好好認識。」

薩俊知道他們永遠跨不過這個障礙。他的視線越過房間。愛德蒙一臉心神不寧，柯特若夫人則是雙眼噙淚。現在他也讓他們失望了。

「你自己的美術館出什麼事，你都不知道了，就在你眼前耶！」他喊道，「你只想追著漢姆沃斯那樣的白痴到處跑。真正想幫忙這個美術館的人是我，不是你！」薩俊頭也不回，拔腿就逃。

39

蒙娜、麥克斯和達斯克被又拉又推地穿過迷宮般的路線，蒙娜根本搞不清楚方向。更怪的是，他們路過的畫框有一半都是空的。牆上的時鐘走到了十點五分——這時間不應該有人離開畫作才對。難道有其他居民也被綁架了嗎？事情真是每況愈下。

整群人踏進工作室裡蒙娜的空畫框時，茱麗葉特倒抽一口氣。「我的天！出了什麼事？這些人是誰？達斯克先生？比佛布魯克勳爵怎麼了？」

查理．萊恩敲了達斯克的腦側一記，不准他開口。「除非我下令，否則誰也不准開口。」

麥克斯疲憊地倚在畫框上，選擇不理會他。「我受傷了，女士。剛過去的這一天，我被人綁架、毆打，然後押在《恐怖號》不人道的環境裡。」

「他很虛弱，茱麗葉特。」蒙娜補充，接著轉向艾蓋爾．史密斯說，「求求你讓麥克斯回自己的畫作去，在那邊他可以很快就痊癒。」

艾蓋爾．史密斯搖搖頭。「他哪都不能去。」

「閉嘴，」查理．萊恩說，「你們全部。」

麥克斯呻吟一聲，癱在蒙娜的凳子上。蒙娜伸手往下，拿出有時腳冷用來保暖的蓋毯，披在麥克斯的肩上。

達斯克的視線越過房間，投向他妻子。「你們把我們帶來這裡，到底有什麼打算？」他問。

艾蓋爾．史密斯笑得跟鱷魚似的——闊嘴利牙，一臉狡猾。「哎，就看老闆叫我們怎麼做囉。」

「老闆會告訴你們，不管你們是從哪個洞爬出來的，就爬回去。」達斯克說。

「不是那個老闆，你這蠢蛋——是我們的老闆。」艾蓋爾．史密斯指指牆壁。毛姆正看著他們。

「毛姆先生不可能是你們的老闆，」達斯克說，「他沒離開過這個房間。」

「是嗎？哎，我在比佛布魯克勳爵的會議上看過他啊。」

就在那時，蒙娜想起自己第一次在哪裡看到艾蓋爾．史密斯。是在麥克斯向所有居民宣布修復時程和薩俊要來的那場會議。抱怨《尋歡作樂》即將關閉的那個男人就是史密斯。毛姆先生那晚在場，某人像南瓜燈一樣把他捧在臂彎裡。她當時不知道那個男人是誰，可是現在她領悟到是查理．萊恩，就是麥克斯在另一場會議痛罵的那個人。

「聽到你們用缺乏根據的論點來討論我，讓我備感榮幸，」毛姆說，顯然樂在其中，「看來你跟達斯克都高估了你的能力，而低估了我的能耐啊，麥克斯。」

「你很氣自己被困在這裡吧。」麥克斯說。

「啊，小麥，事情有這麼簡單就好了。可是實情糟糕多了，不是嗎？把我這個二十世紀最偉大的作家之一、一個更高秩序的說書人，放在沒幾個同伴的工作室裡，而你明明知道我人生中最想做的就是討論理念和文學。實在太過分了。」

蒙娜向茱麗葉特投出質疑的眼神，但她朋友似乎同樣迷惑。

「他很氣麥克斯不讓他留在樓上，」達斯克主動說，「他沒提的是，他以前在上頭惹出的麻煩——那些爭吵、瑣碎的影射。」

「影射？」蒙娜說。

「他會散播惡意的謠言。」達斯克說。

「可是那跟我們有什麼關係？」蒙娜逼問，「我明白你很氣麥克斯，毛姆先生，可是我們其他人為什麼也被帶來了？」

毛姆得意地笑著。「有句老諺語，我親愛的，君子報仇十年不晚。我必須等到天時地利人和。在這家美術館裡，有很多人對我不起。他們就要得到懲罰了。」看到蒙娜困惑的表情，他說了下去。「我在這個房間度過漫長寂寞的十年，即使我活該受罰，十年也是過分殘忍。」

蒙娜忍不住同意。

毛姆背後有點動靜。那隻手溜進了毛姆的素描裡，正翻著筋斗，而毛姆卻不知情，繼續用威嚇的語氣說話。「在那段時間裡，我請求一些人替我發聲：愛德蒙、查爾斯爵士、詹姆斯．鄧恩爵士和達斯克先生。他們都不明白自己毫無行動會帶來什麼衝擊。」

那隻手敏捷地溜走。蒙娜希望它會去找救兵，可是知道它之所以離開，可能只是

要到其他地方惡作劇。

「也許你有權生氣，毛姆先生，可是你必須放我們走。藝術修復師再不久就要回來了。」蒙娜望向達斯克，希望能得到聲援。

「他來不及回來救我們，」達斯克的語氣平板，「過去幾天我一直在觀察他，他變得很混亂、很古怪。」

毛姆開口的時候簡直幸災樂禍。「可憐的傢伙。原本這麼自以為是，現在卻怕自己快要精神崩潰，因為我過去幾星期一直對他竊竊私語。我想他今天晚上是不會回來了。更好的是，他會是警方盤問的頭號對象——他們會發現失蹤的畫作正好就是他臨摹和修復的那幾幅。」

蒙娜困惑地環顧房間。「可是沒有畫作失蹤啊，毛姆先生。」

「啊，可是就要有了，我親愛的。有兩位紳士很快就會抵達。到時他們會把你們包起來，從這家美術館帶走。富有的藝術收藏家願意用鉅額款項收購。他們會把你們藏在他們美輪美奐的家，掛在他們家牆上，只有少數的特殊人士能夠看到。再也不會有人找到你們。」

蒙娜瞪大雙眼。「我不信！」

「等著瞧吧，很快就會發生的。」

蒙娜嫌惡地看著艾蓋爾．史密斯。「你陷害史尼利先生，要讓他背黑鍋。你在洛西先生那裡跟我們說的根本是謠言，設計來讓大家懷疑史尼利先生的人格，對不對？你散播謠言說史尼利先生是偽畫師，把注意力從真正發生的事情轉移開來。」

艾蓋爾．史密斯綻放笑容。「我跟柏莎早年在倫敦當劇場演員。我們在畫作之間遊走，對大家咬耳朵，玩得很盡興……」

蒙娜跪下來，望著麥克斯的雙眼。「我們要怎麼阻止他？」

麥克斯搖搖受傷瘀血的腦袋。

「你們阻止不了他們的，」毛姆的語氣輕蔑，「到了明天早上，你們就不在這裡了，你們每個都是，包括你，麥克斯。」

「可是，先生，我就要成親了！」茱麗葉特轉向達斯克，「我們難道無計可施嗎？」

達斯克用力嚥了嚥口水。「我想是沒辦法。如果畫框外的人把我們帶走，我們也攔不住他們。」他瞥了瞥妻子。「抱歉，親愛的，我知道妳在這裡過得滿快樂的。」

蒙娜驚愕地望向《旅館房間》，達斯克太太給丈夫一抹鼓勵的笑容，似乎讓他精神一振。

麥克斯清清喉嚨，肩膀前拱、下巴顫抖，雙眼噙淚地看著達斯克、蒙娜和茱麗葉特。「要是在平常，我會試著協商，可是薩默塞特顯然沒有那個意思。我說得對吧，老友？」

蒙娜不解地看著麥克斯。「你和毛姆先生原本是朋友？」

「我們原本是摯交，兩個過時的老人在法國南部度過人生最後幾年。我想盡一切辦法，才把他的素描帶到比佛布魯克美術館這裡。我們當初不該鬧翻的啊，小威。」

蒙娜望著達斯克。「小威？」

「W．薩默塞特．毛姆的W，代表威廉。」達斯克說。

毛姆的眼神一時柔和，轉眼又變得硬如煤炭。「我們是不該鬧翻的，小麥。可是你錯失重點了：拋下一個絕頂聰明的男人，讓他獨處十年是個餿主意。也許我只是牆上的一幅素描，可是我有能耐主導一切。」

「可是麥克斯怎麼辦？」蒙娜說，「他的畫框不在這裡，而且他不在史尼利要修復的畫作清單上。」

「他的畫框馬上會有人送來。如同我遭到驅逐，麥克斯也會永遠被帶離他鍾愛的美術館。運氣不錯，美術館館長這個星期心神渙散，沒注意到昨天巴尼在我們綁走麥克斯之後，立刻移走麥克斯的畫框。你們又何必在乎？他騙你們騙了幾十年。你們知道他平常都會跟美術館館長碰面嗎？」

大家陷入震驚的沉默。蒙娜、達斯克和茱麗葉特轉頭去看麥克斯。

「你總是說，你自然會知道種種事情，」達斯克半是評論、半是控訴，「我還以為你有魔法，真不敢相信你沒告訴我。」

頭一次，蒙娜看到麥克斯羞愧地垂下頭。現在一切都說得通了。麥克斯定期會跟辛格館長談話，這是想當然的事。要不然比佛布魯克發生的大小事，他怎麼都知道？怪的是，這個念頭反而安慰了她。說到底，麥克斯並不是萬事通。

蒙娜或許對麥克斯很失望，可是並不準備放棄。「你才是惡棍，不是麥克斯，」她說，「我們可以發出求救，你知道吧。走廊過去那裡有人在。」彷彿接到暗號似的，音樂頓時充塞在空氣裡。有人剛剛開了一下安全門。

「你們細小的聲音不可能傳到當代館，」毛姆歡喜地說，「現在正在播放《綠野仙蹤》，我真愛那部電影。主題是什麼？啊，對了，什麼地方都比不上家，也真是湊巧。」

蒙娜跟茱麗葉特互換心碎的眼神。有人就要將蒙娜從比佛布魯克美術館**偷走了**，就像《蒙娜麗莎》，她再也見不到父親、朋友或薩俊了。愛德蒙和茱麗葉特永遠成不了婚。她真想癱倒在地，接著想起父親的話，不要示弱。她深吸一口氣，竭盡全力昂起腦袋。

「還不到全盤皆輸的地步，鼠鼠，還有一絲希望。當初就是相信不可能是可能的，才能幫忙邱吉爾打贏大戰啊。」麥克斯低語。

蒙娜點點頭。她必須勇敢起來，這樣其他人才會認為她最後會好好的，不管事情結局如何。這點很重要。她試著露出笑容，倚在麥克斯身旁，然後閉上雙眼。安全門一定又開了，因為她聽到遠處傳來歌聲。悅耳的歌聲更凸顯她處境的悲慘。全盤皆輸了。

40

薩俊走到地下室的時候，暫停腳步，跟艾薩克爭吵過後，耗盡了心神。他必須找到蒙娜。他走向工作室。他不在乎史尼利是不是在裡面；如果有必要，他會跟對方拚搏到底。燈開著，薩俊試轉門把，門鎖上了，他就知道會這樣。他沮喪地走向歐本海默館，希望能遇到愛德蒙或查爾斯爵士。他路過後側出口時，門開了。他縮身躲進階梯底下的幽暗空間等待。巴尼和和漢姆沃斯走了進來。

「我對這件事有點疑慮。」巴尼說。

「沒有，你並沒有。」漢姆沃斯的語氣帶著威脅。

這是怎麼回事？艾薩克在等漢姆沃斯嗎？薩俊躲在暗影裡，端詳著漢姆沃斯。他的臉在昏暗的照明裡令人發毛，臉上滿是皺紋和頰肉鬆垂。他把邋遢的西裝換成舊大學風運動衫和鬆垮的運動褲。巴尼穿著工作連身褲。

漢姆沃斯垂眼看了手錶。「我們沒多少時間了。」

巴尼點點頭。兩個男人朝著工作室和艾薩克辦公室的方向走去。薩俊從樓梯下面爬出來，拍掉身上的灰塵。發生怪事了。他得找到艾薩克才行。

漢姆沃斯跟巴尼．添普頓走進工作室的時候，蒙娜倒抽一口氣。那個討人厭的漢姆沃斯涉入這件事，她並不驚訝——她頭一次遇見他就討厭他了——可是想到巴尼也參了一腳，令她心碎。他總是以尊重和喜愛的態度對待這些畫作，巴尼伸手到桌下，抽出一捆牛皮紙時，漢姆沃斯在牆壁上敲著手指。

最先包起來的是《旅館房間》，之前工作室的門一開，達斯克就已經跳回了自己的畫作。他堅忍地等待著自己的命運。達斯克和他妻子動也不動，厚厚的牛皮包裝紙將他倆跟世界隔絕開來時，淚水淌下蒙娜的臉頰。永遠沒人知道達斯克曾經多有英雄氣概，把麥克斯從《恐怖號》拖出來。留在美術館裡的畫作居民以後想起他的時候，肯定會說他是麥克斯殷勤的得力助手。蒙娜永遠沒有機會說這個故事並向他道歉。

麥克斯還在她的肖像裡，艾蓋爾．史密斯和查理．萊恩也是。漢姆沃斯沒注意到他們，可是巴尼顯然知道畫作是活的。他走進房裡時，仰頭朝著毛姆，幾乎難以察覺地點點頭，不過還是點了。蒙娜忖度畫作活著的這項事實他知道多久了。

漢姆沃斯拿起《旅館房間》，打開工作室的門。「我先把這幅拿到外頭的廂型車那裡，」他轉回來面對巴尼，「把鑰匙丟過來，可以嗎？」巴尼將鑰匙拋過去，蒙娜眼睜睜看著漢姆沃斯離開，邊走邊晃著夾在腋下的畫作，彷彿《旅館房間》是把雨傘。

薩俊衝到當代館。在他眼前的螢幕上，桃樂絲剛從紅棕色調的房子走出來，踏進色彩繽紛的奧茲王國。他掃視黑暗的房間，尋找艾薩克。艾薩克不在，也許他還在樓上。

哈芮特歐文館空蕩蕩的。為了確定艾薩克不在其他地方，薩俊疾步穿梭在各個館之間。很多畫作都是空的，不只是柯特若一家、海倫娜．魯賓斯坦和愛德蒙所屬的那些畫作。安椎．瑞德莫不見了，馬克白夫人、《聖維吉利奧，加達湖》的兩個女人、他幾乎不認識的其他畫作居民，全都不見了。更奇怪的是，失蹤的不只是比佛布魯克勳爵的肖像，《尋歡作樂》也不見蹤影，只是牆壁上並沒有卡片說明。確實發生了怪事。

薩俊一次跨兩階，快步滑過安全門。通往工作室的門現在開著。怪了。有人在說話。薩俊身子緊貼牆壁，極力想聽。

「我不用多久就可以把其他都包好。」巴尼正在說。

要包什麼？

漢姆沃斯踏進走道，背對薩俊。薩俊屏住呼吸。

「我先把這幅拿到外頭的廂型車那裡，」漢姆沃斯說，懷裡揣著一看就知道是包好的畫作，「把鑰匙丟過來，可以嗎？」一串鑰匙飛越空中。漢姆沃斯接住鑰匙，朝後門走去。

薩俊驚愕地往後貼在牆上，巴尼和漢姆沃斯就要偷走畫作了！

他從口袋掏出手機。螢幕上冒出一則訊息：2%。薩俊敲了911，希望剩下的電力足以打一通電話，接著驚恐地看到螢幕陷入一片黑。他需要去求援。

「無禮的白痴。」麥克斯咕噥。

「當心了，麥克斯，千萬別露出自己有多害怕的樣子。」毛姆樂在其中，「再幾分鐘，巴尼，你就會變成大富翁。」

麥克斯可能自尊心太高，無法開口求情，可是蒙娜不是。「添普頓先生，拜託！你不能讓漢姆沃斯先生把我們偷走！你怎麼會捲入這種事情呢？」

巴尼轉身盯著她，彷彿剛剛才注意到她肖像裡有四個人。「我太太生病了，我朋友毛姆先生想出這個計畫要幫我們。」

蒙娜狠狠訓了頓巴尼。「朋友不會說服另一個朋友偷走不屬於自己的無價傑作！」

「我支持巴尼，」毛姆糾正，「我們都當朋友這麼多年了。漢姆沃斯那個小丑出現的時候，我知道他有人脈，要巴尼去說服他由正轉邪，做起來並不難。漢姆沃斯找到想收藏傑作的買家。多虧長達十年的謀劃，辛格館長提出今年要修復的作品清單裡，包括了我正想報復的那幾幅。你那幅畫當然不在清單上了，麥克斯，我希望讓你離開得很突然。重點就是要先把你們當中某些人支開，直到該離開的時候到來。所以就發展到目前這樣了。」

巴尼對蒙娜閃現一抹深情的笑容。「漢姆沃斯說妳要到瑞士的一座美麗城堡，蒙娜，妳在那邊會交到新朋友。」

「可是我不想要新朋友！我想待在這裡，跟老朋友和我父親在一起！」

那瞬間，巴尼的眼神閃現某種神情——是愧疚嗎？「我每天都會想念妳的，蒙娜，妳一直是我最愛裡的一幅。」

「先生，拜託你，」茱麗葉特說，「如果你非得把我送走不可，讓愛德蒙跟我一起走吧！」巴尼把她從畫架拿起來、擱在桌子上時，她開始啜泣。

巴尼搖搖頭。「抱歉，茱麗葉特女士，這不在計畫當中。況且，愛德蒙的畫作太大，塞不進廂型車。」

茱麗葉特使勁地哭起來。「巴尼先生，求你憐憫！」巴尼把茱麗葉特包起來，一面避開她絕望的眼神。

蒙娜囔囔：「保重了，茱麗葉特，我永遠不會忘記妳！」

「我也不會忘記妳，親愛的，」茱麗葉特回答，帶著哭腔，「後會有期。」

「對茱麗葉特來說，沒有下一次了，」毛姆哈哈笑，「我很期待看到愛德蒙發現她離開時，會露出什麼表情。」

蒙娜把臉埋在麥克斯的外套裡。「我們什麼都沒辦法做嗎？」

麥克斯輕拍她的背，不發一語。

門打開，漢姆沃斯吹著口哨走進來。「下一幅準備好了嗎？」

巴尼指指桌子。「可以拿走了，我只是需要趕到工具櫃那邊，我把比佛布魯克的畫框和《尋歡作樂》堆在那裡。我還是不敢相信，我昨天早上在牆面掛上卡片，說比佛布魯克勳爵的畫框正在維修，很快會再掛回來，艾咪竟然都沒起疑。」

「那柯特若一家呢？我跟我的買家說，那幅也能到手。」

「美術館館長今天早上移走了，我拿不到。」

巴尼的謊言讓蒙娜困惑。接著她想通了，柯特若一家在看電影。因為巴尼沒辦法跟漢姆沃斯講那件事，於是編了這個故事。至少她有些朋友是安全的。

漢姆沃斯咒罵。「什麼？在哪裡？哼，等於三千萬美金白白丟進水溝！算了。這幅就先不要了，你去拿別幅。不過，動作要快——我們頂多只剩十分鐘。」

巴尼跟著他走出門外。房間安靜了幾分鐘。先打破沉默的是毛姆。

「查理和艾蓋爾，一等巴尼拿《尋歡作樂》回來，你們就跳進去。那就是接下來要包的畫。」

「我不知道我們的畫作也要離開。」查理．萊恩的語氣有點兇惡。

「我不確定我家老婆喜歡搬家，」艾蓋爾補充，「她在另外幾幅畫作裡有一些姊妹淘。要跟她解釋我們為什麼得搬家，可難了。」

「如果你去求救，史密斯先生，你就不用搬家了。」蒙娜提議

「別理她，」毛姆的語氣冰冷，「她只是想擺你一道。可是想想：你的新家可以看海，而且有另外兩幅畫裡面有酒吧，你可以常去走動。」

單靠這點就足以買通查理．萊恩了。「聽起來還滿適合生活的嘛。」

「他哪有可能知道？」蒙娜嚷嚷，「他是騙你的！」

「我應該把妳銬起來，」查理．萊恩怒吼，靠了過來，拳頭湊近她的臉，「毛姆先生是個正派高尚的紳士。」

「如果你敢碰這姑娘腦袋的一根頭髮，我就扭斷你脖子。」麥克斯咆哮。

「夠了！」毛姆的語氣尖銳，「你們吵得我都頭痛了。對了……你就跟蒙娜一起待在她的畫框裡，艾蓋爾，免得她溜走。我會要巴尼確認，送你那幅畫到廂型車以前，給你機會跳回自己的畫作。」

現在插翅也難飛了。

41

薩俊知道他沒多少時間了。一旦畫作不見，就要花好幾年時間才能找回來，如果真的找得到。他必須馬上找到艾薩克。既然艾薩克不在樓上，也不在當代館，那麼肯定在辦公室。薩俊沒辦法走最快的路線——路過工作室——於是朝相反方向衝去，到了歐本海默館外的門。他正要刷磁卡的時候，聽到當代館裡有人大喊「救命！」

巴尼回來了。他把麥克斯的畫框和《尋歡作樂》放在桌上。

毛姆對麥克斯咧嘴一笑。「查理，護送比佛布魯克勳爵到他的畫作去。」

查理・萊恩開始揪住麥克斯的手臂，可是打住動作，因為麥克斯搖搖頭並說：「我完全可以自己走回我的肖像。」

麥克斯垂眼看著蒙娜。「鼠鼠，我要向妳致上最誠摯的歉意。我一心想跟那個惡棍漢姆沃斯敲定協議，結果沒注意到旁生了什麼枝節。我會一直後悔到自己在世的最後一天。我對妳、茱麗葉特、達斯克和《尋歡作樂》裡的大夥們帶來極大的傷害。感謝老天，柯特若一家事先被移開了。」

蒙娜臉一紅。「他們在看電影。」

麥克斯盯著她片刻，然後點點頭。「妳救了他們，鼠鼠，多謝妳的寬闊心胸和想

像力。我現在明白，我過去太努力想掌控事情，這樣的傲慢是要付出代價的，真希望只有我一人必須付出代價。祝福妳。」他各給她雙頰一個吻，然後走到自己的肖像裡，留下孤立無助的蒙娜。

查理．萊恩跳進《尋歡作樂》，巴尼把這幅畫包起來，留下一側沒封起來。蒙娜想到賈克，就是稍早救過她的那個年輕男人，希望他會喜歡他的新家。

接著輪到麥克斯。既然他回到了自己的畫作，就恢復了原本的健朗模樣。「你做了這種事別想逃掉。」巴尼把牛皮紙滑到他的肖像底下時，他低吼。

「真是抱歉，比佛布魯克勳爵。」巴尼吞吞吐吐。他手發著抖，按照尺寸裁切紙張。

「不用道歉，你這白痴！」毛姆吼道，「動作快！」

紙張逐漸蓋上的時候，麥克斯大吼。

蒙娜絕望地最後一次張望四周，視線落在靠在角落裡的那個包裹。她的心一跳。

「蓓綺，我知道妳聽到了事情的經過，妳一定很害怕，可是我們需要妳的幫忙！拜託，拜託，妳能不能穿過走道，到其他居民正在看電影的地方？告訴他們發生了什麼事！」

「她在跟誰講話？」巴尼問，四下張望。

毛姆把頭朝蓓綺沒完全封死的畫作一點，畫作還在等著接受鑑定。「可惡！我都忘了她在這裡。妳乖乖待著別動，萊德小姐，要不然我叫添普頓把妳帶走。如果妳真的是傑克．亨佛瑞的作品，會有人要妳的。」

「蓓綺，拜託！」蒙娜哀求，「妳是我們唯一的希望！」

沒有回應。毛姆的威脅讓她噤聲不語。蒙娜最後的希望破滅了。

「蓓綺……」毛姆的語調低沉，飽含威脅。

一片靜寂。

「檢查那幅畫，巴尼，」他指示，「我必須確定一下。」

巴尼抓起蓓綺的肖像，將紙張拆開。

畫框是空的。

「她溜走了！」蒙娜嚷嚷，「她去求救了！」

「是嗎？」毛姆的語氣尖酸，「妳怎麼知道她不是原本就不在？」

蒙娜的心一沉。她無法確定。她不可能知道。

「要我去瞧瞧嗎？」艾蓋爾·史密斯提議，「這個蓓綺到底長什麼樣子？」

「好，老天，去查查吧。」毛姆的語調緊繃，「她說她十五歲左右，是用幾種藍色和灰色畫成的。巴尼包蒙娜的時候會先留個開口，你回來的時候就可以跳進去。動作快——漢姆沃斯馬上回來了。」

艾蓋爾·史密斯往下伸手，抓起蒙娜的蓋毯。「我想我不在的時候，要確定這個跟鳥兒似的小蒙娜跑不了。」他把毯子扭成一條粗繩，把她的手腕和腳踝綁在椅凳上。「可不想再失去一個。」

蒙娜掙扎不停，但只是白費工夫。她絕望地看著巴尼將她提離畫架。他把她帶到桌上時，她看到的最後一個畫面就是薩默塞特・毛姆勝券在握的臉。

「抱歉，親愛的。」巴尼低語。然後紙張蓋過她，永遠遮去了比佛布魯克美術館。

42

薩俊走到當代館的時候，不曉得會面對什麼，但他確實沒料到眼前會是這番情景。燈光亮著。所有的眼睛——包括畫框裡和畫框外的——全都盯著薩俊不認識的一個年輕女孩，滿臉慌亂，正站在一幅花園畫作裡。

「拜託！他們要把比佛布魯克勳爵、蒙娜·鄧恩、茱麗葉特女士和達斯克先生偷走了！」她放聲呼喊，氣喘吁吁地拋出那一串名字。

「到底怎麼——」綽伊嚷嚷。

電影繼續播放著，而營隊隊員和潔妮詩逐漸意識到，那些畫作滿是不該出現的熟悉臉孔，他們因為遇光而猛眨眼睛。有幾秒鐘時間，大家面面相覷、目瞪口呆。

「我就知道他們活著！」綽伊歡喜地呼喊，開心地咧開嘴巴，然後轉向朋友，「你們之前難道不覺得他們活著嗎？」

大家都點著腦袋，可是其他人都說不出話來。

「快啊！」畫作裡的那個女孩呼喊。

薩俊終於找到自己的聲音，看著潔妮詩。「巴尼和漢姆沃斯就要偷走畫作了！他們現在就在進行！我們必須阻止他們！」

愛德蒙從原本的畫作裡跨過來，到了蓓綺所站的地方。「他們現在在哪裡？」他

問，語氣因為恐懼而粗暴。

蓓綺指著背後。「在工作室！他們已經把茱麗葉特女士和達斯克先生搬出館外了！我們動作要快！」

愛德蒙慌亂地看著薩俊。「我們需要你幫忙，我們救不了自己。」

潔妮詩的視線沒離開畫作，伸手到口袋裡拿手機，撥了911。「我想檢舉比佛布魯克美術館這裡正在進行的藝術偷盜事件，」她說，拚命想保持鎮定。「是，我會到後門那裡跟你們會合。」

她掛掉電話，轉向隊員們，他們正圍著那些畫作，牢牢盯著那些居民。綽伊和小克似乎有話要說。「你們小鬼跟我來，先到我的辦公室等，等警察過來、我說安全了，你們才能出來。」

「我去找艾薩克。」薩俊說。

潔妮詩搖搖頭。「不安全，應該由我去找你爸爸。」

「妳必須等警察來，我去叫他，我知道怎樣避開視線。」

潔妮詩猶豫地點點頭。「小心點！如果你看到法蘭克，告訴他我們需要他。我不知道他在哪裡。叫你爸帶你到我的辦公室去。其他人跟我來。」

薩俊沿著原路衝回去。他抵達法蘭克的保全室時，把腦袋探進門口。房間一片黑暗，監視器也是。薩俊打開燈，倒抽一口氣。法蘭克癱倒在辦公桌上。薩俊檢查他的脈搏，摸到了脈搏時鬆了口氣。沒有濺血的痕跡。薩俊不確定法蘭克碰上什麼事，但確定並未威脅到生命。

「不會有事的，法蘭克，」他低語，「我去求救。」

艾薩克辦公室外頭的接待區一片黑暗，可是艾薩克門口下方有道光線。薩俊趕緊敲了敲，然後往裡頭跨步。有狀況。艾薩克的檯燈倒在辦公桌上，祖母綠的燈罩破成了幾百個亮閃閃的碎片。薩俊不理會手臂上快速浮現的雞皮疙瘩，往前衝刺。他繞過辦公桌，絆到了某樣東西。他低頭一看，震驚地發現艾薩克倒在那裡，雙手被縛，撕破的罩布掩住嘴巴。

「爸！」薩俊立刻跪下，將捂嘴的布扯下，慌張地要解開繩索。「你還好嗎？」

艾薩克瞪大眼睛，目光似乎掠過了薩俊。「小心！」他喊道。

薩俊困惑地轉過身去，被漢姆沃斯提離地面。

「我正在想今天晚上會不會遇到你，」漢姆沃斯說，對著薩俊瞪大的雙眼微笑，「別擔心——我不會傷害你的。我只是需要把你綁起來，讓你好好待在原地。然後你就不會再見到我了。」

薩俊試著要掙脫，但漢姆沃斯緊緊扭著他的手臂，他確定手就要斷了。「薩爾，我不想傷害你，可是我沒時間跟你耗。」

「拜託，照他的話做，薩俊。」薩俊不曾看過艾薩克面露恐懼，這點嚇到了他。他不再抗拒，任由漢姆沃斯綁住他的雙手。

「你別想逍遙法外，」薩俊告訴漢姆沃斯，「警察就要過來了。」

漢姆沃斯把薩俊推倒在地，就在艾薩克身邊。「隨便，薩爾，反正我都要走了。」他離開時順手關掉頂頭的燈光，整個房間陷入黑暗。

「咱們走吧，巴尼。」漢姆沃斯回來了。對於困在厚重紙張裡的蒙娜來說，他的聲音聽起來像是從水底傳來的。

「出了什麼事？」

「我遇到辛格。我得把他撂倒、綁起來。」

「不該有人受傷的啊！現在有一個證人了！」

「是兩個。他孩子竟然也跑來了，我不得不把他也綁起來。」

巴尼發出呻吟。「我就知道他們調動活動時間，事情就會搞得一團亂。我不是說過，今天晚上有太多人在嗎？」

「放輕鬆，沒人知道你參了一腳。我們把畫作搬去廂型車那裡吧。」

「這件事就算了吧，我們去向辛格先生求情——」

「太遲了。你以為我們現在有辦法撇個一乾二淨嗎？我們打交道的那些人是不會接受拒絕的。把畫作拿起來，我們要離開了。」

「我必須把東西打理好。」

「我們不需要把東西整理好啦，你這白痴！」漢姆沃斯語氣暴怒。「《尋歡作樂》和比佛布魯克的肖像由我來拿，你拿《蒙娜．鄧恩》。」

蒙娜聽到他急忙離開的腳步聲。

「艾蓋爾．史密斯還沒回來，毛姆先生。」

「去吧，巴尼，你千萬不能被抓到。」

「可是這樣我會害他跟他老婆永遠分開。她在《尋歡作樂》等他。要是他趕不回來，他們就再也見不到對方了。」

「你別無選擇。」

巴尼咕噥一聲，蒙娜被提起來，她的肖像就像大海裡的浮標一樣上下起伏。涼爽的夜間空氣竄進包裝紙張的開口。他們一定是在後門那裡。新鮮空氣讓蒙娜想起她跟薩俊一起仰望星辰的那個晚上，她的悲慘感受如此強烈，她確定會在畫布上留下焦痕。

突然傳來喊叫聲。艾蓋爾．史密斯衝進蒙娜的肖像，一面吶喊：「快跑！」

巴尼困惑地停住腳步。

「怎麼回事？」蒙娜問艾蓋爾．史密斯。

「我們露餡了，」艾蓋爾．史密斯喘著氣，「蓓綺大聲求救，潔妮詩打電話給條子了。」

蓓綺辦到了！他們有救了！「我真希望他們可以逮到你！」她對艾蓋爾．史密斯怒聲說。

巴尼正準備再動身的時候，蒙娜猛地往後踉蹌，撞上了艾蓋爾．史密斯。「怎麼了？」她聽到工友大叫。

回應的是漢姆沃斯——漢姆沃斯的聲音越來越近。「我聽到警笛聲了。我們必須改從前門逃走，放在廂型車裡的那些畫就算了！」

巴尼停下腳步。「夠了，漢姆沃斯，算了吧，逃不了了。」

「別擋我的路！」

蒙娜感覺自己的肖像從巴尼的懷裡被硬扯開來。她又動了起來。

艾蓋爾．史密斯把嘴湊到蒙娜耳邊。「掰囉！我要到其他地方去碰碰運氣！」他說完就逃之夭夭。

「惡棍！」蒙娜朝著他的背影喊。蒙娜也想逃，但還牢牢地跟椅凳綁在一起，怎麼拉扯都掙脫不開。不管漢姆沃斯要把她帶到哪裡，她都只能乖乖跟著去。

43

薩俊或艾薩克在漢姆沃斯離開以後都沒講話，他們悽慘地意識到，自己辜負了那些畫作。

最後艾薩克清清喉嚨。「薩俊，我——」

薩俊驚了一下問：「你還好嗎？」

他可以感覺艾薩克在身邊扭動，想要坐起身。「我不會有事的，你呢？」

薩俊蠕動身子，想擺脫雙手的束縛。「我們必須掙脫——他們要偷走畫作了！」

「我知道，」艾薩克說，「繩索的笨結怎麼都動不了，法蘭克在哪裡？」

「法蘭克昏倒了。也許潔妮詩會來找我們。」

「都是我的錯，」艾薩克呻吟，「是我邀漢姆沃斯過來的。」

「爸，我必須跟你說件事，一件聽起來可能有點瘋狂的事，不過——」

「那些畫作是活的。」艾薩克替他把話講完。

房裡的空氣頓時被抽光似的。「你知道？」

「畫作是活的這件事，我知道好幾年了。我走馬上任的頭一晚，前任美術館館長就帶我到新辦公室去，倒了杯咖啡給我，告訴我關於這座美術館的真相，介紹我給比佛布魯克勳爵。我跟麥克斯每天都會談話。」

薩俊試著消化這個訊息的意義。「我知道他們活著，他曉得這件事嗎？」

「他曉得。」

「那你為什麼不告訴我？」

艾薩克嘆口氣。「事情很複雜，同時有那麼多事情在發生……」

「漢姆沃斯。」

「對，漢姆沃斯的事，可是同時也忙著認識你，還跟潔妮詩訂婚。你知道他們活著，這點我滿高興的——算是我們的共同點，讓我覺得跟你更親近。最主要的是，我覺得，如果你知道我早知道他們活著的事，對你來說就沒那麼神奇了。我還小的時候，喜歡知道大人不知道的事。我打算在暑假結束以前跟你談談這件事。我相信你會守住秘密，而你也守住了。」

之前他並不覺得艾薩克信任他。「隊員們和潔妮詩現在也知道他們是活的了。」

「噢，糟糕！不該讓人知道的！我連其他居民都不認識！我只跟麥克斯往來，向來如此。他比較喜歡這樣。」

「他們需要我們的幫忙。他們人都滿好的，」薩俊補充，「我的意思是，畫作裡的人都滿好的。」

「你見過誰了？」艾薩克語氣惆悵。

「蒙娜．鄧恩。她成了我最要好的朋友之一。還有愛德蒙、茱麗葉特女士、柯特若全家，還有海倫娜．魯賓斯坦。」

「他們你全都見過了？」

「對，我偷偷帶他們去看電影。他們有時候覺得滿無聊的。我來找你的時候，美術館裡的每幅畫作裡都擠滿了居民，在看《綠野仙蹤》。」

儘管情勢險峻，艾薩克還是放聲笑了。「我真不敢相信。」

「他們滿酷的，爸。他們彼此是朋友，晚上美術館閉館之後，會互相拜訪，甚至開會討論事情。我無法想像如果他們被偷了，會變成怎樣……」薩俊頓住。想到永遠再也見不到蒙娜，讓他一時語塞。幾秒鐘之後，他勉強補充：「我在樓上遇到你之前，看到蒙娜和比佛布魯克勳爵被拖著穿過幾幅畫作，我想畫作裡有人在幫漢姆沃斯和巴尼。」

「我真希望你當時就告訴我——」艾薩克開口，然後打住，「如果我沒生那麼大的氣，也許你就告訴我了。我幾天沒跟麥克斯講話了，他掛在這邊牆上的素描一聲不吭，」艾薩克呻吟，「這是我這輩子最糟的一天。」

薩俊用力嚥了嚥口水。

艾薩克深吸一口氣。「抱歉，我知道你是為了幫我，才把那幾幅畫提供給阿布奎基市博物館。你說我是個沒責任感的爸爸，確實說對了。」

薩俊很高興自己看不到爸爸的臉。

「你問過我，我為什麼從沒跟你說我是藝術家，」艾薩克抖著聲音說了下去，

「真相是，我並不愛畫畫。我喜歡推廣其他藝術家的作品、教人怎麼欣賞藝術。可是你媽媽不懂。她相信我這樣有天分的人，有責任運用那樣的天分。我們分手的時候，我就放棄畫畫了。」

「這就是你們討厭對方的原因嗎？」

「我們並不討厭對方，不過狀況很複雜。你媽搬出去，把你帶走的時候，我覺得自己一敗塗地。」艾薩克不順地吸了口氣，「一兩個月之後，我逮到《早晨的莎拉》——就是你媽媽——溜出自己的畫作。她跑到我畫你嬰兒時期的畫作裡，摟著你搖啊搖。我還以為我快發瘋了。接著她對我說話。感覺就像從前那些快樂的日子。突然間我的家人回到了我身邊。這種情形持續了好幾個月。起初很美妙，可是後來令人憂鬱，因為我知道這不是真的。我開始酗酒，待在公寓足不出戶。有天晚上，你媽過來看我，很氣我沒去探訪你。就在那時，她發現那些畫作是活的。」

「媽知道畫作是活的？發生什麼事了？」

「什麼事都嚇不倒你媽。她只是說：『薩薩，事情就是這樣。不過你人生必須往前走，而不是往後退。』然後她就把那些畫作拿走了。有一陣子我陷入谷底，不過當我走出來，接受諮商之後，她幫我找到工作。」

「哇，媽幫了你。」

「你媽是個好人，薩俊。我想她覺得愧疚，因為她已經往前走，而我卻執著在過去。你人生當中的頭幾年我病了，薩俊，所以我才沒去看你。漸漸地，我跟你媽建立起足夠的信任，她才讓我帶你出門，比方說在辛格奶奶過世前的週末，帶你去拜訪她。可是你媽一直很緊張，怕我又開始酗酒。這種事發生過兩次。你可能不知道那個週末她待在阿布奎基市的旅館，免得事情出了差錯。提議我在家裡只掛複製品，而不要放原作的，就是她。」

難怪艾薩克公寓裡的畫作都沒辦法跟他對話。薩俊用意志力逼自己開口：「媽跟你說，你必須愛真正的我，你那時跟媽說，你不確定自己是否辦得到。」

艾薩克吸了口氣。「我們可能在談我對那些畫作的執迷吧，薩俊。老實說，我對那些日子的記憶很模糊了。你有沒有聽到對話剩下的內容？」

即使有，薩俊也不記得了。「沒有。」

「對話剩下的內容是我告訴她，即使我不大能對畫作裡的寶寶薩俊放手，我也愛你，希望我們能從頭開始建立關係。很抱歉讓你聽到那段話。你一定覺得很受傷。」

薩俊消化著他一直以來所渴望聽到的話。「你應該告訴我的。也許不是在我還小的時候，而是在後來，我會瞭解的，我以為你不在乎。」

「真是抱歉，」艾薩克說，「我當時很羞愧。我猜我現在還是。所以我才急著要找漢姆沃斯投資比佛布魯克，我怕要是我找不到方法拯救這家美術館，就會被開除，就會讓你覺得我很丟臉。」

「你最後一次酗酒以來，已經隔多久了？」

「四年了。」

「潔妮詩知道嗎？」

「她知道我以前酗酒，可是不知道關於那些畫作的事——直到今天晚上。如果你可以原諒我，我想要重新開始，當個真正的爸爸。」

薩俊的腦袋一陣混亂，參雜著怒氣、恐懼和悲傷。如果他不原諒艾薩克，他胸口是不是永遠都會這麼沉重？他明白艾薩克為什麼對那些畫作會這麼執迷，他自己跟蒙娜不是也一樣嗎？

「我想再試一次，爸。」他低語。

「我保證我永遠都會在。」艾薩克帶著哭腔，「你是我兒子，讓我心歌唱的人。」

薩俊揣在心裡這麼久的傷痛終於鬆脫飄離。事情雖然不完美，可是他知道爸爸愛他，這樣暫且就夠了。

門開了，打破了那個特殊時刻。巴尼走進房間，捻開頂頭的燈。艾薩克和薩俊因為突來的亮光而眨起眼睛。

「噢，巴尼，你做了什麼好事？」艾薩克問。他和巴尼泫然欲泣地盯著對方。

「我原本很信任你的。」

「警察隨時都要到了，對不起，辛格先生。我犯了可怕的錯誤。他們一到我就自

44

艾薩克和薩俊衝到後側階梯那裡，巴尼吃力地要趕上腳步。他們在階梯底部遇到綽伊和愛麗絲。

「你們應該留在潔妮詩的辦公室。」薩俊強調。

「漢姆沃斯衝上樓，潔妮詩跟幾個小鬼去追他了。我們就過來找你們。」

「天啊！」艾薩克嚷嚷，「你們能不能去放警察進來？」

綽伊點點頭。「馬上去。」

「要他們叫救護車過來，」艾薩克說，「薩俊說法蘭克昏過去了。」

巴尼垂下腦袋。「他不會有事的。我只是在他的咖啡裡下藥，讓他暈過去。」

艾薩克嚴厲地瞟了巴尼一眼，然後登上階梯，薩俊跟在後頭。他們穿過培訓館的時候，薩俊看到一群居民擠在《偉大的聖雅各》那裡。

「他在加拿大館！」海倫娜．魯賓斯坦呼喊，朝他們揮著蕾絲手帕，彷彿正在看賽馬。其他居民也喊著鼓勵的話。艾薩克驚愕地對他們揮手，發出暈陶陶的笑聲繼續前進。

漢姆沃斯就在加拿大館的遠端，靠近幾乎隱形的門，那扇門可以通往儲藏區和載貨電梯。潔妮詩和其他隊員跟他隔著房間對峙，跟雕像一樣文風不動，滿臉驚駭。漢姆沃斯不會輕易束手就擒。他扯掉蒙娜的棕色包裝紙，用單手將她舉高，另一隻手則點亮打火機。蒙娜還跟椅凳綁在一起，呆若木雞盯著火焰。

「漢姆沃斯！」艾薩克大喊，「把那幅給我。所有的作品都在，就我所知，並沒有任何損壞，這件事不用以悲劇作結。拜託，如果你像你說的那樣熱愛藝術，千萬別這麼做。」

「拜託，漢姆沃斯。」巴尼低語。

漢姆沃斯將打火機開開關關了幾回。「我就知道你很軟弱，巴尼。辛格，除非你讓我離開這裡，不然我發誓會放火燒了這幅畫。難道你願意讓我毀掉《蒙娜・鄧恩》？」

艾薩克一臉灰白。「即使我放你走，你也跑不了多遠。」

巴尼往前跨步。「拜託，只要把蒙娜還回來就好，」他啞著嗓子低聲說，「事情已經夠糟的了。如果你毀掉一幅無價的畫作，狀況就會糟上一百倍。她不應該受到這樣的對待。」

漢姆沃斯探詢地看他一眼，再次按下打火機。小小火焰在蒙娜的臉龐附近閃動。他搖著腦袋嘀咕：「想要這些畫作的人不會讓我隨便放棄，巴尼。我告訴你，事情不是這樣運作的。我要你跟警方協商，辛格。告訴他們，除非他們讓我離開，否則我就毀了《蒙娜・鄧恩》。」

「辦不到，漢姆沃斯，」艾薩克說，「我不能讓你帶蒙娜走。」

「難道你希望我在此時此地毀掉她嗎？因為我發誓說到做到！」

熱氣逼近蒙娜的畫布，一小片黑色油彩縐縮起來。薩俊回想起他帶蒙娜離開美術館的那晚，她當時說，畫作只怕兩件事：偷竊和火焚。除非他採取行動，否則今天晚上她的命運要不是被盜，不然就是被燒。

加拿大館裡的畫作是借展的一部分。裡面都沒人，所以當他們突然活起來的時候，大家都吃了一驚。

「立刻放開她！」魯賓斯坦女士站在一棟快解體的農舍前廊上，朝著漢姆沃斯的方向搖著手指。

「你這個惡魔！」查爾斯爵士大喊，站在飽經風霜的穀倉頂端搖著拳頭。

「放她走！」愛德蒙和小克高喊，他們正坐在一艘小船上。

麥克斯還捧在潔妮詩的手裡，也跟著附和。「如果你敢傷害那個姑娘，全世界的每幅畫都會永遠糾纏你不放！」

漢姆沃斯的視線在展間裡快速跳動，發生畫作對他講話這種不可思議的事情，其他人竟然一派平靜。

薩俊悄悄離開展館，他有個計畫也許可以成功。他衝下階梯，奔越美術館，最後抵達載貨電梯，他搭回樓上。他悄悄穿越儲藏區，將門開個縫，朝裡頭窺看。

漢姆沃斯在展間裡踱步。「事情會有這種轉折還真有趣，」他說，瞅著牆壁上的畫作，然後將目光聚焦在艾薩克身上。「看來比佛布魯克這裡有我之前沒發掘到的秘密。要是我昭告天下，你這裡的畫作是活的，會發生什麼事呢？他們會被扣押？拆解？

剖開？」

「漢姆沃斯——」艾薩克開口。

「看來這個地方沒有表面那麼單純，」漢姆沃斯繼續說，往下對著蒙娜微笑，「如果能讓其他畫作隱姓埋名地活下去，失去一幅畫有那麼糟糕嗎？艾薩克？你覺得如何啊？」

薩俊悄悄往前，緊貼著牆壁，直到可以跟蒙娜四目交接。他露出笑容。她勉強回以虛弱的笑容。他用嘴型說：「說點話吧。」她一時滿臉困惑，接著點了點頭。

「可以麻煩你別再說話了嗎？漢姆沃斯先生？」蒙娜的語氣相當跋扈。只有熟知她的人才聽得出她語氣微微顫抖。

漢姆沃斯詫異地往下看著她，幾乎彷彿沒意識到自己手裡的畫作一定也活著。

「我跟你走，漢姆沃斯先生，」蒙娜繼續說，「我已經準備好要換個生活環境。只要你保證守住我們的秘密，我確定辛格館長會配合的。」

艾薩克可以看到薩俊從漢姆沃斯背後悄悄湊上來，猜到目前的狀況，於是配合演出。「可是蒙娜，我們都希望妳留在這裡。我們不想失去妳。」

「謝謝你，辛格館長，可是很明顯，居民的全體利益比我個人的需求更重要。巴尼說，我要搬去瑞士，那裡是個不錯的地方。」薩俊看到巴尼盯著蒙娜。他希望巴尼不會介入。接著工友臉上掠過近乎難以察覺的表情，薩俊看到他對蒙娜微微點了個頭。

漢姆沃斯拿著打火機戳著空氣。「看吧，辛格？她自願跟我走。在警察還沒抵達

以前，現在就放我走。」

艾薩克嘆口氣，稍微退開，彷彿要讓路給漢姆沃斯通過。薩俊的機會來了。他衝上前，將蒙娜從漢姆沃斯的手中一把搶走。漢姆沃斯身子一轉，撲向薩俊，但巴尼攔住了他。巴尼用盡全身力量撲向那個壯碩的男人。兩人一起重重摔向地板，有幾秒鐘時間毫無動靜。最後，巴尼動了動身子，翻身仰躺，虛脫得站不起來。漢姆沃斯則是暈過去了。

「這件事會在心裡留下陰影的。」亞當扭著臉說。

一片鴉雀無聲，大家都盯著地板上的漢姆沃斯、薩俊懷裡的蒙娜、雙手掩面的巴尼。還沒有人開口以前，艾奇柏德·史尼利把腦袋探進展間。

「原來你在這裡，辛格先生。」史尼利語氣冷靜、自以為是。他走上前，把一只信封塞進艾薩克手裡。「這是我的去職信，立即生效。我希望再也不要看到比佛布魯克美術館。這裡是個恐怖的地方。晚安了。」艾薩克還來不及反應，史尼利就忽地轉身，大步走出前門。

史尼利的到來彷彿打破了咒語似的，潔妮詩輕手將麥克斯靠在牆上，擁住艾薩克。薩俊的視線原本片刻不離蒙娜，頓時覺得頭昏腦脹，不得不坐下。蒙娜如釋重負，當眾哭出來。

不久，他們就被其他人團團圍住，大家猛拍薩俊的背表示讚許；牆上的畫作傳出呼聲，讚揚蒙娜的表現。這場慶祝為時很短，被爬上樓來、砰砰作響的厚重靴子聲打斷。居民身子一僵。幾秒鐘過後，四個警官走進美術館，愛麗絲和綽伊跟在後面。

「大家都還好嗎？」最高的警官問，就是看來負責發號施令的那位。

艾薩克讀了他的名牌。「我們都沒事，貝瑞警官。不過地板上那兩個男人——很壯的那位和穿著連身褲的那位——一起密謀要偷走比佛布魯克美術館裡最珍貴的其中幾幅畫。我叫艾薩克．辛格，是美術館館長。這些孩子是夏令營隊員，今天晚上要在美術館裡夜宿。」

貝瑞警官沒把握地看著漢姆沃斯。「那個男的怎麼會暈倒？」

「巴尼想阻止他，擒抱住他，摔到地板上的時候就暈過去了。」潔妮詩說。

「他們拿了幾幅畫，」艾薩克說，「你們找到了嗎？」

「我們趕到的時候，在後門旁邊找到了放滿畫作的白色廂型車，」貝瑞警官說，「深呼吸一下，大家，我們必須問你們一些問題。你們說今天晚上要在美術館裡辦夜宿這類的活動是嗎？你們能不能打電話給這些孩子的家長，要他們馬上過來美術館這邊？」

潔妮詩看著艾薩克，眼神流露害怕。薩俊知道她擔心比佛布魯克的秘密會曝光。

「我可以打電話給他們，」她說，「只是必須下樓到辦公室去拿電話號碼。」

綽伊已經從口袋裡抽出素描本，正在替高的那位警官畫畫像，要當成他第一本圖像小說的主角，書名暫時取為《當不同世界在比佛布魯克美術館裡碰撞》。

貝瑞警官指著另一位警官。「你能不能陪——？」

「我叫潔妮詩．海思。」潔妮詩主動說。

貝瑞警官點點頭。「你能不能陪海思小姐下樓，幫她一起打電話？有些家長可能想直接跟警方談。」

潔妮詩一臉微微不適的模樣，點點頭之後往樓下走。

「那些畫作還在外頭的廂型車裡嗎？」艾薩克問，「必須放在恰當的環境裡，要有正確的濕度。潮濕的夜間空氣對它們有害。」

「我已經通知我們的刑事鑑識組過來，他們已經在路上了。我們會在一個鐘頭內將你們的畫作放回美術館。同時，我的警官要對這兩個男士宣讀他們的權利，然後帶他們到局裡去。有什麼地方適合我們私下談談？」

「樓下有間會議室。」

「太好了，帶路吧。」

艾薩克朝巴尼瞥了瞥，他還仰躺在地上。旁邊的漢姆沃斯已經甦醒，正在呻吟。「穿連身褲的男人是我的員工，」艾薩克輕聲對警員說，「我可以跟他講一下話嗎？」

貝瑞警官搖搖頭。「我想到了這個階段，應該讓司法系統接手。你跟受控偷盜的員工互動以前，要先跟美術館的專屬律師談過才行。」

艾薩克猶豫地點點頭，帶著警官到樓梯那裡。薩俊跟了過去，依然捧著蒙娜，時不時查看她的狀況。她看起來了無生氣，依然綁在凳子上。其他隊員像小鴨一樣跟著走，綽伊在樓梯頂端擋住他們。「你們可以發誓絕對不洩漏比佛布魯克美術館的秘密嗎？因為千萬不能說出去，你們知道吧。絕對不行，即使受到死亡跟肢解的懲罰。」

亞當舉起手。「我發誓，可是我想跟他們聊天。」

「我也發誓，」愛麗絲說，「而且我想知道更多。」

隊員們一個接一個作出同樣的承諾。允諾他們永遠不會洩漏秘密。貝瑞警官或其他警官都沒注意到《偉大的聖雅各》裡出現多餘的人物；他們對誰該出現在哪幅畫作裡並不熟悉。不過，隊員魚貫路過的時候，那匹巨馬低聲說：「幹得好。」大家聽到都有點得意。

「我們可能得把綽號換成比佛布魯克獅群了。」亞當咧嘴笑。

「我還以為自己完蛋了，」蒙娜對薩俊低語，她合上雙眼，「我還以為永遠不會再見到你。想到自己會再活好幾百年，卻永遠沒辦法再跟朋友、家人說上話，真是可怕。」

薩俊畏縮一下。蒙娜的話語壓在他心上，有如石頭一般沉重。是的，他們雖然團圓了，但相處時間也不多了。再不久他就要回家了。唯一的安慰就是，至少她留在愛她的人們身邊。

可是他把想法藏在心裡。蒙娜很安全，讓她好好享受寬心的感覺吧。之後要懊悔還有得是時間。

45

那晚餘下的時間一片模糊。警察約談艾薩克、潔妮詩和史尼利之後，在家長的陪同下，也跟孩子們談了談。除了遭到竊盜的指控外，漢姆沃斯還被控監禁艾薩克和薩俊，巴尼則是受控對法蘭克下藥，法蘭克終於醒來了，雖然吃一驚，但沒受到傷害。

儘管巴尼在偷盜畫作的陰謀裡參了一腳，但對於他遭到指控，美術館的職員都滿難過的。他入監服刑時，他太太會怎麼樣，想到就令人難受。

約談結束的時候，將近凌晨兩點。隊員收拾好行囊，準備跟家長打道回府。

「下星期還會辦營隊嗎？辛格先生？」綽伊問，一面捲起睡袋。其他人停住動作、看著艾薩克。他搓著頸背，一臉心煩意亂。

「我不知道……我想得看你們爸媽的意思吧。」

愛麗絲的媽媽輕拍他的手臂。「孩子們沒事，辛格先生。如果你下星期要開課，愛麗絲會過來。」

其他家長點點頭。他們的支持讓艾薩克一時激動，緊抓薩俊的肩膀好穩住自己。「我很感謝你們這麼說。我們很喜歡有你們孩子過來。」

「噢，在變得太感傷以前，我們趕快走吧。」綽伊說。他用嘴型對薩俊說：「我明天打電話給你。」然後帶路走出當代館。

就在大家陸續離開的當下，潔妮詩走了過來。「警察把五幅被偷的畫作送回來了。如果把蓓綺．萊德那幅算進去，就是六幅。」她告訴艾薩克。

「蓓綺．萊德？」艾薩克問。

潔妮詩嘆口氣。「看來有人上星期送她過來讓你鑑定，結果有講解員不小心把她留在史尼利的工作室。要不是有她在，漢姆沃斯可能就逃之夭夭了。警告大家出了狀況的，就是她跟薩俊。」

艾薩克搖搖頭。「真不可思議。我明天會鑑定她，非常感謝她為我們做的事情。那些畫作目前在哪裡？」

「今天晚上先收在保險庫裡。警察要我們把證物收好。《柯特若一家》和愛德蒙也在裡面。」艾薩克一臉困惑，她輕笑起來。「小克和愛德蒙堅持，我又怎麼能拒絕？刑事鑑定組拍了不少照片，從畫框上採了些指紋，要送到實驗室，不過他們明天早上想再檢查一遍，確定沒有任何遺漏，尤其在跟漢姆沃斯和巴尼做完筆錄之後。明天下午應該就可以掛回原位了。」

「感覺我們好像上了警探節目。」薩俊說。艾薩克一臉不適。「等警察檢查法蘭克的保全錄影，不是會看到居民們在畫作裡動來動去嗎？」

潔妮詩搖搖頭。「巴尼把法蘭克弄昏之後，清除了錄影記錄，也關掉了錄影設備。艾薩克，我也把美術館其他員工和志工的名單交給警察，他們接下來幾天會約談每個人，以防有人握有相關訊息。其中一位警官說，這個案子應該很單純。看來巴尼什麼都坦承了，也提供了細節。我想漢姆沃斯會是個麻煩——他拒絕透露原本打算把畫作帶去哪裡、計畫賣給誰。我無意間聽到一位警官講電話，說警察趕到飛機跑道的時候，原本在等漢姆沃斯的噴射機早一步離開了。」她頓住。「我們可以聊聊今天晚上發生的事情嗎？我想你早就知道畫作是活的，艾薩克。」

艾薩克臉頰燙紅。「對，抱歉我一直沒跟妳說，潔妮詩。」他吐了口氣。「我不是想騙妳。這件事是從比佛布魯克開館以來，每任館長都必須嚴守的秘密。」

潔妮詩一臉若有所思。「我想你確實不應該透露，艾薩克。可是現在……」

「可是真相現在都洩漏了。」艾薩克接著說完。

「既然都知道了，我沒辦法假裝他們不是活的，」她說，「我的意思是，有別人在的時候，我不會找他們講話什麼的，可是我會想跟他們聊聊。」

薩俊打了岔。「他們有時候會覺得無聊，」他說，「而且他們很喜歡看電影，也想要有參與感。我知道比佛布魯克勳爵想盡量保護他們，不過我也同意潔妮詩的想法。在參觀的人面前，我們不能跟他們交談。可是他們住在這裡，爸，你們只是來這裡工作。為了讓他們過更好的生活，應該做更多的安排。」

輪到艾薩克一臉若有所思。「我同意。我明天來跟麥克斯聊聊。我想我可以說服他，這裡的規定該要稍微鬆綁一下了。不過現在，如果你們不介意，我想回家了。我累歪了。」

「我們能不能——」

46

厚重的保險庫大門關上以後，畫作陷入了幾分鐘的靜默。他們都很感激潔妮詩留著燈沒關。在麥克斯的要求下，她也同意用防撞墊蓋住《尋歡作樂》。沒人想看到艾蓋爾．史密斯和查理．萊恩，時候未到，要等到確定怎麼懲罰他們為止。

先開口的是麥克斯。「我欠你們大家一個道歉。」

「不需要道歉，老闆。」達斯克說。他坐在自己畫作裡的床鋪側面，牽著妻子的手。「你當初並不清楚出了什麼事。」

「我應該要知道的。我把毛姆丟在樓下，十年來飽受煎熬，他的怨念差點把我們當中幾個人送上死路。今天晚上發生的事情是我的錯，也是他的錯。」

「我不同意，」愛德蒙說，「毛姆對茱麗葉特和你們其他人做出這種事，應當被吊死──而不是吊在牆上。」

「我確定他現在就在工作室裡生悶氣，因為他原本要懲罰我們的計畫受挫了。」達斯克補充。

「一定的，」麥克斯附和，「可是實情是，我控制欲太強，太急著評斷，只對自己的觀點有興趣。我不讓你們跟畫框外的世界互動，可是自己卻這麼做了。這點我對你們說了謊。鼠鼠讓我知道，我一定要改變。」

為了解開蒙娜的繩索，茱麗葉特和愛德蒙老早進了她的畫像。茱麗葉特掐掐蒙娜的肩膀。

麥克斯繼續說：「我提議在這之後，要從畫像居民裡選出一個小組來協助美術館的日常運作。當然了，查爾斯爵士，我打算提名你和柯特若夫人，還有愛德蒙和茱麗葉特、海倫娜，還有蒙娜的父親——等他回來的時候。雖然這樣比較沒效率，不過更民主。大家能夠對事情表達意見，而這個小組會跟美術館館長會面，這樣就不會再有任何秘密。」

「真不可思議。」茱麗葉特說。

「明智的決定。」愛德蒙補充。

查爾斯爵士深深一鞠躬。「大家都說老狗學不會新把戲。我向你致敬，比佛布魯克勳爵，我會盡我所能協助你。」

「好耶，好！」小克喊道。

「您真有度量，先生。」柯特若女士說。不知怎地，寶寶法蘭西斯難得不鬧了，蒙娜把這個當成預兆，表示好事即將臨門。

「謝謝妳，女士。可是不只如此。首要之務之一就是要跟辛格館合力開發活動，讓畫作能跟外在世界有更具意義的連結。我不確定會採取什麼樣的形式——我還是相信我們一定要繼續低調行事，不過我確定我們會想出辦法來的。」

查爾斯爵士精神一振。「我可以寫信給班．史提勒先生，看看他有沒有興趣過來跟我們談談電影怎麼製作！」

通常，麥克斯會斷然否決這種構想。這一次，他親切地對查爾斯爵士點點頭。

「這件事可以納入考量，看看辛格館長怎麼想。」

「我等不及要看電影了，」茱麗葉特嘆氣，「我想我還滿想念那種樂趣的。」

「會有更多電影可以看的，」查爾斯爵士說，「這是一定的，茱麗葉特女士，我會親自監督這件事。」

麥克斯瞅著依然蒼白的蒙娜。「還好嗎？鼠鼠？今天晚上對妳來說很可怕。」

蒙娜給他一抹虛弱的笑容。「我快嚇壞了，尤其到最後，漢姆沃斯威脅要放火燒我的時候。感謝老天有薩俊幫忙！」

「我從來沒想到我會這麼說，可是我同意。那個小伙子救了我們，妳也是，蒙娜。妳叫蓓綺去求救，這個做法太棒了。」達斯克說。他和蒙娜彼此友好地一笑。

「蓓綺！我都忘了蓓綺在我們身邊，她一直好安靜！」蒙娜往前傾身，朝蓓綺送出飛吻。

蓓綺害羞地微笑。

「欸，妳真是可愛的姑娘，我親愛的。」茱麗葉特說，走出蒙娜的肖像，到蓓綺那裡並牽起她的手。「我們欠妳一個很大的人情。妳真是勇敢極了。」

「妳就這樣出現，放聲大叫，真是超級酷的。」小克說，斜瞥那位深色頭髮的姑娘一眼。

「我當時好怕，可是我知道我非得幫蒙娜不可，」蓓綺說，「我永遠不會忘記畫框外面那些人臉上的表情。他們整個呆住了。」

小克接著說下去。「感覺就像她朝房間丟了一枚炸彈，可是最了不起的事情是——」

「是發現我們活著，他們有多開心，」柯特若女士把話說完，「他們沒有一個露出恐懼的表情，其實恰恰相反，真是令人感動啊。」

她丈夫點點頭。「我希望我們可以再跟他們互動。他們以了不起的速度和正直的手法，將你們救出漢姆沃斯先生的掌心。」

「我自己也很期待，」麥克斯說，「我想跟那位臨摹我畫像的小伙子談談。他用花布做我的臉，真是個作風大膽的小子！真是深得我心。」

「史尼利竟然最後跑進來請辭，真怪，」小克問，「他根本沒注意到發生什麼事！」

「你想史尼利先生知道我們活著嗎？」蒙娜問達斯克。

達斯克點點頭。「知道，毛姆整個夏天一直在他耳邊叨叨唸唸，我想他承受不住。這個夏天的畫作修復到此為止了。」

「我的天，我可不會想念他！」茱麗葉特嚷嚷。

「還有薩俊——我還能跟薩俊見面嗎？」蒙娜屏住呼吸。這是對麥克斯是不是願意開放心胸的首次考驗。

「有何不可。」

「噢，麥克斯！」蒙娜衝出自己的畫作，到了他的肖像，緊緊擁住他，直到兩人雙眼濡濕。

蒙娜轉向達斯克。「我欠你一個道歉，達斯克先生。你是個英雄，我希望我們可以當朋友。」

達斯克點點頭。達斯克太太綻放笑容。不管什麼樣的秘密事件或悲劇，導致達斯克太太永遠離不開床鋪，蒙娜現在確定起因都不是達斯克。

「這個世界永遠不同以往了，是吧？」茱麗葉特沉吟。

「世界會變得更美好，」達斯克說，「相信比佛布魯克勳爵會確認這點。」

蒙娜露出憂鬱的笑容。並非一切都會更美好。比佛布魯克勳爵雖然位高權重，可是連他也無法阻止薩俊．辛格在夏末離開、無法阻止薩俊持續成長。

47

八月五日陽光普照。柯特若夫人稱這種天氣為「婚禮天氣」。愛德蒙在《偉大的聖雅各》裡來回踱步，無視於朋友的閒聊聲，他們分成兩大群，各據畫作內部的左右兩側，這樣中央就有寬闊的走道，好讓茱麗葉特通行。

「你看到她離開自己的畫作了嗎？」愛德蒙向薩俊呼喚，薩俊站在這幅畫作外面，身旁是他爸爸和潔妮詩。

薩俊還來不及回答，愛麗絲就用手肘推推綽伊，綽伊跑去察看。

他在幾秒之後回來。「麥克斯說她快好了！」

愛德蒙用細緻的亞麻手帕抹去眉梢的汗水，然後垂眼看著小克。「我們跟法國打仗的時候，我都沒這麼緊張。」他低聲說。

小克猛拍他的背。「振作！茱麗葉特女士人很好的。況且，現在改變心意也來不及了，大家都來了。」他對他父親眨眨眼，他懷裡摟著嬰兒站著。查爾斯爵士這四百年來一次也沒抱過法蘭西斯。正在改變的不只有麥克斯。

海倫娜．魯賓斯坦活力充沛地匆匆走進畫作裡，手環鏗鏘作響。「她來囉！」

薩俊納悶，音樂要怎麼處理，可是他白擔心了，因為亞當除了畫畫天分之外，對長笛也很拿手。麥克斯踏進畫框，走往愛德蒙和小克駐足等待的地方時，亞當吹起了美

妙的莫札特協奏曲，參加婚禮的賓客都歡喜地倒吸一口氣。

接著蒙娜走進來。她轉身踏上走道以前，看著畫框外面圍成半圈的一小群人。是她的新朋友。視線跟薩俊對上時，她漾起笑容。他也用笑容回應。她真希望他能走進畫作裡來，加入他們的婚慶行列！

接著茱麗葉特走進來，由達斯克先生護送。蒙娜相信在自己的有生之年，不會看到比這位年輕法國女子更耀眼的新娘。茱麗葉特正走向瀟灑的英國軍官。她希望潔妮詩在接下來的週末跟辛格館長成婚時，模樣也能這麼好看。茱麗葉特牽住愛德蒙伸過來的手時，群眾爆出歡呼聲；居民們近來經歷了太多波折，不想顧慮禮節。

麥克斯帶領這對新人宣示，引用英國詩人雪萊和丁尼生的作品，勸誡他們要遵守「婚姻的神聖教儀」，營隊隊員在隨後的婚宴上聽了解釋之後，才懂得這段話的意思。最後新人互吻，又是一陣歡呼。

婚慶活動熱烈開始，延伸到好幾幅臨近的畫作。湯瑪斯．山維爾爵士為了這個晚上，特別安排讓自己的畫作掛在達利的畫作隔壁，好幾次帶領全體居民向這對新人敬酒。

《尋歡作樂》掛在展館的另一側，白馬客棧有好幾個樂手奏起了活潑的樂曲，畫作內外都有人隨之起舞，亞當賣力想跟上。在《尋歡作樂》內部深處的某個地方，艾蓋爾．史密斯和查理．萊恩正在砍柴做為部分懲罰。除了亞當和薩俊之外，所有的隊員都手牽手，繞著圈圈跳舞，頻頻發出歡喜的呼喊。

薩俊倚在牆上，看著蒙娜跟蓓綺以及柯特若一家共舞（艾薩克以必須再檢查她畫作上的某個東西為由，讓她得以受邀回到比佛布魯克），衷心希望自己可以跟他們在一起。偶爾跳舞的人會分開來，他就會瞥見薩默塞特．毛姆的腦袋坐在麥克斯的椅子上，友好地跟站在附近的達斯克先生聊著天。

「他們竟然會和好，還真有趣，對吧？」薩俊對爸爸說。爸爸之前已經走到他身邊站定。

原本掛在艾薩克辦公室的麥克斯頭像素描有了個新鄰居：薩默塞特．毛姆。「當居民請毛姆加入這個小組時，坦白說我有點意外，」艾薩克說，「他們覺得他的作為就是當初被困在地下室那麼久的直接後果。他們想再給他一次機會。這顯然是麥克斯的想法。這兩個人似乎重燃友誼了。」

「麥克斯在過去幾個星期大大放寬了規定，真不可思議。」薩俊說，目光不曾稍離蒙娜。

小克從那圈跳舞的人當中抽身，然後回答：「對啊！要到地下室再也不用先通過《偉大的聖雅各》，不過每個人還是會，因為那匹馬跟騎士變得很寂寞。做什麼事感覺起來都不同了，因為是自願，而不是被強迫的，對吧？」薩俊使勁點點頭。

「隔開生活在畫框裡外的人的那面牆已經抹除了，想來就高興。」艾薩克說。

小克點點頭。「對啊，上星期營隊隊員待到很晚，介紹網路給我們。我父親現在都迷上YouTube了。」

「真的。」綺伊說，從艾薩克和薩俊之間鑽出來，然後和小克作勢擊掌。「查爾斯爵士發誓，小貓的影片他永遠都看不膩！」

「還有閱讀之夜、電影之夜、藝術和時事的口頭報告。」小克補充，用手指一個個數算逐漸增加的活動。

「可以讓法蘭克知道這個秘密，也滿有用的。」艾薩克說。他們憑著本能轉身望向那位粗壯的保全警衛，他正吃著結婚蛋糕，一面和海倫娜·魯賓斯坦閒聊。之前法蘭克被下藥，幸好藥效並未帶來持續的影響，現在值夜班有聊天對象，他高興極了。

「你在找新的藝術修復師嗎？」綺伊問。

艾薩克搖搖頭。「還沒，我想我們這邊需要一點平靜和安寧。」

「有趣的是，我想只有史尼利一個人無法接受畫作活著的事實。」薩俊說。

艾薩克點點頭。「我並不擔心他會洩密。我原本擔心漢姆沃斯會把他知道的事情說出去，可是當他接受警方審訊的時候，說畫作活著，他們認為他精神有問題。感覺這個世界還沒準備好要接受活著的藝術作品。」

婚慶即將邁入尾聲。麥克斯邀蒙娜共舞，他在臨時搭設的舞池裡帶著她旋轉，他雖然有了年紀卻靈活得令人意外。

「我想薩俊再不久就要離開了，是吧，鼠鼠？」

蒙娜的臉籠罩著陰霾。「薩俊·辛格成了我在世上最好的朋友。從藝術竊盜案那晚以來，他每個傍晚都過來。我們讀完了三集哈利波特，還有《清秀佳人》。他八月三十號離開。我不確定我承受得住。」

「可是他會回來的。」

「他是想回來，可是……」

「可是什麼？」

蒙娜把頭貼在麥克斯胸口，兩人繼續跳舞。「可是等他回來的時候，他就會跟現在不同。他年紀會變大。老實說，他離開以後，我就不想再見到他了。」

「這樣感覺滿極端的，鼠鼠。」

「是極端沒錯，可是是有道理的，過去這幾個星期我除了這件事其他都不想。薩俊會長大，而我永遠都會停留在這個年紀。總有一天他會回來，老到我對他來說，只是個畫作裡的漂亮孩子。他用那種眼光看我，我會受不了的，麥克斯。看到他離開會讓我心碎，可是讓他回來，用跟現在不一樣的眼光看我，會讓我更加心碎。」她抬起頭，望進麥克斯的臉，希望得到他的支持。「這樣說得通嗎？還是我傻過頭？」

麥克斯露出的那抹笑容，就是人生中經歷過無數心痛的那種。「完全說得通。妳知道的，如果他當初沒來，美術館這邊到現在也不會有任何改變。」

蒙娜的視線越過麥克斯，望向薩俊跟其他隊員站著吃蛋糕的地方，雙眼噙淚。「這都是他的功勞，麥克斯。如果薩俊當初沒來，我就會被藏在瑞士的某個地方，他救了我們，不只那一晚，還有之後也是。」

薩俊在弗雷德里克頓的最後一晚，和爸爸抵達比佛布魯克美術館的時候，館內一片靜寂。讓薩俊想起頭一天傍晚，當時他和艾薩克用餐過後過來一趟。是他頭一次跟蒙娜說話。從那以來的八個星期期間發生過的一切，讓那天傍晚感覺像是屬於另一世紀，而不是今年夏天的開場。現在夜晚天氣比較涼爽，再不久就要開學了，明天早上，艾薩克會開車載他到機場。到明天的這個時候，他會回到家，然後無比想念比佛布魯克美術館。

「麥克斯想親口說聲再見，」艾薩克說，「我建議你用我的辦公室。然後你可以上樓跟蒙娜道別。我去跟法蘭克聊聊，一個小時之後見。」

薩俊點點頭，喉頭梗塞的感覺如此強烈，幾乎無法呼吸，更不要說講話了。他前一晚已經跟其他人道別，然後整個白天都避開美術館。他不想離開這畫作，這段時間他愛上了他們全部。

當薩俊在爸爸的椅子上落坐，麥克斯綻放笑容——這抹笑容突出的地方在於，麥克斯的嘴大得彷彿讓臉裂成兩半。薩俊注意到毛姆和麥克斯頭像素描不在畫框裡，納悶麥克斯是不是想要一點隱私。

「今天晚上是你在我們身邊的最後一晚。」麥克斯開始，他講話從不拐彎抹角。

薩俊悶悶不樂地點點頭。

「你跟你父親——你的夏季來訪達到你們預期的目標了嗎？」

薩俊很詫異。他沒料到比佛布魯克勳爵會跟他談爸爸的事。他再次點點頭，這次找回了自己的聲音。「我想是吧。滿難的，不過——」

「不過你們認識了彼此的真貌，然後繼續走下去，」麥克斯把話講完，「你知道嗎？我跟我父親不大處得來。他是個強悍的傢伙，是牧師。你能想像我是牧師的兒子嗎？」

「不能。」薩俊老實說。

麥克斯哼了哼。「他是個好人，可是很嚴格。我追求世俗成就，而不是精神成就，他並不贊同。我一有能力，就離開家，不再回頭。我做了一個人所能夢想到的一切，可是到了最後，我真正想要的，是回到紐布朗維克省，我成長的這片土地，在這裡受到愛戴跟緬懷。現在就是這樣。」

「你找人畫肖像的時候，知道畫作是活的嗎？」薩俊問。他一直在想這件事，想人們毫不知情地遺留靈魂的一小部分。如果知道這件事，人們還會想被畫嗎？

麥克斯咯咯輕笑。「我很有想像力，幾乎跟我朋友小威一樣好，但是連我都想像不到這種事。這是生命的謎團之一。也許我父親不會覺得意外，因為他在每件事情上都看到神的作為。我現在可以閉上眼睛，回想起我母親在一八九〇年初的耶誕節早晨遞禮物給我，聞到她皮膚上的爽身粉氣味，看到她的深藍色禮服、聽到她輕聲細語說：『聖誕快樂，麥克斯。』她一直在我身邊，那個時刻一直陪著我，所以靈魂會把自己塞進它能找到的角落縫隙，像是藝術或故事或我們的腦袋，我為什麼該覺得訝異呢？」

薩俊細想麥克斯講的話。「我從沒想到要改變你的美術館。」

麥克斯恢復了笑容。「我親愛的朋友邱吉爾說過：『就個人來說，我隨時隨地準備要學習，雖然我不是隨時隨地都喜歡被教導。』今年夏天，你教會我不少事情，薩俊，我很感激。多虧有你，這間美術館又興旺起來了。你父親有沒有跟你說，打從上次偷竊未遂以來，捐款和參觀人數增加了三倍？大家意識到原本可能會失去美妙的東西，反而更有動力決心好好照料它。我甚至替美術館的新廣告活動寫了口號：『來紐布朗維克省，看看另一個蒙娜。』改變是好事，薩俊，永遠別忘了。現在去吧——我們的姑娘在樓上等你呢。等你離開了，她會變成一隻非常傷心的老鼠。」

薩俊站起來，往門口走去。

「薩俊。」麥克斯對著他的背影低聲說。

「是？」

「要記得，你永遠可以再回家來，唯一的要求就是創意，小伙子。」

薩俊完全不懂麥克斯的意思，但還是點點頭裝懂。

蒙娜正在《聖維吉利奧，加達湖》的石砌碼頭那裡等他，雙腳懸在水面上。她看到他繞過轉角出現時，給他一抹無力的笑容。

「我是來說再見的。」薩俊吞吞吐吐。

蒙娜突然垂頭喪氣。「動作快，薩俊。你停留越久，就越困難。」

「我──」

蒙娜舉起一手。他可以看到她的洋裝淚濕了幾個地方，他的棉衫也是。「請別說會害我哭得更厲害的話。你成了我最親愛的朋友。我們不能再見面了。如果我們再見面，你會跟現在不一樣。」

「我還會是我！」他抗議。

「不，你不會。你會是十五歲的薩俊，或是二十歲，甚至七十歲，而我永遠都會停留在十三歲。你會長大戀愛、結婚生子，而我還會在原地，就跟我今天晚上一樣。這是我們最後一次講話了，薩俊，一旦你變了，我無法忍受再跟你說話──」

「可是我會回來的，蒙娜！」

她不理會他。「謝謝你做的一切：救了我一命，協助麥克斯改變。白馬客棧那邊可能已經在編有關你的歌謠了。」

薩俊儘管傷心，還是笑了。

「因為你，我們以後都能過有趣和刺激的生活。這件事是你替我們做到的，你應該要以自己為榮。雖然看你離開讓我心碎，但我不後悔認識你。你的友誼對我來說是份禮物。」

「妳的友誼對我來說也是份禮物。妳教我怎麼當個朋友。離開美術館讓妳覺得自己又像個真正的女孩了，妳跟我說過，記得嗎？」

蒙娜點點頭。

「我要妳知道，妳是我遇過最真實的人，蒙娜。」

艾薩克和法蘭克講話的聲音從樓梯傳上來，他們知道相聚的時間結束了。

「我永遠不會忘記妳，蒙娜．鄧恩，」他說，「我們會再見面的──我保證。」

「我也永遠不會忘記你，薩俊。要快樂喔。」

他還來不及回答，她就不見了人影。艾薩克繞過轉角，找到倚在牆上的薩俊。薩俊一看到他，便衝過去將臉埋在爸爸的胸口。他們駐足原地好幾分鐘，都沒說話。如果他們環顧四周，就會看到附近畫作裡的居民全都憂傷地觀望著，有些揩了揩淚水。

薩俊最後深吸一口氣。離開的時候到了。他隨著爸爸走出美術館，頭也不回。

他們在夏末傍晚走回艾薩克的住處時，麥克斯的聲音一直在薩俊的腦海裡迴盪，告訴他永遠可以「回家來」。那番話真是奇怪。他們正要爬樓梯到公寓的時候，薩俊終於明白了。

「我去我房間一下可以嗎？我有件事情要做。」

艾薩克不解地點點頭。「當然，要幫忙嗎？」

「不用，是我必須替自己做的事。」

比佛布魯克美術館

接近午夜，從駐足的地方，薩俊幾乎看不出加拿大館的輪廓。美術館館長朵恩．吉伯特動手打開幾盞暗燈。展間中央立著三把畫架。薩俊興奮得說不出話，望著他父親和吉伯特小姐把三大幅畫放在上面。

「明天早上典禮開始以前，員工會在這裡擺好椅子和講台，」吉伯特小姐說，「會有不少媒體過來。世界知名的藝術家要捐贈自己的一幅畫作，可不是每天都有的事。還有他父親的兩幅畫作。」她面帶微笑補充。

艾薩克和吉伯特小姐盯著眼前的巨幅畫作。標題是《夏》，是一幅拼貼畫：薩俊童年最愛的書籍飄浮越過看不到盡頭的圖書館；一道藍彩蜿蜒穿過中央，經過一棟金色建築。在中間，藝術家拼貼了一幅微笑男孩的水彩畫。

「真美，」吉伯特小姐低語，「你明天有很多朋友要過來嗎？艾薩克？」

「還滿多的，有我太太潔妮詩、薩俊的孩子諾亞和吉麗安、他太太瑪莎、他的妹妹們，還有跟他在這裡一起參加過夏令營的三個好友。」

「噢，對！能見到亞當我還滿興奮的。我知道他替一個口碑極好的百老匯秀作布景設計。」

「他們這群孩子很有才華。另外兩個——綽伊和愛麗絲結婚了，經營一個漫畫王國，」他滿足地往後退開，然後對著薩俊微笑。「我們該下樓去了。」

薩俊點點頭，他準備好了。

「你離開好久啊，小子，」薩俊穿過《偉大的聖雅各》的時候，那匹馬說，「你現在竟然到畫框後面來了！怎麼辦到的？」

薩俊咧嘴一笑。「這個謎題留給你去解！」

他說完後，就往前跑，喜孜孜地聽著在背後迴盪的牢騷和抗議聲。薩俊知道，他們整晚都會對他怎麼到畫框後面來這件事議論不停。

他跳進蒙娜的畫作，裡頭空空如也。愛德蒙、茱麗葉特和柯特若一家正在展間對面玩牌。茱麗葉特率先看到他，驚叫一聲，她緊抓愛德蒙的手臂，站起身來，手裡的紙牌飄落在地。薩俊揮揮手。

「蒙娜在《聖維吉利奧，加達湖》。」愛德蒙呼喚，「你找到她以後，要回來找我們喔！我們有好多事情要聊！」茱麗葉特忙著抹淚，沒時間揮手。

「對啊，比方說你怎麼進畫框裡來的。」小克補充。薩俊竊笑，繼續往前走。

薩俊走進那幅畫的時候，陽光在水面上閃閃發光，就像閃爍的迷你鑽石。置身其中感覺很不一樣——他可以看見約翰・辛格・薩俊畫這幅畫當天所看到的一切。只是現場有個藝術家那天沒見過的人，坐在石砌碼頭末端的年輕女孩，背對薩俊，往外眺望海面。

事隔多時，也許她已經忘了他，或是等得厭倦了。接著她轉過身來。蒙娜站起來，表情五味雜陳。

「你找到方法了。」這幾個字傳達了一整個世界的情緒。

「我就說我會的。」

蒙娜不可思議地搖搖頭。「我都放棄希望了。」

薩俊咧嘴一笑。「妳現在甩不掉我了。」

「真的嗎？」

「對啊，麥克斯要求在我們和比佛布魯克簽署的捐贈契約裡註記，說我們兩個人的畫作不能被分開。妳去哪裡，我就去哪裡。」

蒙娜臉頰泛起紅暈。「他們同意了？」

「是啊。」

足足有幾分鐘，他們只是凝望著對方，互換樂陶陶的笑容。最後薩俊走向蒙娜，牽起她的手，兩人笑了起來。他們過去從未碰過對方。

「你想去跟大家打聲招呼嗎？」蒙娜問。

「妳介意我們先坐下來聊聊嗎？我們有很多舊要敘呢。」

蒙娜點點頭。

頭一次，他們身處同一個世界，而且有用不完的時間。

幾個小時過後，薩俊和蒙娜走訪了加拿大館。他希望讓她看看《夏》，介紹她給他母親。莎拉剛剛離開自己的畫作，正在他的畫作裡摟著寶寶薩俊搖啊搖。海倫娜．魯賓斯坦正越過莎拉的肩膀，柔聲哄著寶寶。莎拉抬起頭來，看到薩俊和蒙娜時，揮了揮手。於此同時，柯特若一家、愛德蒙和茱麗葉特正在《夏》裡面走走逛逛，對著那些圖像發出驚嘆。麥克斯和達克斯站在畫框邊緣附近，面帶笑容，觀望事態的發展。

「將電影帶給我們的那個男孩回家來了。」查爾斯爵士說。他深深一鞠躬，薩俊也回以鞠躬。

「我們好以你為榮。」茱麗葉特說。

「你竟然沒忘記我們。」小克說。

「你沒忘記蒙娜。」愛德蒙補了一句。

「我永遠不會忘記你們，」薩俊說，指著自己的心，「你們永遠在這裡。」

「你怎麼花了這麼久時間，小子？」比佛布魯克勳爵問。

「我必須先等我醒來。」薩俊神情有點靦腆地回答。

有人清了清喉嚨。加拿大館的角落坐著一個男人，正看著他們。「我們辦到了。」薩俊對他說。

「我們確實辦到了。」男人確認。

蒙娜朝男人拋出飛吻，然後低聲說：「謝謝你。」

比佛布魯克美術館居民守則修訂版

由第一屆「比佛布魯克美術館居民小組」編寫：

比佛布魯克勳爵
海倫娜．魯賓斯坦
茱麗葉特．紐傑特女士
愛德蒙．紐傑特中校
柯特若女士
查爾斯．柯特若爵士
薩默塞特．毛姆
詹姆斯．鄧恩爵士

一、首要的是，比佛布魯克美術館居民小組相信，所有的居民都是平等的，不管畫他們的藝術家地位高低，或他們在真實人生中的地位。
二、需要關注的議題應該直接傳達給比佛布魯克美術館居民小組。

三、小組的會議開放給所有居民以及經過認可的美術館職員參加。秘書的角色永遠由美術館館長擔當，必須負責記錄所有的議事與決定。

四、小組成員資格為期五年，如果經過居民同意，可以透過秘密投票得知能否獲得續任資格。

五、第四條規定的例外是比佛布魯克，他身為比佛布魯克美術館的創建者，永遠在小組裡擁有成員資格。

六、變更居民守則以前，必須提呈給居民，經過秘密投票之後才得以施行。

七、關於制裁或責難的議題應該要提交給小組，小組保有權利，可以籌組居民團隊，聽聽兩造的說法，並做出最後仲裁。

八、居民都不應該被迫遷移或驅逐。出借畫作給其他美術館以前，必須先跟相關畫作商量。

九、畫作居民只能跟以下人類互動：比佛布魯克美術館居民小組向美術館館長諮詢之後，批准通過的人類。

十、畫作居民無意間跟人類有了互動，必須立即告知比佛布魯克美術館居民小組。

十一、畫作除了美術館的公開參觀時間，或是其他特殊狀況以外，都可以自由活動；而特殊狀況應該向居民提供完整說明，理想上要事先知會。

關於比佛布魯克勳爵（LORD BEAVERBROOK）

本書畫作裡有不少都是真實人物，不過沒有人比麥克斯．艾特肯——比佛布魯克勳爵——本人對比佛布魯克美術館帶來更深遠的影響力。麥克斯在紐布朗維克省的紐卡索成長。紐布朗維克省是加拿大大西洋地區的小省分，可是麥克斯的野心可不小。他是天生的企業家。到十一歲，他就已經在撰寫和販售自己的社區報紙。青年時期，在金融和法律界闖蕩。不過他最擅長的是運用想像力。他聞名的地方就是想辦法結識適合的人物，並且以有創意的手法賺錢。

一九一〇年，麥克斯搬到英國，對當時的加拿大人來說，那裡是宇宙的中心。透過早一步來到這裡的紐布朗維克同鄉人脈，他進入了政治圈，結識了未來的首相們，包括邱吉爾。可是政治是個難以捉摸的事業，麥克斯犯過錯，也樹過敵。最後在第一次世界大戰期間被迫離開政治圈，不過他因為扶持政府有功而獲賜爵位。

可是麥克斯——現在是比佛布魯克勳爵，並未從此退隱，而是回到自己的新聞根源，買下報社，其中一家《每日快報》（Daily Express）到了一九二〇年代末，成了全世界讀者最多的報紙。二次大戰在一九三九年爆發時，邱吉爾將比佛布魯克勳爵召回，任命他為航空器製造部長。這個角色相當重要，許多人相信這場戰爭的成敗關鍵就在空中。邱吉爾在一九四一年寫信給他說：「我想向你強調，我要把我的信心，以及很大程度上國家的存亡，放在你的肩膀上。」麥克斯成功面對了這份挑戰。

戰後，比佛布魯克將焦點轉回家鄉省分。雖然繼續住在英國的地產上，但常常走訪紐布朗維克。他最重要的傳承就是比佛布魯克美術館，由他所建造並提供無價的傑作，大多由他親自挑選，包括《蒙娜．鄧恩》、《愛德蒙．紐傑特中校，1764》、《偉大的聖雅各》。美術館在一九五八年開幕時，麥克斯將它獻給紐布朗維克的人們，不過他在美術館地下室留了個臥房，來訪的時候可以自用。

一九六四年，麥克斯在英國去世，享年八十五歲。應他的要求，他的骨灰被送回了加拿大，安放在紐布朗維克省紐卡索市中心廣場為了紀念他而豎立的半身像裡。他再次回到了家。不過話說回來，他從來就沒離開過比佛布魯克美術館吧？

想要更多資訊，請到比佛布魯克基金會的網站www.beaverbrookfoundation.org，讀讀大衛．亞當斯．李察（David Adams Richard）寫的精采傳記《比佛布魯克勳爵》，並且逛逛比佛布魯克美術館的網站www.beaverbrookartgallery.org。

關於畫作

感謝以下單位允准我們在本書裡複製那些傑作：

藏品：比佛布魯克加拿大基金會

《蒙娜．鄧恩》（Mona Dunn）

《柯特若一家》（The Cotterell Family）

由Dr. Robert Karrer代表葛拉漢沙蘭德產業（The Graham Sutherland Estate）授權使用：

《比佛布魯克勳爵的肖像》（Portrait of Lord Beaverbrook）

《海倫娜．魯賓斯坦》（Helena Rubinstein）

《比佛布魯克勳爵的素描》（Sketch of Lord Beaverbrook）

《薩默塞特．毛姆，費拉角，1953》（Somerset Maugham, Cap Ferrat, 1953）

©薩爾瓦多・達利，卡拉達利基金會（Fundació Gala-Salvador Dalí），藝術家權益學會（ARS），紐約2016：

《偉大的聖雅各》（Santiago el Grande）

©盧西安・弗洛伊德檔案／圖庫供應商橋人影像（Bridgeman Images）

《旅館房間》（Hotel Bedroom）

藏品：比佛布魯克美術館，弗雷德里克頓，紐布朗維克省，加拿大

《安椎・瑞德莫》（Andre Reidmor）

《飲酒樂：湯瑪斯・山維爾爵士和朋友們》（Bacchanalian Piece: Sir Thomas Samwell and Friends）

《愛德蒙・紐傑特中校》（Lt. Colonel Edmund Nugent）

《三月十五日之夜恐怖號船員搶救船隻和補給品》
（The Crew of the HMS "Terror" Saving the Boats and Provisions on the Night of 15th March）

《馬克白夫人夢遊》（Lady Macbeth Sleep-Walking）

《尋歡作樂》（Merrymaking）

《花園裡的茱麗葉特女士》（Madame Juliette dans le Jardin）

《聖維吉利奧，加達湖》（San Vigilio, Lake Garda）

由作者溫蒂．麥克勞．麥可奈（Wendy Mcleod MacKnight）授權使用：

《蓓綺．萊德》（Patsy Ryder）

※本書中文版相關圖片感謝比佛布魯克加拿大基金會大力襄助，特此致謝。

謝詞

這本書得到了許多人的支援，但我要衷心感謝比佛布魯克美術館的全體職員：前執行長泰瑞・格拉夫，他的書和善意至為關鍵；目前的執行長湯姆・斯馬特，他馬上心領神會、創意十足，還有莎拉・迪克、傑瑞米・愛達・朱博林、梅根・卡拉漢、潔西卡・斯伯丁以及愛達・米哈伊列斯庫。

我也要向以下諸位致意：寫作交流伙伴瑪莉・梅修、巴布・福林頓、費絲・奈特；藝術家珍妮絲・懷特・切尼，謝謝她帶來的靈感；我的經紀人勞倫・嘉莉特，謝謝她相信我。道恩、唐、溫蒂・惠頓，謝謝他們喜愛蒙娜。

最後特別感謝綠柳圖書出版公司的每個人，尤其是維吉尼亞・鄧肯、凱薩琳・海特、提姆・史密斯，他們的付出和遠見使這本書成為真正的藝術作品。

國家圖書館出版品預行編目資料

瘋狂美術館／溫蒂．麥克勞．麥可奈 著；謝靜雯
譯--初版.--臺北市：皇冠, 2019.06
面；公分. --(皇冠叢書；第4764種)(CHOICE；323)
譯自：The Frame-Up
ISBN 978-957-33-3449-1(平裝)

885.357　　108006989

皇冠叢書第4764種

CHOICE 323

瘋狂美術館

The Frame-Up

作　　者—溫蒂．麥克勞．麥可奈
譯　　者—謝靜雯
發 行 人—平雲
出版發行—皇冠文化出版有限公司
台北市敦化北路120巷50號
電話◎02-27168888
郵撥帳號◎15261516號
皇冠出版社(香港)有限公司
香港上環文咸東街50號寶恒商業中心
23樓2301-3室
電話◎2529-1778　傳真◎2527-0904
總 編 輯—龔橞甄
責任主編—許婷婷
責任編輯—林郁軒
美術設計—王瓊瑤
著作完成日期—2018年
初版一刷日期—2019年6月

法律顧問—王惠光律師

讀者服務傳真專線◎02-27150507
電腦編號◎375323
ISBN◎978-957-33-3449-1
Printed in Taiwan
本書定價◎新台幣350元/港幣117元